Memórias de um Gigolô

MARCOS REY

Memórias de um Gigolô

São Paulo
2011

© Palma B. Donato, 2009

22ª Edição, Global Editora, São Paulo 2011

Diretor-Editorial
Jefferson L. Alves

Gerente de Produção
Flávio Samuel

Coordenadora-Editorial
Dida Bessana

Assistente-Editorial
Tatiana F. Souza

Revisão
Ana Carolina G. Ribeiro

Projeto de Capa
Vitor Burton

Foto de Capa
Kate Green/Millennium Images/Latinstock

Editoração Eletrônica
Neili Dal Rovere

Dados Internacionais de Catalogação na Publicação (CIP)
(Câmara Brasileira do Livro, SP, Brasil)

Rey, Marcos.
 Memórias de um gigolô / Marcos Rey. – 22. ed. – São Paulo : Global, 2011.

 ISBN 978-85-260-1537-1

 1. Ficção brasileira. I. Título.

10-12565   CDD-869.93

Índices para catálogo sistemático:

1. Ficção : Literatura brasileira   869.93

Direitos Reservados

Global Editora e Distribuidora Ltda.
Rua Pirapitingui, 111 – Liberdade
CEP 01508-020 – São Paulo – SP
Tel.: (11) 3277-7999 – Fax: (11) 3277-8141
e-mail: global@globaleditora.com.br
www.globaleditora.com.br

Obra atualizada conforme o **Novo Acordo Ortográfico da Língua Portuguesa**

Colabore com a produção científica e cultural. Proibida a reprodução total ou parcial desta obra sem a autorização do editor.

Nº de Catálogo: **2448**

Memórias de um Gigolô

Em memória de
Oswald de Andrade

Mariano

Foi no Dom Casmurro, lá na General Jardim, que você me falou de sua autobiografia. Se lembra disso, deve lembrar também da minha ameaça, então um estímulo: "Se não fizer o livro em dez anos, roubo-lhe o tema". Pois bem, já faz dez anos. E agora que sua autobiografia está no prelo, com meu nome, repito-lhe o que Sinhô disse a Heitor dos Prazeres, o verdadeiro autor do famoso "Jura": "o samba é como um passarinho, pertence a quem pegar". Não é bem o mesmo caso. Sua história não estava nem no começo. Por outro lado, se a escrita seria mais saborosa e autêntica do que esta. Mal consegui imitar o seu jeito. Todavia, eu não poderia esperar mais para apresentar ao público, num retrato de corpo inteiro, o famoso habitante da noite paulistana, a quem dedico este volume, com a maior cara de pau.

O autor

1 – O adeus da buena-dicha

*F*azendo breve exame de consciência não posso me considerar um fracasso total. É bem verdade que deixei alguns otários escaparem e não desconfiei de uma tal Joaninha, insignificante, que se levantou no meio da noite, num hotel da Boca, como se fosse ao banheiro, e escapou me levando a carteira. Ossos do ofício. Estava de porre, evidentemente. No resto não me saí mal, chegando, em certa ocasião, a ter a vida que pedi a Deus. Para quem começou de tão baixo fui longe demais. E longe até de iate quando no auge da profissão. Fiz o que pude, ora sem tostão, ora com dinheiro que caía do céu, mas passando à distância das fábricas e de todo lugar onde se trabalha no duro. Já pensaram no que seria de mim se fosse obrigado a produzir rolemãs e esquadrias metálicas?

Não sou ingrato, todavia, nem mesmo mau sujeito. Fui apenas um tipo ávido de novidades, capaz de mover-se com certa bossa e ritmo numa situação difícil. E que grande capacidade de improviso! Tive de sobra essa virtude nacional, útil à sobrevivência de milhões e milhões de brasileiros. Mas falava da gratidão, minha infinita gratidão, convertida em flores no túmulo de tia Antonieta, a santa que me iluminou a infância. Sim, leitores, o autor destas linhas foi sobrinho da conhecida madame Antonieta, a astróloga, a quiromante, a cartomante, a médium vidente e auditiva, a telepata, a benzedeira, uma das mulheres mais procuradas neste país. Embora no grupo escolar tivessem me proibido de distribuir seus volantes de propaganda, a popularidade que minha saudosa tia desfrutava enchia-me de satisfação e crença num futuro estupendo. Com que vaidade eu lia seus impressos amarelos e roxos, guardados numa caixa de sapato no quartinho do fundo! Nos bons tempos até nos jornais publicou anúncios, recortados e colados num álbum que a clientela folheava na sala de espera.

– Ó garoto! É aqui que reside madame Antonieta?

Esse *reside* provinha, invariavelmente, dos mulatos pernósticos da polícia. Um deles costumava usar capa de chuva e outro tinha o hábito monótono de girar uma chave em torno do dedo. Um tira é um tira e não é nada difícil identificá-los. Uma das coisas que titia me ensinou, e que nunca esqueci. Tínhamos que estar prevenidos. Menino ágil e prudente, corria para o interior da casa e avisava:

– Os tiras chegaram!

Tia Antonieta, apesar do reumatismo ciático e dos sessenta e tantos anos, mergulhava debaixo dos lençóis, como a própria Maria Lenk, e ato contínuo punha-se a gemer. Ao mesmo tempo, lançava seu baralho colorido dentro do criado-mudo. Se houvesse clientes, eu, com o dedo nos lábios, pedia que entrassem no minúsculo quarto de empregada e lá permanecessem com a respiração suspensa. E ainda soltava algumas galinhas pela casa para dar à polícia uma atmosfera doméstica e inocente. Depois, voltava à porta da rua para fazer os putos entrarem, já com uma pergunta na ponta da língua:

– Titia não teve tempo de fazer as camisas, está muito doente.

Os tiras entravam e iam me seguindo através de um estreito corredor, lançando olhares curiosos por todos os lados, assim até o quarto escuro de tia Antonieta.

– Não pude fazer o serviço! – ela bradava ao vê-los. – Estou com quarenta graus de febre! Vocês, do Bom Retiro, são uns desalmados! Pagam uma miséria e me fazem trabalhar como uma escrava!

Eu corria para ela, desamparado.

– Quer um médico, tia?

– Chame o Dr. Martelite! Vá telefonar na farmácia.

Os tiras entreolhavam-se. O mais ousado tomava a palavra:
— A senhora não é madame Antonieta?
— Antonieta Bruneti.
— A cartomante?
— Cartomante, eu?

Um deles tirava um dos impressos roxos do bolso. A prova. Tia Antonieta fingia não ver nem ouvir.

— Chame o Dr. Martelite! Estou morrendo! Quero um padre!

Aí eu chorava de ensopar o rosto, abraçado à minha tia, que tremia dos pés à cabeça e clamava por água, médico e padre.

— A senhora não é mais buena-dicha?

— O futuro só a Deus pertence — sentenciava tia Antonieta querendo informar com isso que já não se dedicava mais às suas práticas miraculosas.

Os tiras são homens como nós e também se comovem. Uma vez, um deles deixou dinheiro para titia chamar o médico e outro fez questão de enfiar-lhe o termômetro debaixo do braço, que ela quebrou com uma leve e salvadora pressão muscular.

— Voltaremos outro dia.

— Deixem-me em paz, senhores. Preciso de minhas últimas forças para educar esta criança.

Mal concluía a frase, e eu já exibia aos policiais meus cadernos do grupo escolar, sempre com nota cem nos ditados e exercícios de linguagem. Era aluno exemplar, o melhor da classe.

Apenas saímos mal num dia em que uma das suas clientes encerradas no quarto da empregada sentiu falta de ar e desmaiou fazendo um ruído enorme. Os tiras foram ver do que se tratava e descobriram quinze senhoras engavetadas em metro e meio quadrado de espaço. Nessa triste tarde, um carro vulgarmente apelidado de tintureiro levou tia Antonieta para a delegacia e o Juizado de Menores teria me levado também se não fosse a bondade de uma vizinha espírita que me escondeu no galinheiro de seu cortiço.

Nessa ocasião, tia Antonieta abandonou as cartas e a leitura das mãos por uma temporada. Andou costurando calças e camisas para as lojas do Bom Retiro, mas faltava-lhe vocação para esse tipo menos nobre de trabalho. Após uma briga infernal com um judeu da rua José Paulino, que acusou titia injustamente de ter vendido peças suas para uma loja concorrente, ela voltou à sua farta e crescente clientela. Mesmo assim, por segurança, não pegava o baralho, dando preferência às benzeduras e passes. Tia Antonieta efetuava milagres que presenciei com meus próprios olhos. Creio que foi a pessoa que mais intensivamente combateu o quebranto e o olho gordo. Os espíritos do mal passaram apertado. Titia movia-lhes luta sem trégua, não permitindo-lhes nenhuma vitória entre a Barra Funda, Casa Verde e Bom Refiro. Por isso as mães, as crianças, as viúvas aflitas, as solteironas, os doentes, os bicheiros e o pessoal dos centros espíritas nutriam por tia Antonieta a maior admiração e respeito.

Infelizmente, benzer e dar passes é serviço mal remunerado. O presidente do Centro Fé e Caridade combatia minha tia apenas porque ela exigia alguma paga em troca do bem que praticava. Sempre havia alguém tentando prejudicá-la como se a boa senhora não precisasse de dinheiro para viver. Teve que reabrir seu consultório, desta vez com uma publicidade mais discreta. Lembro-me de que eu mesmo distribuía seus volantes amarelos e roxos às portas do Cine São Pedro, nos dias reservados às "senhoras e senhoritas". Algumas costureiras cooperavam também, entregando os impressos às suas freguesas, e na feira do Arouche os carregadores ganhavam mil-réis para divulgar a propaganda e dizer às patroas que madame Antonieta curava enfermidades e adivinhava o futuro como ninguém neste mundo.

Não pensem, por favor, que minha saudosa tia tinha relações e crentes apenas na arraia-miúda. Um senador, que a visitava duas ou três vezes ao ano, deixava sobre a mesa uma nota de cem mil--réis, e no Natal mandava-lhe uma cesta com tudo que agrada ao paladar. Um médico do bairro sempre a presenteava apenas para que dissesse aos enfermos que a visitassem: "Vá consultar o dr. Azevedo. Para mim é Deus no céu e ele na terra". Mas as notas mais altas e os melhores presentes provinham de uma tal dona Carola que, com passes e água fluida, titia curara de câncer. Possuía em suma boa clientela na sociedade, inclusive políticos que desejavam galgar posições. Todavia era mentira que o próprio governador do estado frequentava nossa casa. Tia Antonieta espalhava isso não com o intuito de desmoralizá-lo, mas para valorizar seu conceito profissional.

Pessoalmente, era uma criatura agradabilíssima. Sabia contar estórias como só ela sobre assombrações, mulas sem cabeça, lobisomens, vampiros, leprosos que raptavam crianças e corcundas encantados. Quantas vezes a vizinhança reunia-se em casa para ouvi-la, o que se prolongava até que as crianças chorassem de medo. Outras vezes, com sua voz cantada, lia alto o *Livro de São Cipriano* e a *Bruxa Évora*, aos quais tinha a maior veneração, tanto que mandara encaderná-los.

Descendente de espanhóis e italianos, claro é que tia Antonieta não entendia de macumba como os negros, mas ganhava bom dinheirinho criando galinhas pretas. Vendia-as por preço elevado aos macumbeiros do bairro e, se faltavam, mergulhava as galinhas brancas num banho de tinta, à base de piche, apenas para manter a freguesia. Outra coisa a que se dedicava era a promoção de casamentos. Santo Antônio simpatizava com ela. Suas rezas, seus trabalhos nas festas juninas, suas magias com clara de ovo surtiam resultados magníficos. Quantas vezes entravam em casa jovens que haviam sido defloradas, coisa comum nas quartas-feiras de cinzas. A maioria casava-se, mesmo porque titia aconselhava manter a desgraça em segredo. Se o felizardo não era o sedutor, dava às moças, no dia do aumento, um vidrinho com sangue de galinha para derramarem no lençol nupcial. As moças ficavam eternamente gratas e continuavam a frequentar nossa casa, nunca se aquecendo de levarem-me biscoitos com receio de que eu, em contato com a garotada, pudesse romper o sigilo. Receio vão, pois juro por Deus que só fiz essa brincadeira inocente três vezes.

Embora não fosse muito dada à limpeza da casa, que cheirava a galinhas e seus excrementos, embora não gostasse de lavar roupa por causa do reumatismo, tia Antonieta era cozinheira de mão-cheia. Sempre tínhamos convidados para suas macarronadas, polpetões, nhoque e beringelas recheadas. Era exigente nas questões de paladar e nunca dizia não a um vinho, a uma cachacinha, se bem fosse o anisete sua bebida predileta. Para mim, dava quinado com ovos, que ela própria batia em rítmicos movimentos. Se um dia me faltasse o litro de Gambarota, a pobre senhora tinha vontade de morrer. Queria-me forte e feliz. Devo a ela, ainda, minha iniciação cultural: foi nos seus almanaques que aprendi a ler e a interessar-me pelos mistérios da ciência ao lado dos versos dos poetas antigos. Aos doze anos, já sabia tudo sobre balões, telégrafo sem fio, fonógrafos e pianolas. Também já sabia que Casimiro de Abreu e Álvares de Azevedo haviam morrido tuberculosos, provavelmente devido à masturbação.

Se alguma pessoa na rua, no quarteirão ou no bairro adoecesse, podia contar com a ajuda imediata, espontânea e desinteressada de tia Antonieta. Aí era realmente incansável e só largava o doente depois de vê-lo recuperado, brincalhão e disposto a dividir com ela uma dose verde de anisete. E se o sujeito morria, o seu era o nome mais lembrado para banhar e vestir o cadáver, fazer café e bolinhos no velório e rezar pela salvação da alma. Tinha também as melhores palavras para consolar os parentes e o dom de transformar o enterro numa festa, contando na cozinha as anedotas mais picantes e impróprias para a ocasião.

Tia Antonieta era simples e humana, igual e comunicativa. Seu único defeito, se assim pudesse ser chamado, era a vaidade de ver seu nome impresso nos volantes de propaganda. Vaidade tola, reconheço, pois sempre sobrava um *reclame* para condená-la pelas atividades extraterrenas. Meu rancor à polícia está completamente justificado, porquanto teria, quem sabe, ficado rica se não fosse tão insistente perseguição. E acredito piamente que desejava a fortuna menos por ela do que por mim, tão verdadeira e quente era o amor que me dedicava. A bem da verdade, nunca soube com clareza qual o parentesco que nos unia. Chamava-a de tia, mas talvez fosse minha madrasta, alguma sucessora de minha mãe, que também não conheci nem de retratos. Infelizmente, quando faleceu, eu tinha pouca idade e jamais lhe havia feito perguntas sobre meus familiares.

É possível que, no decorrer desta narrativa, volte a falar de minha querida tia Antonieta, com um sentimentalismo meio piegas, tão condenável hoje em dia, mas não há jeito de evitar. Fico todo derramado quando me lembro dela, o que sucede amiúde. Era com efeito uma criatura generosa que possuía ligação direta com Deus, os santos e o além. Foi ela em seu bairro a primeira pessoa que pressentiu e mesmo anunciou a Revolução de 1930, não porque já tivesse seu rádio de galena, mas porque recebeu mensagens espíritas.

No momento em que escrevo estas linhas, recordo-me arrasado de sua morte imprevista, tão chorada nos três bairros de seu domínio. Doente ela era há muito tempo, porém, supunham que chegaria, altaneira, à casa dos noventa. Morreu muito antes. Na véspera, sentindo dores no corpo e urinando sangue, chamou-me à sua cama. Vi o antigo baralho em suas mãos: o moço trigueiro, a loura perigosa, o arrogante rei de ouros, o misterioso ás de espadas que todas suas clientes temiam, a romântica dama de copas com seus beijos espalhados na carta, o coringa – metálico, promissor e invencível –, o dois de paus, insignificante e indesejado, o sete-belo, principesco, generoso e amante. Lá estavam todas as cartas em suas mãos ressequidas, cansadas de revelarem segredos, amores, traições, rancores, mortes e fortunas. Milhares de pessoas haviam acreditado nelas e partido para erguerem seus castelos.

Madame Antonieta pediu-me que repartisse o baralho, o que fiz com um misto de febre e alegria. Depois, começou a ler as cartas nas suas múltiplas e labirínticas combinações. Sabia que era o meu destino que estava sendo desvendado sobre suas cobertas xadrezes e gastas. Ah, que tive medo eu tive! Os olhinhos de tia Antonieta estavam vivos, oblíquos, mas suplicantes. Não queria que as cartas nada revelassem em meu prejuízo. E se ela fixava as cartas, olhando-as de frente, encarando aquelas figuras e símbolos coloridos, eu apenas passava os olhos pelo baralho, fingindo-me alheio às suas mensagens e previsões

– Você vai conhecer uma pessoa muito bondosa – disse ela. – Esta. A dama de ouros. Uma senhora distinta e amiga. Vejo também dinheiro, bastante dinheiro. Mas sua grande desgraça vai ser a mulher. Não as mulheres, uma só mulher. Cuidado com ela e com o valete de espadas.

Foi, talvez, a maior previsão que tia Antonieta fez em sua vida e também a última porque no mesmo instante teve sono, tanto sono que precisei lhe tirar as cartas das mãos e cobrir-lhe os braços com a coberta. No dia seguinte, estranhando que ainda não se tivesse levantado, fui ao seu quarto e sacudi-a. Sacudia um manequim: morrera.

2 – A dama de ouro

Saí à rua a gritar, espantado com a novidade da morte e com o silêncio que cresceu, como fogo, naquela casa. Em poucos minutos a vizinhança foi chegando, as mulheres e crianças do cortiço ao lado, a família do vendeiro, as lavadeiras e costureiras do bairro, e mais tarde algumas pessoas da classe média, entre elas o próprio dono da casa, aborrecido pois há dez meses tia Antonieta não pagava o aluguel. Todos clientes de titia, gente que lhe dera a mão para ser lida ou que acreditara em suas cartas. As crianças já haviam sido benzidas por ela e curadas do quebranto. Vieram feirantes, os bicheiros e os pinguços do bairro. Não sei quem tratou do atestado de óbito e quem pagou o caixão. Durante todo o dia e a noite foi um entra e sai contínuo, um desfile interminável de pessoas amigas e desconhecidas, que invadiam a casa e acabavam localizando-se na cozinha para o café. Algumas, inescrupulosas, levavam pertences de tia Antonieta: panelas, pratos, garfos e facas, xales, sapatos, vestidos velhos, e outras, mais inescrupulosas ainda desapareciam com espelhos, tapetes, cadeiras, pinico, cortinas, congóleo, o mármore do psichê e tudo o que encontravam. Vendo esse assalto, tratei de pôr no bolso, como lembrança, o encardido e encantado baralho de tia Antonieta, que até hoje conservo com a maior ternura.

A voracidade dos vizinhos e estranhos chegou a aterrorizar-me. O potinho cheio de moedas de tia Antonieta evaporou e com ele os vidrinhos de homeopatia, as tesouras, os óculos, a lapiseira e o ovo de pau da costura. Tive medo de que me roubassem também, levando-me não sei para onde, mas o pior seria se me internassem em algum colégio como sugeria o farmacêutico. A voz geral aconselhava que me entregassem ao juiz de menores (vi a máquina de costura voando pela janela) não porque se preocupassem comigo mas porque achavam que eu sabia coisas demais para minha idade e teria que esquecê-las por bem ou por mal.

À medida que a casa ia ficando vazia, mais aumentava meu temor e o eco das injúrias que lançavam sobre mim, acusando de ser um moleque de rua, um ladrãozinho de feira, um corruptor de meninas, esquecidos de que eu contava apenas catorze anos. Foi então que vi a Dama de Ouro, junto ao caixão, com seu ar sereno e saudável, perfumando aquele ambiente de gente suja e malcheirosa. Não era jovem, devia ter ultrapassado os cinquenta, porém vestia-se com esmero, com luxo mesmo; usava luvas de pelica, casaco de peles, sapatos muito altos e estava bastante pintada, inclusive os cabelos, cor de fogo ou de bronze, sei lá. Não chorava ante o cadáver, mas não roubava nada, nada comentava nem se misturava com aquele povo de segunda classe. Lembro-me de que seus olhos verdes e bonitos vagavam pela sala à procura de alguma coisa e essa coisa era eu, precisamente. Pôs a mão em minha cabeça e, mais próximo, certifiquei-me de que era realmente a figura do baralho, não estática, mas viva, mexendo-se pela sala e sorrindo-me.

– Você é o sobrinho de Antonieta?

Respondi, aflito, que sim, eu mesmo. Ela alargou seu sorriso de dentes de pérolas e afagou-me com sua mão enluvada que deveria ocultar unhas compridas e vermelhas. A memória desanuviou-se: era uma das mais generosas clientes de tia Antonieta. Na última revolução mandara-lhe leite, carne e cobertores. Num Natal enviara-me um trenzinho de corda.

– A senhora é madame Iara?

A Dama de Ouro abriu a bolsa preta e lustrosa e retirou dela um pequeno e elegante cartão de visita.

– Não tenho tempo agora. Depois do enterro, pegue suas roupinhas e vá para este endereço.

No mesmo instante, a Dama de Ouro desmaterializou-se, deixando a presença de seu perfume, que valia pelo sumo de mil cravos e rosas. As outras pessoas torceram o nariz quando ela entrou e saiu. Passaram a falar mal dela e dizer coisas que não teria coragem de botar nesta página, e voltaram ao tema desagradável de minha internação.

Para fugir à ameaça, escondi-me no galinheiro de titia, cuja última galinha preta estava sendo roubada por uma mulheraça gorda como um elefante. Fiquei lá, entre penas e titica, encolhido e trêmulo, quase febril, até o momento em que fecharam o caixão. Voltei, então, à sala. Quase uma dúzia de carros formariam o acompanhamento. Fui no automóvel do farmacêutico, justamente o homem que mais insistia em minha internação. No cemitério do Araçá, vi o buraco triste onde o caixão foi mergulhado. O secretário-geral do centro espírita fez a oração final, sem esquecer de condenar certos hábitos e práticas da buena-dicha. Na volta, chorando, puseram-me no carro do bicheiro, senhor João. Este não queria que eu fosse internado; pelo caminho, carinhosamente, veio perguntando se eu sabia o que era um grupo, um duque, um terno e um milhar seco. Pretendia usar-me em seu chalé. Não me pagaria ordenado, mas teria casa e comida de graça.

Era noite quando os acompanhantes voltaram às suas casas. Só entrei na minha para apanhar a trouxa de roupa. O proprietário já tomara conta dela e, com o dedo grosso esfregando em meu nariz, disse-me que titia era uma caloteira e que devia para todos os estabelecimentos do bairro. Se eu fosse mais velho, obrigar-me-ia a pagar sua dívida de dez meses.

O bicheiro pegou-me pela mão e quis levar-me. O farmacêutico se opôs e também um feirante que morava no cortiço ao lado. Começaram a discutir o meu destino, a princípio calmamente e depois aos brados. Eu apertei no bolso o baralho encantado. A Dama de Ouro estava entre as cartas, ao meu lado, uma espécie de Pimpinela Escarlate de saias.

Houve uma reunião na casa do feirante. Apenas o farmacêutico insistia na minha internação, todos desejavam meus serviços. O maldito feirante queria-me para sua banca, o bicheiro para anotar o jogo e uma costureira (que entrou na disputa) para entregar vestidos. Eu ouvia calado, fora da contenda. Puseram-me um caqui na boca, que me deu nojo, embora ainda goste de caqui. Mas a voz mais alta e perigosa era a do farmacêutico. Mesmo ele já não advogava a causa da internação. Perguntou-me se tinha medo de sangue. Ah, também desejava meus serviços: entregar remédios e talvez aplicar injeções. Dizia, no entanto, que se preocuparia com meu futuro, colocando-me no ginásio. Era um sujeitinho antipático e dele só me interessava sua coleção de almanaques e o livro do Jeca Tatu. A discussão prolongou-se até altas horas da noite e não chegaram a nenhum resultado. Ela continuaria no dia seguinte, porém, eu dormiria na casa do farmacêutico. Foi uma das piores noites de minha vida, passada em claro num divã do laboratório. Que frieza havia ali, entre os frascos de remédio, seringas de injeção, ampolas, agulhas e aqueles vidros de óleo de rícino. Imaginei que, ao menor sintoma de doença, picariam meu corpo com agulhas e obrigar-me-iam a tomar o enjoativo óleo. Fiquei apavorado. Mesmo no escuro, examinei o baralho, demorando-me na Dama de Ouro e no Valete de Espadas. Às seis da manhã já estava de pé, lavando a boca.

Fui tomar café com o farmacêutico, sua esposa, uma magrela feia, e seu filho, da minha idade, que me olhava com desconfiança. Depois, pediram-me que lavasse as xícaras. Evidente: queriam escravizar-me. Logo em seguida, chegavam o bicheiro, o feirante e a costureira para prosseguir a discussão. Ela começou acalorada. Afastei-me e desci para a farmácia. Tirei o cartão do bolso: rua Amador Bueno – madame Iara. O endereço da Dama de Ouro. Ouvindo as vozes dos donos do meu destino, dei alguns passos em direção à esquina e depois disparei a todo vapor atropelando garotões que entravam no grupo escolar. Alguns quarteirões além, perguntei a um padeiro onde ficava aquela rua.

– O que vai fazer lá, moleque? Na sua idade?

Continuei andando e renovando a pergunta que a todos causava espanto, surpresa e escândalo. Cheguei a sentir-me perdido como os meninos dos contos de fada que se perdem nas florestas e acabam abrigando-se na casa de monstros ou de gênios. Foi um jornaleiro de banca, surdo como uma porta, que me deu a primeira informação útil. Teria que atravessar a avenida São João. Fui andando para frente a sentir um pesado enjoo no estômago, o maior enjoo que senti em toda minha vida. Queria vomitar, mas não tinha o quê. Os prédios altos da avenida balançavam e o próprio chão ia e vinha como se eu estivesse no convés de um navio. Sim, enjoo de alto-mar. Eu agora não estava mais perdido na floresta, porém no oceano como um náufrago numa casquinha de noz. Sensação ainda pior. Passara do Inferno Verde ao Atlântico de minha revolta e assustada imaginação infantil. Atravessei a avenida.

Lendo placas de rua, desorientado, dando voltas inúteis, sempre com o enjoo, com medo de afogar-me e de ser perseguido por um navio corsário pilotado pelo farmacêutico, a costureira, o feirante ou o bicheiro, dei com os olhos num casarão colonial, de janelas verdes, batido de sol, amplo, aberto e iluminado. Embaixo era um empório e na parte alta, tão alta naquela manhã, morava minha protetora, a Dama de Ouro, que logo surgiu à janela, com a necessária colher de chá, rodeada de suas sobrinhas, jovens, pintadas, esportivas, pecaminosas e alegres. Aquilo, meu Deus, era um transatlântico no mar de prédios, empreendendo um cruzeiro de luxo, tendo como capitã minha Dama de Ouro. A capitã acenava-me com sua beleza madura e sua bondade sem comércio. Suas comandadas balançavam no ar, mãos esvoaçantes e pródigas. Daí para além tudo foi sonho.

– Vamos salvar o menino!
– Ele está perdido no oceano!
– Tragam uma corda! Inventem uma corda!

Apesar do medo também sorri, julgando-me já salvo dos perseguidores de mão em gancho. O farmacêutico-pirata não me capturaria mais nem o bicheiro de perna de pau. Nem a costureira de papagaio empoleirado no ombro. Aquilo era um transatlântico de luxo com salões para jogos, brinquedos e festins.

As marujas começaram a fazer a corda, improvisada com peças íntimas femininas, frágeis, sedosas e escorregadias. Confesso que tive certo pudor de segurar a ponta que me lançavam, um porta-seios. Mas estava com vontade de subir, deixando para trás o casarão esverdeado, rasteiro e frio onde morara tantos anos com tia Antonieta. Comecei a escalada vendo as marujas puxando a corda lá de cima, com seus cabelos soltos, cheirosos e matinais. Perdi contato com o solo marítimo, já a caminho. Vi a primeira vigia, pela qual espiei. Não era para um menino ver. A França estava ali dentro com sua cultura e suas inovações. Fui subindo, subindo.

— Mais força!
— Puxem o garoto!
— Que belezinha que ele é!
Subindo, subindo.
— Como ele é levinho, coitado!

Fui subindo, subindo. Debruçadas para içar-me as marujas mostravam-me os seus seios aerodinâmicos, arfantes e nutritivos. A capitã não puxava a corda, apenas dava ordens com uma piteira na boca, orgulhosa do milagre do salvamento. Olhei para trás e vi as caravelas superadas dos meus perseguidores, os piratas dos antros pobres da cidade marítima.

— Mais força!
— Upa! Upa! Ele vem vindo!
— Como é bonito o sobrinho da buena-dicha!

As mãos das salvadoras já me tocavam a cabeça. Já me içavam pelo corpo, buscando lugares mais baixos e mais propícios para completar a missão de salvamento. Uma delas fazia-o por brincadeira, cascateando uma gargalhada. Outras estavam compenetradas e vitoriosas. Mas todas emitiam gritinhos, que logo se transformaram numa canção em minha homenagem: "O menino salvo das águas pelas sereias". Música que elas e eu inventamos na hora para a grande ocasião. E sob um sol vermelho, de verão ardente, cheguei, enfim, ao tombadilho festivo, todo suado e sorridente. Vencido pelo cansaço, com o corpo amortecido, joguei-me, pequenino e recompensado, ao colo maternal da capitã, a Dama de Ouro do baralho encantado de tia Antonieta.

3 – A colher de chá

Dormi a primeira noite no sobradão de madame Iara, a capitã, envelopado nos mais finos e frescos lençóis. Falei da colher de chá. Realmente, ela encostou-me nos lábios uma leve e porosa xícara de chá, antes do seu boa-noite, que cheirava a dentifrício e limpeza. Tive o mais reconfortante sono de oito horas, como a ciência aconselha e os vagabundos aceitam. Ao acordar, não ouvi ruídos e pus-me a examinar o camarote: as paredes, pintadas de novo, eram azuis como a própria manhã de minha salvação, e lá não havia cheiros nem insetos como em casa de minha falecida e pranteada tia. Fiquei horas deitado, feito um príncipe plebeu, a descobrir pelo contato e depois pelo raciocínio que um lençol de percal é melhor do que um feito de saco. Descoberta elementar, mas que alterou profundamente minha filosofia de vida.

Eu ansiava, todavia, para rever minha protetora, toda vestida de prata e lantejoulas, chefiando suas borboléticas mariposas, leves e primaveris, ruidosas e confiantes, enfiadas em seus vestidos coloridos e apertados. Para ser franco, pouco me lembrava das agruras da véspera, da morte, do caixão, do Araçá e mesmo das discussões sobre o destino que me seria dado. Estava envolvido demais, respirando uma nova atmosfera e ainda ao sabor dolente das ondas marítimas que sacolejavam o barco das sereias.

– Bom-dia, meu filho!

A porta abriu-se num impulso seco e inesperado. Lá estava minha salvadora, com o mesmo cheiro Gessy de outro dia, roupas novas e limpas, piteira nos dedos e um carinho quente em cada palavra.

Logo mais, chegavam em bando as marinheiras. Queriam ver--me de perto e tocar-me com seus dedos pontudos e curiosos. Eu estava ali para ser exposto, mostrado, feito um bicho raro de jardim zoológico penosamente adquirido pela prefeitura municipal. Sorrindo, saía-me bem. Ó que incrível capacidade de adaptação a minha! Nada estranhava, nada temia, nada repelia, completamente à vontade naquele lar que me abria as portas. Deixei que me tocassem e que rissem de mim e sobretudo que me beijassem e me marcassem de batom. No fundo, minha magreza causava pena, e todas queriam me transformar num touro forte e sensual, tanto que logo vieram as gemadas, o copo de leite, a goiabada, o mamão e as geleias coloridas e frescas.

Uma das marinheiras repetia:

— Coitadinho dele, coitadinho!

Outra:

— Puxa, como é magro, santo Deus!

Outra:

— Mas vai ficar forte, vão ver.

Outra:

— Até que ele é bonito, apesar de tudo!

Uma bonita e sentimental festa pela manhã. Depois, todas elas, as trêfegas marujas, as insensatas sereias, com risinhos intermitentes e metálicos, foram me despindo sob os olhares meigos e longos da capitã. Não pensem que me acanhei, ladies and gentlemen. A situação era rara e explosiva demais para que meus catorze anos oferecessem resistência moral ou muscular. Fiz corpo mole e, completamente pelado, fui transportado, via aérea, esbarrando nos fios das lâmpadas até a banheira embutida cuja torneira para meu espanto jorrava água quente.

— Que coisa feia — comentava a capitã. — Vocês são umas danadas. O menino deve estar morto de vergonha.

Não estava.

As marujas cercaram a banheira para ensaboar-me, coisa que deve ter acontecido ao califa Arun al-Rachid, o grande protetor das artes e da civilização muçulmana. Sultão aos catorze anos, seria absurdo e pretensioso exigir da vida mais do que ela me dava. Lá estavam minhas odaliscas, armadas de sabonetes e esponjas, a tirar do meu corpo e do meu espírito os últimos vestígios materiais da pobreza. Eu era todo espuma e suavidade, já familiarizado com as diversas marcas de sabonete, sentindo as cócegas que me provocavam aqueles dedos longos e indiscretos.

Quando elas me consideraram limpo, tiraram-me da banheira morna e transportaram-me em seus braços para a cama. Vi-me envolvido em polpudas e róseas toalhas, imensos mata-borrões que me secavam dos pés à cabeça. Depois, veio a novidade do talco, neve microscópica, caindo de pequenos tonéis santos, que elas chacoalhavam sobre mim num festival de risinhos. Os mais etéreos e impulsivos tapinhas atingiam-me o corpo todo, espalhando sobre sua excelência, o bebê, o pó branco e gelado.

Sei que tais descrições deveriam ser mais curtas. A vida de uma criança ingênua, salva das águas, não interessa aos adultos. Mas espero no futuro tirar uma edição deste livro, só para menores, quando contarei em detalhes esta parte de minha meninice, muito mais movimentada e saudosa do que aquela em que Casimiro de Abreu viveu caçando sanhaços a laço. O fato é que o menino puro que eu era encontrou a plena felicidade no bordel asséptico e arejado de madame Iara. Verdade, senhoras e senhores educadores. Sempre é tempo de renovar conceitos. Não está perfeitamente comprovado que um garoto precisa de pais, irmãos e tios para se sentir seguro, amparado e bem-formado. Gostaria que alguma madre superiora assistisse à epopeia hidráulica daquele banho para avaliar como está superado tudo que se diz, inadvertidamente, sobre educação e formação dos jovens. Urge uma revisão imediata em matéria tão importante, o que talvez nos colocasse em posição de vantagem e inveja entre os países subdesenvolvidos.

Tratemos, contudo, de passar bem depressa sobre essa parte, o que faço com tristeza. Embora ninguém acredite. O *Coração*, de Amicis, foi durante muitos anos meu livro de cabeceira. Apenas me deixem dizer que fui um menino surpreendente, quase um prodígio, embora não recitasse nas festinhas escolares. Quando madame Iara me perguntou se sabia ler, mostrei-lhe meu certificado de admissão ao ginásio. Minha tia queria-me advogado, provavelmente para libertá-la da cadeia, quando precisasse. Peguei papel e lápis e comecei a exibir minha caligrafia. Peguei um jornal sobre a mesa e li um trecho com voz caprichada, dramática e corrente. Aplausos e mais aplausos. Animado, disse quais eram os países e capitais de todos os países da Europa, os maiores rios do mundo, as montanhas mais altas, a distância que separa a Terra da Lua e outras maravilhas do conhecimento humano. A capitã mal podia crer, e eu prosseguia falando nas diversas raças, religiões, regimes políticos e enumerando todos os presidentes da República, desde o marechal Deodoro da Fonseca ao dr. Getúlio Vargas. Conhecia também o nome do governador, do prefeito e, graças à minha tia, de alguns delegados. Eu era um gênio, sabia tudo, tudo, quem duvidasse que fizesse perguntas.

Fui guindado, então, à posição de menino prodígio, uma espécie de Shirley Temple dentro do bordel, serviçal e compenetrado, com uma palavra gentil para todas as marujas e seus simpáticos fregueses. Porém, o que mais fascinava era a minha caligrafia e a facilidade com que eu escrevia frases nas margens dos jornais e cadernos velhos. Uma delas, revelando sua encantadora ignorância, pediu-me que escrevesse uma carta à sua mãezinha que morava em Minas Gerais. Não me fiz de rogado e com a maior boa vontade redigi quatro páginas fluentes e bonitas, que a própria capitã leu em voz alta, favorecida pela luz que entrava pela janela. Terminou-a com uma lágrima nos olhos, de orgulho e comoção, e beijou-me como se eu fosse seu filho. A mineirinha comprou-me uma caneta-tinteiro, e minha carreira teve início. Passei a ser o escriba oficial e definitivo do bordel. Redator de prostíbulos foi com efeito meu primeiro emprego.

Raro era o dia em que não escrevia uma carta sob encomenda. Cartas para mãe, irmãos, filhos, parentes distantes, gigolôs e amantes ocasionais. Inúmeras vezes testei minha habilidade ante os olhos curiosos da freguesia, gente de ótimo coração e muito inclinada a me dar gorjetas, sempre que eu descia à rua para comprar cigarros e cervejas.

Em poucos meses tomei-me um correspondente de mão--cheia, redação própria, mão firme e especializada em redigir cartas para meretrizes. Foi com incontida vaidade que recebi solicitações de outros bordéis, próximos e distantes. Chegava a ficar com os dedos amortecidos de tanto escrever. Havia fila em nossa sala de visita.

Uma tarde madame Iara disse:

– O menino não pode continuar trabalhando de graça. É abuso.

Comecei, aí, a receber gratificações em espécie: meias, sapatos, camisas, gravatas, vaselina para o cabelo e mesmo ternos completos. Em pouco tempo fiquei com o guarda-roupa cheio. O que ia fazer com tanta roupa? Tinha cinco dúzias de meias, três de cuecas e oito pares de sapatos.

– Chega de presentes – decidiu madame. – Agora, paguem em dinheiro. As moças da casa pagarão mil-réis por carta. Os fregueses, dois mil-réis. E as mulheres de outras casas três mil-réis.

Justíssima tabela. No fim daquele mês ganhei mais de duzentos mil-réis, o ordenado de muitos pais de família. Naquela ocasião, nenhum garoto entregador de coisas ou funcionário de escritório ganhava mais do que oitenta mil-réis. Fiquei animado e feliz. Dinheiro vivo era melhor. Podia pagar as minhas despesas, e a maior, no momento, era a compra de um maço de cigarros Astória, por oitocentos réis, todos os dias. Bem pertinho de casa havia um minúsculo parque de diversões, e eu gostava de exercitar-me no tiro ao alvo. Diariamente deixava uns dois mil-réis naquelas espingardinhas ladronas. Em seguida, descobri o prazer das vesperais nos cines São Pedro e Santa Cecília, com ingressos comprados com meu próprio dinheiro. Assim, ia ao cinema duas vezes por semana, pois havia uma noite em que eu, madame Iara e algumas de suas marujas frequentávamos o luxuoso Rosário ou o Paramount, seguido de uma sorvetada no Campo Belo. Com meu porta-níqueis e minha carteira de couro, sentia-me homem adulto e até com coragem para entrar num bar e tomar uma cerveja preta, ouvindo, ao lado, a conversa mole de malandros e bocas de espera. Para conhecer, conquistar e amar a cidade era preciso dinheiro e nisso era um felizardo. No mês de dezembro, quase um ano após minha vida sob a tutela de madame Iara, redigi tantas cartas e cartões, tantas e tantos, que fiquei com a impressão embaraçosa de que enriquecia. Ganhei um conto de réis.

Madame Iara, amiga e conselheira, chegou até a prevenir-me dos perigos do dinheiro excessivo, mas não imaginem que ela exigisse algo. Tudo que eu ganhava só a mim pertencia. Apenas obrigou-me a abrir conta na Caixa Econômica, o que fiz de má vontade: o dinheiro já fazia cócegas e eu sonhava comprar uma bicicleta a motor.

Certa manhã, radiosa, madame Iara assistiu a um desfile na avenida e voltou para casa com a ideia obsessiva de alistar-me no escotismo. Não me adiantou resistir, pois as marujas fizeram coro, doidas para me ver de uniforme. No dia seguinte eu já estava inscrito no escotismo do grupo escolar da Barra Funda e dali fomos a uma casa comercial da rua São Bento adquirir farda, lenço vermelho, anel de couro, bastão, apito, cantil e mochila. Vi-me diante do espelho no exato momento em que me enfiaram na cabeça um ridículo chapelão que arrancou brados de minha torcida feminina.

– "Um viva ao Setor Oeste não é nenhum favor!"

Estava no escotismo, candidato à primeira vaga de submonitor e escalado para o próximo desfile de Sete de Setembro, com material completo, da Barra Funda à praça da Sé e dali ao parque da Água Branca. Apenas onze quilômetros carregando uma vasta bandeira nacional na posição correta, vigiado por um monitor convicto, várias vezes medalhado por ter escalado o pico do Jaraguá e cujo pai, alemão e nazista, morrera de colapso sobre uma das mais altas montanhas do mundo.

Fui sempre um indisciplinado e inimigo do exibicionismo dos uniformes. Eu sabia sobre sexo mais do que qualquer outro garoto da minha idade, adorava bebidas alcoólicas, já descobrira a delícia de encaçapar a bola preta na sinuca. Mas em matéria de exercícios físicos, banhos frios, brigas de galo, jogos de futebol, natação e unha na mula eu era um fracasso total, um tímido e covarde. O homem não vence pela força dos músculos, graças a Deus. Gostoso era ver as coxas das meninas quando pulavam cordas e espiar pelo buraco da fechadura as marujas de madame Iara tomando banho. Adorava também recortar retratos de atrizes de cinema e mulheres nuas, embora com o receio de que se repetisse comigo o que sucedera a Casimiro de Abreu e Álvares de Azevedo.

Dono desse temperamento maduro, não poderia mesmo vidrar-me pelo escotismo e nenhum respeito me despertava o retrato de Baden Powell dependurado na sede. Todavia, eu fingia bem, mostrava-me atento, aprendia as canções escoteiras e a armar barracas de lona. Era, porém, um escoteiro solitário, sempre a fumar cigarros, escondido dos graduados e a fazer-me doente quando me solicitavam esforços.

O pior, no entanto, foi o desfile, tão ansiosamente esperado pela capitã e pelas marujas. Obrigaram-me a deitar cedo para levantar cedo. Fui uniformizado para a sede, com a mochila cheia de panos para fazer volume e o cantil a pesar-me do lado direito. Na sede, centenas de escoteiros felizes e antipáticos se colocavam em fila. O chefe, um velhusco com cinquenta anos de escotismo, ordenou o início da marcha. Horrível com aquele sol forte, a manhã abafada e o peso que carregava nas costas, sem falar da bandeira. Suava pelo corpo todo. Logo tive sede e levei o cantil à boca. Um líquido diferente! Que espécie estranha de refresco! Gostei, porém, e repeti os goles, sedento.

Ao passar na altura da rua Timbiras, vi um grupo familiar de pessoas. As marujas de madame Iara, felizes, acenando com lenços, decotadas, cabelos esvoaçantes e rostos pintados. A própria Iara estava ali, com lágrimas nos olhos, ao mesmo tempo orgulhosa da minha participação nos festejos patrióticos de Sete de Setembro. Assim que me viram, todas elas romperam o cordão de isolamento e aproximaram-se de mim exultantes e puseram-se a beijar-me estrepitosamente. Causou estranheza.

O próprio chefe veio ver do que se tratava.

– Sua família? – perguntou escandalizado.

– Minhas primas – disse eu.

Madame Iara enfiou-me um bombom na boca.

– Você está o mais lindo de todos! – exclamou.

O mais vexatório foi quando elas aplaudiram.

– Mais respeito com a bandeira! – advertiu o chefe.

Voltei a virar o cantil na boca. Algumas quadras além já estava vazio e minhas pernas perderam a consistência e os prédios se desfizeram em muitos pontos pretos. Brincadeira de uma das marujas: pusera uísque no cantil.

Dormi na sede, entre capacetes, flâmulas e tacapes indígenas, e só fui retirado de lá muitas horas depois por madame Iara e duas de suas comandadas.

Não fiz carreira no escotismo. Jamais chegaria a submonitor e confesso que não aspirava a essa alta graduação. Por outro lado, fui acusado de falta de espírito cívico por ignorar as letras dos hinos patrióticos, o ponto de partida e chegada dos ônibus e por não ajudar os velhinhos a atravessarem as ruas. Causei até certo escândalo numa excursão quando tirei do bolso o baralho ensebado de tia Antonieta e ofereci-me a ler o futuro da turma por dois mil-réis a cabeça. E ninguém me perdoou o fato de ter feito certa necessidade física dentro de um dos gloriosos capacetes da Revolução de 32. Certa manhã, houve uma reunião de submonitores, monitores e guias e resolveram expulsar-me da corporação, visto ter eu desenhado, numa das paredes da sede, uma mulher nua e declarado não praticar uma boa ação todos os dias como exigiam os estatutos. Não me importei, porém a capitã e suas marujas ficaram ofendidíssimas. Foram em grupo à sede e armaram lá o maior escarcéu presenciado pelo Setor Oeste, e uma delas, talvez Nanete, arranhou o rosto do venerando chefe chamando-o de fanchono e depravado. Outra virou no chão a sopa dos pobres, inundando o santuário dos escoteiros da Barra Funda. Aquilo tudo me agradou, já que preferia ficar em casa, seminu, lendo revista, ouvindo rádio e papeando com as marujas e seus fregueses. Por outro lado, as obrigações de escotismo roubavam-me tempo para redigir as cartas, tão generosamente pagas.

Nunca mais se falou em escotismo lá em casa e nem a linha de tiro fiz. A farda demos para um garoto pobre, o apito era usado para denunciar a presença dos tiras e o bastão foi partido na cabeça de um folgado que se recusou a pagar o michê. Quanto ao cantil, conservo-o até hoje em meu museu particular, que espero seja um dia aberto à visitação pública, sob a tutela do governo federal ou da Universidade Católica.

4 – As demais figuras do baralho

Mal saí do escotismo aconteceu um fenômeno fabuloso com as minhas pernas: começaram a crescer. Observei que o mesmo sucedia com meus braços, o tronco e o resto. A pele do rosto sofria alterações visíveis, a tal ponto que um dos fregueses da casa deu-me um aparelho de barba. Cresci doze centímetros em pouco mais de um ano e tive que redigir muitas cartas para comprar novas roupas. Com que orgulho saí do alfaiate Garcia com meu terno de calças compridas, que dali a meses ficaria curto por ter encolhido e por ter eu crescido ainda mais. Quando completei dezesseis anos, a capitã organizou uma bela festa com champanhe e tudo, e recebi um mundo de presentes, entre eles uma assinatura de *O Globo Juvenil*, pois eu andava fascinado com as histórias em quadrinhos, principalmente aquelas que exibiam lindas moças em trajes sumários. Abro aqui um parêntese para lhes dizer que andava apaixonado pela princesa Narda, noiva de Mandrake, por Dale Harden, pequena de Flash Gordon, e por Dayse Mae, a curvilínea namorada de Lil Abner. Fechando parêntese, digo que aquela festa, imprevista para mim, marcou um dos dias mais felizes de minha vida, a maior prova de que eu estava amparado e cercado de amigos. Evidentemente os momentos difíceis haviam passado. Tinha saudades de tia Antonieta, e levara flores ao seu túmulo pobre, mas não desejaria voltar àquela vida de privações e temores. Lá, com madame Iara, tinha de tudo: uma geladeira sempre cheia de frutas, geleias, refrescos, queijos e salames; na sala de espera, jornais, revistas, almanaques e alguns romances, e o guarda-roupa cheio de roupas boas e elegantes. Até dinheiro não me faltava, graças à imensa correspondência dos moradores, vizinhos e frequentadores da casa.

– Assopre as velinhas! Vamos!

Bom pulmão! Com um único sopro apagava dezesseis!

– Nanete ajudou! Assoprou junto!

Nanete era um dos braços direitos do estabelecimento. Alta, ruiva, majestosa e sempre falando alto era uma espécie de subgerente, a que pagava impostos, fazia compras, fechava a porta aos penetras, entendia-se com os tiras e tratava com os russos das prestações. Tinha um admirável tino comercial e podia perfeitamente gerenciar uma grande loja em qualquer ponto da cidade. Graças a ela, madame Iara podia descansar após o almoço e às vezes viajar para o litoral.

No entanto, a maior amiga da capitã não era a expedita Nanete, e sim Geni, menorzinha, rechonchuda, muito pintada, voz aveludada e com muitas amizades nos outros bordéis do bairro. Assim, se Nanete era o ministro da Fazenda, Geni ocupava o Ministério das Relações Exteriores. Se corria algum boato de que iam acabar com o meretrício, era Geni quem visitava as outras casas para testar as informações. Era também a que fazia visitas aos delegados e que mantinha contato com pessoas influentes para qualquer eventualidade. Conhecia muitos jornalistas que, por amizade a Geni, não veiculavam notícias contra a localização do meretrício no centro da cidade. Geni exercia suas atividades com muita segurança, desembaraço e certo idealismo. Úrsula, uma eslava, não sei de que país, já fora casada com um pequeno industrial, e oriunda da burguesia fazia questão de impor no estabelecimento um clima de boas maneiras, educação e afabilidade. Era quem comprava os jornais e revistas, dona de nossa pequena biblioteca. Jamais permitia um palavrão e mesmo anedotas picantes. Se algum freguês perdesse a linha, ficava rubra de ódio e enxotava-o. Era o ministro da Educação e Cultura. A pasta da Saúde era ocupada por uma uruguaia, Consuelo, a encarregada da farmácia da casa, com centenas de vidros de remédio e caixas contendo preservativos. Foi dessa moça, aliás muito experimentada, que recebi uma série de conselhos úteis, inclusive uma aula prática sobre o uso de permanganato. Consuelo representava verdadeira barreira contra os bacilos da família coco, e orgulhava-se de jamais ter apanhado qualquer doença perigosa. Muito amiga do farmacêutico, estava sempre a par das últimas novidades dos laboratórios e teria sido uma grande médica se não tivesse conhecido um certo gigolô chamado Julinho. Berta, baixota, loura, espevitada, neurastênica, assumiu o Ministério da Guerra no dia em que uma cafetina, chamada Daly, começou a roubar fregueses de Iara, fazendo concorrência de preços com uma deslealdade impressionante. A pequena Berta perdeu a cabeça vendo os michês escassearem e foi à casa de Daly, disposta a briga, e lá armou tremenda confusão, culminando com a quebra de uma imagem de Nossa Senhora Aparecida. Os resultados, porém, foram ótimos. Daly deixou de fazer concorrência, e naquela mesma semana houve um pequeno congresso de cafetinas no qual os preços foram rigorosamente tabelados. Mas nada disso teria acontecido se não fosse a intervenção armada da explosiva Berta. O Ministério do Turismo estava merecidamente ocupado pela francesa Simone, que organizava festas, reuniões, visitas, passeios, férias e viagens a Santos, São Vicente, Itanhaém e mesmo ao Rio de Janeiro. Sabia preços de passagens, hotéis, refeições, partida e chegada de ônibus, trens e aviões. Era o próprio Expresso Cometa, sempre disposta a dar graça, alegria e movimento à vida de todos os moradores e amigos da casa. Como gostávamos de Simone! E como sofria, a coitada, quando não havia dinheiro suficiente para tais desperdícios. Teresa, simples, doméstica, eficiente, prevenida, era o ministro de Obras Públicas. Foi ela quem teve a ideia de ampliar a cozinha, de mandar construir um cômodo no quintal e de fundir a sala de jantar à sala de espera para dar melhor aparência e grandeza ao meretrício. Precisavam ver com que segurança lidava com pedreiros, pintores e eletricistas. Tinha em seu quarto um estoque de tomadas, soquetes, maçanetas, trincos, pregos, tachinhas e tintas para as paredes. Ela não teria problemas nos primeiros anos da Rússia comunista, tão afeita aos trabalhos masculinos e vigorosos. Falta, ainda, nomear o ministro de Assistência Social, a simpática

Luana, que se comovia tanto com crianças, mendigos, velhinhos, doentes e fracassados. Raro o mês em que não organizava uma lista para socorrer alguém, comprar remédios, salvar famílias do despejo, pagar taxas escolares e rezar missas pela alma de conhecidos. Claro que era extremamente religiosa, pois perdia o mais caro michê do mundo no decorrer de suas novenas e promessas. Uma vez foi a pé até a Penha agradecer a saúde recuperada de uma empregada baiana, a maior ladrona que já conheci. Pediu-me para ir junto. Fui, mas na praça da Sé tomei o bonde.

Aí está o ministério completo de madame Iara, a capitã. Era democrático, sim, possibilitando a todas o direito de falar, discutir, brigar e discordar. Todavia, ela governava a casa com mão firme, personalidade e um perfeito senso de justiça. Se numa discórdia não dava a primeira palavra, dava a última. Conhecia a vida e as criaturas humanas. Acreditava no destino, mas não se submetia a ele de braços cruzados. Nos momentos de aflição era quem melhor mantinha a calma e o discernimento. Combatia excessos, evitava polêmicas e não deixava ninguém explorar ninguém. A porcentagem que cobrava das suas afilhadas era das mais justas. Ficava com cinquenta por cento, porém dava-lhes casa, um ambiente higiênico, toalhas, desinfetantes, música, revistas, petiscos, beberetes e o calor de sua amizade adulta. Eu estava sempre do lado dela quando um dos ministros tocava no assunto desagradável das porcentagens. E jamais deixei de acusar as que recebiam fregueses clandestinos para fugir à divisão dos lucros. Podia gostar das outras, como amigas, mas era à capitã que devia minha salvação e felicidade. Defendia seus interesses com unhas e dentes, e um dia que vi a baiana, empregada, roubar um níquel do psichê, dei-lhe um vibrante tapa no rosto e xinguei-a de pau de arara. Uma tal de Judy, que se rebelou contra o meio a meio, quase rompe a harmonia daquela casa, provocando num sábado quente um pandemônio que me deu cólicas. Mas a capitã serena, altiva, sentindo minha mão adolescente apertar a sua sob a mesa, fechou a questão e expulsou a insubmissa com todo o vigor.

– Pensem nas despesas que tenho! – bradava. – Aluguel, limpeza, porteiro, duas criadas, dinheiro para os tiras e jornalistas. Devia até tirar mais da metade.

Sacudi a cabeça, afirmativamente, já tomando posição.

– Mas a senhora cobra muito pelas refeições e pela hospedagem.

– O preço de qualquer pensão da Barão de Limeira. Não exploro ninguém. E as que não estão satisfeitas que vão embora. Há muitas espeluncas por aí à espera de vocês. Vão e sei que voltarão em menos de um mês com o rabo entre as pernas. Os homens gostam de casas bonitas, limpas e agradáveis. Nós vivemos de aparências, não?

Não falei dos serviçais, parte integrante da tripulação. A baiana ladra era a Rutona, mau-caráter, mas um gênio na cozinha. Suas moquecas e vatapás aumentaram minha alegria de viver. A arrumadeira, um tipo albino, banhada em soda cáustica, chamava-se Dina. Finalmente, o porteiro, o nosso Buster Keaton, magro, calado, com seu fraque colado no corpo como goma-arábica e, segundo a impressão geral, inclusive da polícia, era viciado em entorpecentes. A verdade é que nos bons tempos faturara muitíssimo. Cinquenta ou mais mil-réis por noite. A casa de madame Iara, porém, eram também os seus fregueses: os ocasionais e os habituais. Os ocasionais não ultrapassavam a média de dez por dia, e apenas aos sábados e vésperas de feriados havia superlotação e filas. O movimento começava depois do almoço e prolongava-se até as quatro da madrugada. Todos os cômodos eram ocupados, por isso eu tinha licença de ficar na rua até mais tarde. Posso dizer que esses fregueses pertenciam na maioria à imensa classe média, já que o operariado não podia pagar a tabela exigida. Eram subgerentes e gerentes de loja, professores, contadores, estudantes de cursos superiores, funcionários públicos e bancários bem remunerados, donos de lojas e pequenas indústrias, jornalistas, músicos de cabarés, apressados pais de família com responsabilidades e um grande número de interioranos, entre eles prefeitos, donos de jornais, de casa de jogos, turistas perdidos na grande cidade, médicos e advogados de pequenas e mortas cidades. Boas pessoas que, após um curto romance com Teresa, Berta, Simone, Luana ou qualquer outra, saíam de lá felizes, realizados, e acabavam por transformar sua euforia em níqueis que iam às mãos profissionais do nosso Buster Keaton.

Esses eram os ocasionais, que lá apareciam uma vez na vida e outra na morte apenas para poder dizer aos outros que conheciam o mundo. Gente que, ao chegar em casa, ia tomar leite na cozinha envergonhado de sua aventura e com verdadeira ânsia de beijar os filhos e netos. Eram necessários milhares e milhares desses tipos para sustentar o estabelecimento de madame Iara. Mas, felizmente, havia os outros.

Os fregueses habituais quase sempre procuravam conhecer todas as marinheiras, depois, fixavam-se numa delas. Cada maruja possuía cinco ou seis fãzocas que as visitavam semanalmente. Homens sedentos de romance e diálogo. Esses transitavam pela casa, iam à cozinha, abriam a geladeira, retiravam guaraná e azeitonas, ouviam o rádio, ligavam a vitrola, desfilavam em cuecas, tomando todas as liberdades. Muitos prestavam pequenos e grandes favores: um tapeceiro pôs cortinas na casa a preço de banana, um médico examinava as marujas sem cobrar nada, um advogado resolvia os casos jurídicos e os donos de lojas nunca vinham com as mãos abanando. Traziam cortes de vestidos, sabonetes, ferros elétricos, bibelôs, sandálias, meias que não desfiam, sutiãs, pijamas, latas de cera, doces, bebidas e tanta coisa mais. Até as empregadas e Buster Keaton recebiam presentes. Num dia em que o porteiro teve um acesso de asma, foi internado e curado sem que ele ou madame Iara tivessem que gastar um tostão. Bons fregueses, amigos, gentis e protetores. Mas havia também os chatos. Davam-me com o nó dos dedos na cabeça e chamavam-me de João. Um deles acusou-me de lhe ter tirado dinheiro da carteira, quando foi a Rutona, suponho. Tive que me baixar, ágil, para não levar um tabefe. Os piores eram os jogadores de bicho. Enquanto se divertiam com as marujas, eu tinha de ficar no chalé à espera dos resultados. Uma vez, um desses gaiatos pegou um terno. Mais que depressa, alterei o resultado e fiquei com o dinheiro: cento e sessenta mil-réis. Que semana!

Além desses habituais havia os mais habituais ainda, os amigos de todos os dias, geralmente pouco endinheirados. Um tal de Gumercindo, jornalista, embeiçou-se por Simone e foi um deus nos acuda. Quis largar a esposa com quatro filhos e fugir com a maruja. Madame teve que intervir e dar conselhos. Outro habitualíssimo era um locutor de rádio, o maior cartaz entre as moças, sempre com um zero na carteira e uma lábia de causar inveja. Berta apaixonou-se por ele e foram viver juntos durante um mês; acabou voltando arrependida e decepcionada com as sopas de vento que o locutor serviu. Não posso esquecer um turco, o Abbud. Queria que todas as marujas se apaixonassem por ele, mas seu romance foi com a Rutona baiana, com quem, dizia, pretendia casar-se. Lembro-me de um poeta, o Alcindo, autor de um livreco, *Castelos na areia*, o maior encalhe editorial do primeiro meio século. Queria romance com Luana. Resta-me falar do professor de um grande colégio, o maior copo que já vi, sempre com a boca mole, os olhos amortecidos e fazendo longas declarações de amor à Teresa.

Cafetões e gigolôs eram repelidos por madame Iara, que declarava não tolerá-los. Só permitia namoros inocentes. Apenas uma vez amoleceu e justamente com o Valete de Espadas, justamente com ele.

5 – O menino vira homem

Os anos passavam lentos, cheios e felizes. Por insistência e ponderação de madame Iara, fiz um curso preparatório ao ginásio num ano. Meu meio de vida, no entanto, continuava a ser a redação das cartas, o pequeno escrevente florentino de Amicis. O trabalho, porém, já me cansava e a turma reagiu mal ao aumento que solicitei. É que minhas despesas cresciam. Ficara vaidoso em matéria de vestuário, só frequentava os cinemas caros do centro, pegava táxis de quando em quando, não passava um dia sem beber alguma coisa e fumava cigarros de primeira categoria. Na sinuca às vezes deixava algum e, se conseguia namoradinhas, as despesas dobravam. Recorri ao baralho de tia Antonieta, jurando que ela me ensinara a ler os destinos humanos. Como conhecia todas as pessoas daquele mundo, não me era difícil adivinhar coisas, fazer previsões, advertências, estimular receios, prevenir contra inimigos evidentes, sempre com alusões reticentes a cartas, enfermidades, viagens, brigas em família, embaraços e mortes. Adquiri grande prática, e embora eu mesmo achasse as funções um tanto humilhantes para um homem, complementava com elas os meus gastos.

Aqui nem é preciso dizer que o convívio com as marujas não era meramente platônico, pois sempre nos surgem boas ideias quando não há o que fazer. A própria capitã apadrinhou e estimulou as primeiras experiências, escolhendo como professora a comunicativa Simone, a quem rendo minhas homenagens pelo alto espírito didático e profissional. A essa altura, creio, já posso dizer por que bagunçou o comércio da correspondência. Se elas nada me cobravam, com que autoridade ia eu cobrar o meu serviço. Depois de conhecer Simone, tive curiosidade pelas outras, o que me foi satisfeito sem problemas ou súplicas. Até a Rutona baiana, a cozinheira ladra, teve que pagar em espécie as mensagens que eu lhe redigia para a Baixa do Sapateiro. A arrumadeira albina foi no dia seguinte e daí passei a trocar interesses com as marujas de outros navios, dependentes de minha pena fácil e inteligente. Ao chegar aos dezessete anos o sexo já não oferecia segredos para mim e começava a vê-lo como uma mercadoria igual às outras. Cheguei, inclusive, prematuramente a deixar as marujas em paz, voltando a cobrar pelos meus serviços redacionais, tão necessitado estava de dinheiro. Nesse tempo tive uma dispendiosa namorada nos Campos Elísios, o que me obrigava a pedir emprestado até a Buster Keaton, o silencioso porteiro. Mas o sonho de Buster era ter um fraque novo e por isso não me emprestava muito nem por muito tempo.

 Quando completei dezoito anos, a capitã começou a mostrar-se preocupada com meu futuro. Vivia me perguntando o que eu desejava ser, qual a profissão que seguiria. Era uma conversa desagradável e eu ficava pálido quando ela pleiteava para mim um emprego público, usando das influências de um de seus mais importantes fregueses. Realmente eu não sabia o que queria ser. Aliás, sabia, sim. Não queria ser nada. A vida que eu levava era boa demais para ser trocada por outra duvidosa. Levantava tarde, muito tarde, fazia uma bela refeição matinal e depois ia redigir as cartas. Depois do almoço, dormia até as quatro. Então, saía pela cidade, sem rumo nem ambições, conversando com um e com outro, bebericando nos bares, jogando sinuca, fofocando sem roteiro, até a noite, quando voltava para casa e jantava. Se a noite me convidava, me dizia "Venha", eu saía, senão, ficava no transatlântico namorando as marujas ou jogando cartas com elas até a madrugada. Sempre ia dormir balão, com o caco cheio, a língua solta, ou cansado de dançar o tango com a Berta, amante fanática do ritmo. Justamente nessa época, descobri os cabarés, nos quais entrava, apesar de menor de idade, pois conhecia os porteiros, viciados no tiro ao alvo. Amigavelmente, comprava-lhes meia dúzia de rolhas e arrolhava-lhes a boca. Assim, ia eu ao O.K., ao Wonder Bar, ao Império. Minhas despesas aumentaram e comecei a ficar aflito, pois não é que uma cerveja nesses lugares custava vinte mil-réis? Se fosse um dia sim, outro não, só de bebida gastaria trezentos mil-réis! Muito dinheiro! Para safar-me dessa, fiz-me jogador de bicho, imaginoso, entendedor da mecânica e dado a decifrar sonhos. Cheguei a acertar muitos ternos, duques e centenas, mas foi mais o que perdi, confesso. A sinuca oferecia maior segurança e rentabilidade. Caí na pateação. Ficava brincando com as bolas do Taco de Ouro, fazendo a vara espirrar, como se fosse analfabeto em efeitos e tabelas. Uns rapazes simpáticos do XI de Agosto viam e achavam graça. Aí eu convidava-os para uma partida a cinco mil-réis. Acabava ganhando por meio cordão ou nem isso, só para tapear. Fingia temer o "dobro ou nada", mas ia, sorrateiro, cheio de dengue, fazendo-me nervoso. Deixava toda a responsabilidade na bola sete e ganhava por pura casualidade.

A sinuca foi minha salvação naquele ano. Mas logo fui ficando manjado nos salões como pateador profissional. Ninguém queria jogar comigo a não ser os matutos e os estudantes dos cursos secundários, que não tinham dinheiro. Minha fama de dissimulador chegou até os bilhares da praça Marechal Deodoro e do largo do Arouche. Passei a tentar sorte nos bairros, buraco n'água. Nos bairros ninguém joga com estranhos, e os caras são duros e não gostam de apostar a dinheiro. Foi um reinado curto que apenas rendeu dinheiro para meu ingresso nos cabarés em sua fase aguda das típicas e marimbas. O fato é que dia a dia eu mais profundamente mergulhava nesse mundo sul-americano de sensações baratas, mas que tinham para mim um envolvente encanto. Enquanto dançava ou via os pares dançarem, acalentava a ideia de ter um dia meu próprio cabaré, com saletas no fundo para jogos, alguns gramas de cocaína para os doentes, e prostitutas que soubessem a arte do tango, da mentira e da exploração. Isso que era sonhar: um grande retrato de Carlito Gardel na gerência, meu nome trocado para Ramón, uma vintena de dançarinas me badalando, fazendeiros entrando e saindo com a safra do café debaixo do braço e Buster Keaton de fraque novo na porta. Um menino da minha idade tinha o direito a essas evasões, à contemplação lusco-fusco dessas miragens noturnas. Num arrojo de imaginação, via-me em noites de comemorações e excessos, mandando os leões de chácara desocuparem o salão para que eu e minha favorita dançássemos um tango comprido e demagógico, com passes de equilibrismo e elegância. Depois, caía na realidade e voltava para casa a tempo de ver os últimos fregueses de madame tentando espichar sua madrugada.

Esta era minha vida, minhas senhoras e meus senhores. Assim, ou quase assim, fui dos catorze aos vinte anos, da morte de minha tia Antonieta, a astróloga, à decadência de minha querida Dama de Ouro, madame Iara. Antes disso, porém, do término de sua fase de ouro, muitas coisas aconteceram e me aconteceram, tão importantes como as que já relatei, e muito mais difíceis de serem relatadas.

Certo dia de 1937, ou não, madame Iara recebeu uma nova afilhada, uma maruja que passou a estimar com todo o seu coração de mãe e cafetina. Chamava-se Guadalupe, a Virgem de Guadalupe, ou simplesmente Lupe, ou ainda Lu, para os preguiçosos. Mal completara dezoito anos e tinha dentro de si um motor que puxava sua carga leve com um tremendo arranco para a vida adentro. Quando passava pela gente chacoalhava o ar, emitia ondas sonoras, luminosas e magnéticas. Ela fazia parar corda de relógio, o cuco da parede se assanhava, o rádio dava estática, a vitrola desafinava, Buster Keaton, o porteiro, começava a falar, e acontecia uma série infindável de desarranjos mecânicos como se os habitantes do planeta Ming, governados pela princesa Azura, quisessem invadir o nosso, usando o poderio científico de seus inventos e raios infernais. Ela entrou na casa e logo ficou dona porque as outras perto dela iam ficando pequenas, derretendo-se, volatilizando-se até o nada absoluto. Apenas madame Iara com seus cinquenta e mais anos não se despersonalizava, a mesma, intacta, perfeita, sempre a chefe, a protetora e a amiga.

Quando vi aquele fenômeno de beleza e dinamismo entrando em casa, toda de pé, durinha, virginal, radiosa, como uma flecha a caminho do alvo do parque, algo parecido com um avião, com uma flor, uma joia e um domingo de sol, fiquei vidrado, como se diz hoje, e me aproximei dela.

— Este é meu afilhado.
— Lu.
— Só Lu?
— A princípio me chame de Lupe.

Durante quarenta e oito horas, fui o criado de Lu, o faxineiro de seu quarto, o arrumador de cama, o carregador de malas e o boy que lhe comprou dentifrícios, sabonetes, perfumes e todas suas armas de agressão, posse e morte. Mas alegria de pobre dura pouco, e a minha durou muito pouco mesmo. Dois dias depois, alguém vai entrando sem dar trela ao Buster Keaton. Olhei. Encarei o tipo. Parei no meio do corredor para lhe impedir a passagem. Fiz cara de mau e tarado. Sabem quem era? Sabem vocês quem era?

O valete de espadas.

6 – O Valete de Espadas

O Valete de Espadas (só podia ser ele, sim, era ele, estava na cara, fugitivo de um baralho velho) foi entrando ereto e sem problemas. Vestia-se de branco, sapato de duas cores, colarinho engomado, gravata estreitinha, com prendedor ostensivo, abotoaduras de ouro falso, cabelos empastados de vaselina, nariz aquilino, magro e ágil, pisada enérgica. Quando se voltou, vi-o de frente: dentes amarelados, bigodinho bem tratado, brilhante, costeletas, e a inconfundível cabeleira a jaquetão dos gigolôs manjados. Seus sapatos novos rangiam no assoalho carunchado.
– Ó garoto, a Lu está aí?
Sabia, adivinhava.
– Acho que sim.
– Está ou não está?
– Não sei.
– Vá ver. Diga que o Esmeraldo chegou.
O Valete de Espadas chamava-se Esmeraldo.
Fui bater no quartinho de Lu, tão cuidadosamente arrumado por mim naquelas quarenta e oito horas. Ela abriu a porta, sorriso molhado, largo e contagiante.
– Seu Esmeraldo está aí.
– Não! Está mesmo? O Esmeraldo?
Lu beijou-me no rosto por ser eu o portador da boa notícia e dependurou-se no pescoço de Esmeraldo dobrando as pernas no

ar, toda alegria, saudade, explosão e cinema. Era o encontro grudento de dois amantes. Quando se largaram, depois de um beijo que me jogou de encontro à parede, voltaram-se em minha direção e ele enfiou uma nota de cinco mil-réis no bolsinho de meu paletó:

Ela:

– Não é preciso, ele é afilhado da dona.

Fui para o banheiro, rasguei a nota em mil pedacinhos e joguei-os no buraco da privada. Estava certo, convicto. Era o Valete de Espadas, meu inimigo definitivo, como o professor Moriarty era de Sherlock, como Saki era de Mandrake, como o Brutus era de Popeye. Um inimigo mais velho do que eu, uns dez anos, mais experiente, mais senhor de si e já contando com um troféu em suas mãos.

Daquele momento em diante, tudo mudou. Passei a irritar-me quando me pediam cartas, a maltratar minha freguesia, para espanto da capitã. Se ia ao tiro ao alvo não acertava uma. Os cabarés passaram a ser lugares de sofrimento, hospitais de dores de cotovelo, as ruas e avenidas levavam à distância e solidão, as músicas provocavam-me lágrimas e apenas o álcool ajudava um pouco, fuga de uma realidade humilhante e esmagadora. Um porre todas as noites. A geladeira da capitã vivia vazia porque eu a esvaziava. E o pior era ouvir o Valete:

– Ó garoto, vá comprar cerveja pra mim.

Quis fazer-me de escravo: tinha que descer para comprar cerveja, cigarros, fósforos, revistas, jornais, lâmina de barbear, graxa de sapato e vaselina para o cabelo. Não me dava descanso, sempre a exibir sua carteira recheada de notas, tendo Lu ao redor do pescoço, envolvendo-o até cansá-lo com seus braços redondos, lisos e inquietos.

– Desça! Vá comprar *O Dia*.

O gigolô passava a maior parte do dia com Lu. Bastava que ela fizesse um michê e invadia o quarto para tomar-lhe o dinheiro, um prazer para Lu. A capitã não gostou, mas Esmeraldo soube amaciá-la com atenções, presentes e a promessa de trazer para lá cavalheiros importantes. Disse que andava circulando entre jogadores endinheirados e que a todos falava de sua casa. Era muito relacionado.

– O pior não é isso, o pior é que querem fechar.
– Não tenha medo.
– Por quê, Esmeraldo?
– Porque sou amigo da polícia.

Era certo que trazia fregueses para Lupe, já que tinha interesse nisso, mas duvidava de que pudesse proteger a casa de uma invasão policial.

– Vamos jogar cunca, pessoal.

Isto Esmeraldo sabia fazer bem, doido por uma jogatina, maneiroso nas cartas, olhos vivos, atento a tudo, jogando para ganhar, não por distração. A capitã também tinha o fraco das cartas e sentava-se à mesa com ele, convidando Simone, Teresa, Berta ou qualquer outra. Se Lu entrasse na rodada, eu ficava sapeando e lançando sorrisinhos para ela; senão, ia à cozinha preparar um gim-tônica ou vermute com gelo, o primeiro de uma série sem fim. O movimento de fichas indicava que também no jogo o Valete tinha sorte, queimando os cacifes alheios. Aquelas pobres operárias do amor deixavam sobre a mesa quase tudo o que ganhavam, pois o diabo do gigolô com seu aparelho visual de raios X conhecia o jogo dos outros. Parecia sentir o cheiro dos curingas e caía fora, mas quando estavam em suas mãos, suas cartas ficavam grossas; impenetráveis numa dissimulação perfeita. Num sábado depenou todas as afilhadas da capitã, e depois, permitindo licença para Lu, foi com ela ao teatro e ao restaurante.

Cheio de ódio, eu pensava numa forma de eliminá-lo. Comecei por protestar contra a jogatina, mas as perdedoras não estavam revoltadas. Queriam perder mais, as otárias.

– Você está com ciúme.
– De quem?
– De Esmeraldo.
– Que bobagem, Berta. Tenho namorada.

Ninguém acreditava em mim, porém temiam que Esmeraldo, tão vivo, desconfiasse do meu discreto interesse por Lupe e fizesse a minha pele. Valente dizia ser, principalmente com uma arma branca na mão, e a prova eram suas passagens pela polícia de vários estados. Costumava contar histórias, que as marujas ouviam atentas e fascinadas com as exibições orais de masculinidade.

Ouvindo essas bravatas, madame Iara, preocupada, olhava para mim. Carinhosamente foi dizendo para que me esquecesse de Lu.

– Há moças mais bonitas.
– Não gosto de Lu.
– Não minta, meu filho. Tenha cuidado. Esse tal Esmeraldo não está para brincadeira.

Nenhuma delas apostaria um tostão em mim, e sendo fraco temia que meu rival visse ainda mais do que costumava ver.

– Venha jogar, garoto!

Faltara parceiro para o cunca. Fui porque Lu estava na parada, mas depois de ter ido embora a metade do meu cacife, ela fez cara de doente, levou a mão à cabeça como se estivesse num palco e saiu da mesa. Substituída por Berta. Continuei o jogo, caprichando, rezando pela presença cônica dos curingas salvadores, porém os endemoninhados insistiam em não aparecer. Lupe, luz e precipício, reapareceu na porta, esquisita, olhando-me, foi chegando como uma cadela de luxo, cheia de pelos brilhantes, postou-se ao meu lado, com os olhos na direção da estrela Sirius, mãos soltas, esquecidas, sob a mesa, boquinha encolhida assoprava o ar, não queria nada e queria tudo. Sentia tocar em minha mão uma mosca de cartão, de superfície lisa e plastificada, agradável, porém elétrica. Baixei os olhos como se fosse rezar e vi a maruja, isto é, seus dedos, segurando com audácia e cumplicidade um curinga de dois metros de altura, novinho em folha, charmoso, atraente e meu. Peguei a arma secreta, substituindo-a por um mísero cinco de paus, que enfiei entre os dedos colantes e mágicos da Virgem de Guadalupe.

Alguns minutos depois, eu atirava as cartas sobre a mesa, bradando "Bati!". As moças me felicitaram, porém o gigolô ficou lívido e espalhou também suas cartas com rancor e desejo de matar alguém.

– Aqui há truta.
– O quê?
– Truta.

E provava sua suspeita que era uma certeza: tinha dois curingas. Estávamos jogando com três? Dois baralhos, dois curingas.

Por que o terceiro? Olhou-me, soltando as mãos, agitando os dedos, pronto para a agressão.

– O que foi?
– Vai apanhar, garoto! Ouviu? Vou lhe marcar o rosto.
– Por quê?

Lu começou a chorar.

– Por que está chorando, você?
– Fui eu, Aldo.
– Tu?

Meu coração disparou, porém não me atrevia a olhar para a capitã a fim de pedir socorro.

– Por brincadeira – disse ela. – Tirei o curinga de outro baralho. Fiquei com pena do rapazinho.
– Pena? Foi mesmo pena ou outra coisa?

Mas não esperou a resposta: vibrou a bofetada. O rosto de Lu foi atirado para o lado e mal voltou à posição natural de nascimento já recebeu novo golpe curto, rápido e estrepitoso. Meu Deus! Sangue! Sangue que molhava a boca de Lu e pingava na mesa. Sangue! Nunca pude ver sangue. Se ele não existisse eu seria o maior valente deste mundo, bateria em mil Esmeraldos, mas não posso com sangue, odeio sangue. O gigolô ia atacar-me. Ouvimos então a voz salvadora e certeira da capitã.

– Mais um tapa em alguém e chamo a polícia.
– Escute aqui, minha senhora...
– Chamo a polícia, está ouvindo? Não gosto de valentes nesta casa.
– Mas a senhora pode ver que...
– Não quero ver coisa alguma e esta foi a última vez que se jogou nesta casa.

A capitã levantou-se; quis demorar-me mais, porém ela puxou-me pelo braço e levou-me para o quarto. Depois, voltou para cuidar de Lupe, obrigando-a a lavar a boca ensanguentada.

No quarto, comecei a esmurrar o travesseiro até incharem os punhos. Maldito Valete de Espadas. Jamais deixaria de odiá-lo. Era o meu inimigo, o completo vilão que teria de derrotar. Comecei a estudar as possibilidades de uma luta frontal. Mais velho do que eu, talvez tivesse mais malícias. Já brigara muitas vezes com malandros da pior espécie. Não era alto nem atlético, mas malevolente, escorregadio, quem sabe mestre do rabo de arraia e da capoeira. Talvez tivesse uma navalha na meia, Deus meu! Não era assim, com estupidez e desatino que eu o venceria. Teria que craniar a vitória, lançar as cascas de banana, usar de estratagema e crocodilagem.

À noite, eu e o gigolô nos topamos cara a cara no estreito corredor, tendo o frágil Buster Keaton como testemunha.

– Deixe minha mina em paz, guri.
– Que mina? Espere aí, vamos conversar, Esmeraldo.
– Não bote a mão em minha mina senão o opero da apendicite.

Não se pode conversar com uma pessoa que usa esse tipo de linguagem. Evito a gíria excessiva, que marca o malandro e fecha-lhe as portas. Já tinha grandes aspirações sociais. Não lhe disse mais nada, porém, naquela mesma noite, tive que ouvir os conselhos maternais da capitã.

– Você não devia ter apanhado a carta.
– Não sabia que era de outro baralho.
– Mesmo que não fosse.
– Pensa que tenho medo desse tuberculoso?

Jamais levei tão a sério um conselho. Não olhava para Esmeraldo e quando estava presente ignorava a existência de Lupe. Todavia, o mundo é cheio de mistérios. Três dias mais tarde, Lupe e ele voltaram às boas, amantes como nunca. Quando iam para o quarto e eu estava na sala, o cão esquecia a porta aberta para que eu visse Lupe desvestir-se, através do espelho. Cão, mil vezes cão.

Sozinho em meu quarto, tirava do bolso o baralho santo de tia Antonieta e lançava indagações ao destino. Lá estava o Valete de Espadas com sua elegância suburbana e a ameaça cortante do seu naipe. Antipático igual ao próprio Esmeraldo. Minha protetora, a Dama de Ouro, envelhecera um pouco naqueles seis anos, já descorada, prejudicada nos seus ângulos retos, com manchas em sua superfície lisa. Mas qual, ó buena-dicha, entre as cartas seria Lu? Havia uma que entrava e saía em todas as cartadas! Uma dama de copas, romântica e volúvel, voltada ora para mim ora para o infame Valete de Espadas. Há coisas que um cartomante amador não sabe ver nas cartas, só mesmo a experiência longa e total de tia Antonieta. Rezei por sua alma, ajoelhado, e jurei que mandaria fazer uma missa em sua homenagem assim que pudesse.

Amanheci, no dia seguinte, como se um camarão da Light tivesse passado sobre mim. O corpo doía nas juntas e a alma em toda a sua extensão. Bebi um litro de água mineral, com o mal--estar acre de uma ressaca. Outras humilhações teria que passar, mais surras daria no travesseiro, mais noites maldormidas, e até uma explosão de lágrimas no colo da capitã. O rumo do destino, porém, ia mudar não só para mim como também para todos que navegavam no transatlântico florido da capitã.

7 – O destino bate à porta: madame Iara não abre

Depois de mil notícias, reclamações, artigos e diz-que-diz--que nos jornais, o poderio do dinheiro venceu e a zona teria mesmo que se confinar no Bom Retiro. Uma batalha perdida. Certo sábado à tarde, a polícia bateu na porta, mas madame Iara, prudentemente, não abriu. Já perdera o direito à casa e seus móveis e utensílios mais caros estavam sendo transportados para outro endereço. Queria, porém, resistir ainda e nisso era insultada por todos, principalmente por Esmeraldo, que afirmava ser amigo dos tiras e limpo com os delegados.

Uma tarde, segurou minha mão entre as suas.

– Você vai junto, meu filho.

– Para onde?

– Para onde eu for.

– Não sei, não. Já dei tanto trabalho para a senhora, e como vê nem posso mais me sustentar.

– Quero que entre numa faculdade. Qual é sua vocação?

– Nenhuma.

– Não faz mal, cuidarei de você assim mesmo.

Mas eu não pretendia isso; já não era criança, tinha que ser independente, caminhar sobre minhas próprias pernas, não ter medo do mundo, conquistar meu lugar ao sol... ou à sombra. Além disso, receava que a Dama de Ouro fosse começar sua rápida e triste decadência comercial, e eu não gostaria de precipitá-la com meu peso morto. Passei a ver o transatlântico da capitã com olhares de adeus. Fixava nos olhos aquelas paredes desbotadas, o congóleo verde e ramado, a gaiola do papagaio, o enorme crucifixo, os móveis negros e desbeiçados, a mesa oval da sala de jantar, os abajures dos quartos, o assoalho com suas tábuas soltas, os fios elétricos com as flores de papel, a ramagem da área e do quintal e sobretudo o cheiro de pó de arroz, os perfumes ambulantes e ainda os retratos de artistas de cinema recortados das revistas e pregados nos quartos. E junto com o que via, fixava o que já não via e sentia, o grande banho triunfal da primeira manhã, as espumas aladas, os sorrisos de euforia, a quentura da água e a aquática malícia daqueles dedos femininos.

A batida aconteceu no sábado seguinte. Como se adivinhasse, naquela semana, flertei o tempo todo com Lupe e pus uma rosa em sua cabeceira. Comprei-lhe cigarros e sorvetes, na ausência do Valete. Atrevidamente, segurei-lhe a mão sob a mesa, na hora do jantar.

– Onde vai se isto acabar?
– Volto para o Rio – disse ela. – Foi de onde viemos.
– Com Esmeraldo?
– Decerto.

Fui acompanhar a capitã numa novena e diante dos santos prometi ser um bom católico até a morte. Mas antes queria uma ajudazinha. Recorri também à macumba, graças à baiana Rutona, doutora no assunto. Os olhos, porém, do espírito mais se voltavam para minha tia morta. Levei flores à sua sepultura, quando soube que já tinham desenterrado os seus ossos. Trouxe as flores de volta e as distribuí à marujada para ter um pretexto de novo contato com Lupe.

– E você, para onde vai?
– Ao deus-dará.
– Você é moço, sabe se arranjar.

Muito previdente, a capitã pagou os ordenados das serviçais e deu roupas, mantimentos e dinheiro para Buster Keaton. Não tivera tempo de comprar um fraque novo.

– Isto não vai acabar – disse ele.

– Acaba, sim.
– Não acaba. Sou porteiro há trinta anos, sempre as mesmas conversas.
– Em todo caso, boa sorte.

Foi na sexta à noite, com a casa quase vazia porque as pessoas que se prezam temem batidas. Acordamos no dia seguinte chateados. Um caminhão levou alguns móveis, mas o comércio continuou e à tarde quase todas as marujas estavam lá, inclusive Lupe e Esmeraldo. Ele, romântico, no quarto, seminu, esperava Lupe para uma hora de amor na tarde quente. A capitã tomava chá, Berta bordava, Teresa ouvia rádio e eu contava o dinheiro.

A polícia não pediu licença, não tocou a campainha, não mostrou papéis. Vi um vasto tintureiro parar na porta e dei o alarme. A casa, pelo quintal, comunicava-se com a propriedade vizinha, e esta tinha acesso à outra rua. Já estudáramos essa retirada, se algum vexame fosse imposto. Todas as portas dos quartos se abriram ao mesmo tempo e um japonês, imberbe e míope, foi a primeira figura que discerni, saindo da alcova de Simone. A capitã, com toda a dignidade, tomou a dianteira, enquanto eu fechava a porta da rua. A marujada gritava, confusa, desordenada, apavorada. Lupe, saindo do banheiro, foi entrar no quarto de Esmeraldo. Não deixei.

– Saia, saia, vá com as outras, pelos fundos.

Ela obedeceu-me, aglomerando-se com as demais fugitivas, entre elas a albina e a Rutona, que não precisavam fugir. Esmeraldo estava naquele justo momento no banheiro. Tive a certeza disso ao entrar em seu quarto, vazio.

A polícia arrombava a porta. Esmeraldo saiu do banheiro e foi para seu quarto, quando eu me precipitava pelo corredor, como uma bala, indo juntar-me às marujas no quintal e passando pela casa vizinha. O último ruído que ouvi foi da porta da rua, arrombada com estrondo. Eu prendia na minha mão a mão de Lupe, e fomos dos primeiros a chegar à rua.

– Vamos embora – ordenei.

Ela lembrou-se, espantada:
– E Esmeraldo?
– Não vi.

— Estava no quarto?
— Não vi, mocinha. Vamos.

Contornamos o quarteirão quase tranquilos, enquanto a capitã entrava num táxi com Teresa e Berta e me atirava beijos. Rutona chorava na rua. Simone refugiou-se num bar. Até Buster Keaton ainda vi com seu fraque ensebado, rumando para a São João.

— Quero saber de Esmeraldo! — bradava Lupe.

Chegamos à esquina da rua, e de lá se podia ver perfeitamente o casarão que madame Iara habitara durante tantos anos. Um tumulto na porta, gente gritando, guardas, tiras, cachorros, estudantes e curiosos. A retirada fora perfeita, apenas um prisioneiro. Pudemos vê-lo, eu e Lupe. Vimos Esmeraldo entrar no tintureiro envolto num lençol, o que me lembrou a santa figura do mahatma Gandhi. Mãos maldosas, na confusão, enquanto ele estava no banheiro, entraram no quarto e jogaram todas as suas roupas sobre a marquise de uma casa comercial ao lado. Das meias à gravata. Foi preso nu, ridículo e bronqueado.

8 – Imploro a Deus: o Diabo corre em meu auxílio

Conduzido por Lupe, fomos parar numa casa de cômodos, suspeita, na Vila Buarque, onde uma família de tratamento, morando nos fundos, com crianças, cachorros e rádio alto, garantia o aspecto de respeitabilidade. Mas a luminosa criatura com a qual me perdera na floresta, à procura de um sobradinho de chocolate, não queria dar-me a devida atenção, ainda apaixonada ou ligada ao Valete de Espadas, embrulhado em seu lençol de alvura imaculada. Ficamos no mesmo quarto, de frente para a rua, apenas por economia, pois ela chorava por Esmeraldo e me empurrava com dedos de aço, demonstrando uma crueldade inominável. A verdade humilhante é que passamos nossa noite de núpcias acordados, a matar pulgas, a espantar mosquitos, sem que eu conseguisse beijar-lhe os dedos dos pés. Nunca falei tanto em tão poucas horas, suplicando-lhe, contando-lhe minha infância paupérrima, tentando comovê-la, rezando ajoelhado, recitando versos dos almanaques, prometendo-lhe mundos e fundos e por fim tentando suicidar-me com uma gilete enferrujada de um antigo inquilino. Às seis horas da manhã eu estava rouco, resfriado de tanto exibir-lhe minha juvenil nudez, com os olhos inflamados de tanto chorar, vencido, descabelado e já sem esperanças.

Na manhã seguinte, a Virgem de Guadalupe, que eu raptara de um prostíbulo com o auxílio da polícia, continuava a mesma ou então muito pior. Exigiu que a deixasse em paz com sua dor e fosse pedir socorro à minha protetora, cujo novo endereço conhecíamos. Expliquei-lhe que não seria possível, já que era homem feito, e não podia viver pendurado em ninguém numa cidade cheia de oportunidades, considerada o maior centro industrial da América Latina, onde prevenir acidentes era dever de todos. Lu não quis sair do quarto, e, contando meus minguados mil-réis, fui explorar o bairro e comprar-lhe bananas, sanduíches e uma rosa vermelha.

– Por que gasta dinheiro em porcarias? – disse ela, apontando a flor.

Na segunda noite, renovei os ataques, ora pelo flanco direito, ora pelo flanco esquerdo, usando a tática da surpresa, dos recuos e avanços inesperados, como um general que tenta em vão conquistar uma fortaleza boiando nas nuvens. Concluí, todavia, que a força bruta, a violência mesmo planejada e científica, não poderia alcançar resultados. Sou realmente um homem de paz, das boas maneiras e dos acordos invioláveis. No terceiro dia, com os músculos gastos e a respiração precária, resolvi adoecer de maleita, enfermidade que tem infelicitado esta vasta nação tão afeita à contemplação lírica à beira dos rios e lagoas.

Comecei a tremer como um autêntico terremoto. Nunca participei de um, mas já havia me familiarizado com eles, no cinema. Pedi à maruja que me jogasse cobertores, enquanto meus motores ligados faziam a cama, a cadeira, os copos, vidros de remédio e tudo o mais vibrar num ritmo monótono e dramático.

Lu apareceu com um termômetro.

– É besteira! – protestei.

E tive que lhe explicar que há dois tipos distintos de maleita: a quente e a fria; a quente acusa febre, a fria, não. Lupe aceitou a explicação e um vizinho, prestativo, também. Logo correu pela casa de cômodos que um inquilino estava sofrendo de maleita fria. Talvez existam mesmo os dois tipos: a quente e a fria. Se erro, senhores médicos, corrijam-me.

O coração de Lupe não suportou ver-me tremer toda uma semana, sem comida, sem conforto, sem carinho. Como eu ocupava a cama e ela era forçada a dormir no chão, cansou-se da dureza do assoalho e, numa noite em que eu balbuciava palavras que pareciam uma despedida, veio aninhar-se ao meu lado. Vocês não sabem o que é alegria, mas continuei a tremer mais alguns minutos, fazendo descer a cortina daquela encenação, aquela peça que permaneceu uma semana em cartaz, com espetáculos seguidos sem descanso. Fui abraçando Lu e retirando sob o peso das cobertas o obstáculo sedoso de sua lingerie. Não encontrei resistência, pois só uma alma perversa recusaria o último desejo de um condenado à morte. Primeiramente, senti o contato do meu corpo nas asas de um anjo, depois veio a sensação do voo-teste de um paraquedista em domingo no clube, seguida do velejar britânico no litoral do Taiti, acompanhado da delícia de uma orquestra caprichando a mais bela melodia, que se transformou numa suave intoxicação por champanhe francês e por fim algo que se abria, com toda a certeza as montanhas de Ali Babá, oferecendo um banquete de diamantes em seu interior exclusivo, úmido e misterioso.

O mal, o inexplicável, o absurdo é que há sempre uma tendência mórbida e positiva de voltar-se à realidade. Tive que sair da montanha, apenas com o consolo de que poderia voltar a ela com um simples "Abre-te, Sésamo". Estávamos molhados de suor, esgotados, felizes, sim, mas já com o pensamento grudado na miserável subsistência. Como é duro ter que pensar no teto e no pão! Boêmios e vagabundos de todo o mundo, uni-vos!

Ao terminar o primeiro mês de febril e excitante convivência, descobrimos que estávamos sem um tostão, e, apesar do meu bom humor, a maruja enfrentava sérias preocupações.

– Você sabe fazer alguma coisa?
Respondi que não.
– Tem plano para o futuro?
Respondi que não.
– Vai procurar emprego?
Respondi que não.
– Quer morrer de fome?
Respondi que não.
– Gosta mesmo de mim?
Respondi que sim, que sim.

Lu ergueu-se com uma resolução determinada, sentou-se diante de uma pobre banqueta, diante de um espelho oval, tirou o material de guerra da bolsa e começou a pintar-se com segurança, vivacidade e senso artístico. Um tanto amassada naquele mês de fúria romântica e preguiça, foi modificando-se e, em poucos minutos, outra Lu surgiu em seu lugar, novinha em folha, saída da fábrica, algo semelhante a uma boneca francesa. Tive medo de que seu dublê não me reconhecesse, eu, macilento e perplexo malarioso. E realmente, a Lu que se ergueu da banqueta, espargindo perfume, não me disse palavra, abriu a porta como uma sonâmbula rumo à plúmbea tarde paulistana. Sejamos breves e explícitos. Horas depois, apenas com um botão solto na blusa, voltava com ar displicente e fazia-me sinal para uma pizza no Papai, com vinhos e bocejos, mas sem comentário nem revolta.

Eu deixava-me ficar desvalido naquele quarto miserável, espantando moscas e ouvindo o choro das crianças plebeias. Não tinha o que fazer nem o desejava. A minha Lu saía à tarde, para o trotuar, passiva e casualmente. Voltava para levar-me ao jantar ou ao cinema e ainda comprava cigarros. Só um cafajeste sem-vergonha aceitaria uma vida assim. Precisava reagir imediatamente, ainda naquele ano. A situação era incômoda e o pior era o silêncio de Lu, que não se referia aos homens com os quais se encontrava. Eram estudantes, japoneses, corretores, pretos, gordos ou grosseiros? Nada me dizia, nada. Preferia que se queixasse e me atirasse ofensas. Eu estava sendo um Valete de Espadas, apenas mais suave e brincalhão. E o mais grave, isso me aborrecia de verdade, era o minguado faturamento.

– Você é a moça mais linda da cidade, Lu. É um desastre ganhar tão pouco.

– A gente deve se contentar com o que vem.
– O que Esmeraldo faria no meu lugar?
– Pergunte para ele, já deve estar em liberdade.
– Não o viu mais?
– Não.
– Jura?

Imbecil cena de ciúme. Ah, não podia continuar espantando moscas e ouvindo o rádio do vizinho! Lembrei-me vagamente de

Simone, que usava de tantos truques para se valorizar. Muitos homens, de outros meios, a supunham casada e a imaginavam exclusiva. Não era a única a usar o mesmo truque.

— Esta tarde vamos sair juntos.
— O quê?
— Sair juntos.
— Mas precisamos de dinheiro, Tumache.

(Parêntese aberto por causa desse nome próprio que surge pela primeira vez no livro. Tumache era o mesmo que *too much*, expressão inglesa, que Lu ouvia muito nos filmes de amor. O apelido foi inventado por ela, razão por que o aceitava: Tumache.)

— Por isso mesmo irei com você.
— Que ideia!
— Vamos! Pinte-se! Quero-a como uma colegial do Caetano de Campos. Aliás, levará o livro de história natural do filho da vizinha. Comece! Vou orientá-la.

O robozinho de carne voltou à banqueta, sob as luzes do meu bom gosto. Não conseguiu fazer o rosto mais belo do que era, mas lhe caíram como uma luva as roupas simples das escolares e, quando segurou o volume de história natural com nojo e incerteza, vi que nascera atriz. Fiz com que andasse pelo quarto, repelindo o chão com o taco dos sapatos, imaterial e sem juízo.

— Nada de muito ruge, papai não deixa.
— Você está louco, Tumache.
— Se tiver que falar, fale com os lábios moles, como se estivesse chupando um caramelo Fruna, só para colecionar os retratos dos artistas. Ande. Daqui até lá.

Lá ia o robô.

— Assim?
— Não exagere o balançar das ancas.
— São elas que balançam.
— Domine-as. Você é inteligente, não?
— Não judie de mim, Tumache.

Essa era a parte exterior, mais grosseira, visual, agressiva. Cuidei também do recheio psicológico. Nada de palavras vulgares, obscenas ou impensadas. Desmiolada, sim, mas com berço, boa educação e raízes familiares.

— É preciso inventar uma história.
— Não sei.
— Eu invento.

O pai de Lu era viúvo; advogado das altas esferas, mas dado à bebida, ao jogo e às companhias femininas. Ganhava fortuna, porém gastava tudo no Cassino da Urca. Vivia mais no Rio do que em São Paulo, apaixonado por uma famosa cantora carioca.

— Como sabe mentir, Tumache!

Lu passara a infância e parte da juventude em colégios de freiras. Educação rigorosa. Mas lia, na calada da noite, livros sobre sexo e amores ilícitos.

— Está entendendo?
— Estou.

Às vezes, Lu fugia do colégio e passava dias nas praias, passeando de veleiros com moços desconhecidos. Tinha mesmo que entrar em conflito com as freiras, invejosas da sua beleza e dos seus sucessos.

— Sou virgem?

Pensei para responder.

— Confesse que não, mas com uma lagrimazinha no canto dos olhos. Foi com o filho de um magnata. O rapaz prometeu casamento, mas... Mas morreu afogado numa piscina abraçado ao cão que tentou salvá-lo. Você jurou não casar mais e levar a mesma vida que seu pai. Decore essa história.

Lu não sabia o que eu pretendia nem acreditava que realmente pretendesse. Saímos juntos naquela bela tarde de verão, eu com meu plano, ela com sua alegria.

— Esqueci uma pergunta, Tumache. O que somos um do outro?
— Eu sou o irmão ciumento, complexado, esquisito, que persegue a irmã por toda parte.
— Só um bobo acreditaria nisso.
— Acreditarão no que você disser.
— Acho que vou gostar, Tumache.

Bem-apessoado, o homem que escolhemos como vítima. Sentou-se na mesa de um bar ao ar livre, jogou sobre ela uma pasta de couro e pediu uma bebida verde. Mais de quarenta anos, barbeado, limpo, elegante, com uma calva luzidia que devia lhe dar grande despesa de manutenção. O tipo do cavalheiro que os barbeiros chamam logo de doutor, perguntam quem vai ser o próximo presidente da República e aplicam-lhe toalhas fumegantes. São senhores que impõem respeito, nunca se misturam, conhecem marcas de vinho e alcançam boas posições na vida, quase sempre às custas de seu próprio esforço e capacidade. Não era da classe dos que encontram tudo feito, todavia sabem construir seu mundo confortável e tranquilo. Servem de exemplo a tanta gente e acabam morrendo em idade avançada.

Sentamo-nos numa mesa próxima no mesmo instante em que Lu começava o seu flerte. O quarentão correspondeu. Eh! O que estava acontecendo comigo? Por que o disparo do coração? Ciúme? Ora, deixe para lá... Preciso ganhar o meu pão. Lu cutucou-me, eu estava retardando o plano, já que o doutor ao lado sorria.

– Vamos, Tumache. Está bobeando?

Eu tinha que fazer uma cena de ciúme. As primeiras palavras foram péssimas, a ponto de desanimar a maruja. Mas, reagindo, engrossei a voz, disse palavras rudes, audíveis à distância, que batiam nos ouvidos do doutor e de um garçom. Por fim, dentro do plano, ergui-me, dei-lhe um tapa de amor no rosto, bradando que me envergonhava de ser seu irmão e que contaria tudo a papai quando ele voltasse do Cassino da Urca.

Lu precisou imediatamente de consolo, e foi o próprio vizinho de mesa, cheirando a loção de barba, simpático e protetor, que lhe dirigiu belas palavras e depois se transferiu com sua pasta para sua mesa. Escondido num bar da esquina, eu apenas via o movimento de boca, mas não sou surdo-mudo, nada pude entender. Via, porém, Lu sorrindo, recuperada, aceitando uma bebida verde, já íntima do desconhecido. Tive-lhe ódio. Por que representar tão bem o seu papel? Comecei a fumar como um possesso. O gentleman segurava-lhe a mão, tímido, sim, mas encorajado por ela. Qual era o motivo de tanta frescura? Tive ímpeto de aproximar-me e bradar: "Vamos brincar de outra coisa, Lu, isso não se faz com um homem de sociedade". Não tive tempo. O carro do homem calvo estava parado diante do bar e ele já engatava a primeira provavelmente na sua maior tarde do ano.

A bobagem resultou em minha solidão. Dei voltas pela cidade, mas, como estava sem dinheiro, voltei ao quarto para espantar moscas e ler jornais velhos. Tentei até adormecer, inutilmente. Às seis comecei a ficar inquieto e revoltado. Por que a demora? Às sete, matei uma varejeira. Às oito estropiei um besouro, que mesmo assim escapou. Às nove fui ao bar e tomei uma cachaça, contra os meus princípios. Às dez, enfiei o rosto no travesseiro para chorar.

Às onze, Lu chegou. Chegou como se não tivesse feito nada, nem ao menos tirado a roupa. Trazia uma garrafa de vinho e um pacote de sanduíches. Abriu a porta sorrindo.

– Você é grande, Tumache.
– Eu sou grande?
– Tudo deu certinho. Que cabeça a sua, Tumache! Vamos beber vinho.

Não pude evitar esta pergunta grosseira:
– Quanto ele deu? Não, não diga. Não me chamo Esmeraldo.
– Posso falar, o que tem? Um conto.
– Um conto?

Tomamos o vinho e comemos os sanduíches. E eu comia também as perguntas que não me atrevia a fazer.

– Ele não chateou você, não?
– É muito agradável, Tumache. Pena que não pode conhecê-lo.
– É velho, não?
– Não acho; está bem conservado e não tem um pingo de gordura. Parece que vai aos banhos turcos.
– Ah!

Fomos para a cama, ela abrindo a boca. Eu estava ansioso à sua espera e, na escuridão do quarto, murmurei algumas palavras em seu ouvido no tom e volume certos.

– Hoje não, Tumache. Aquele senhor me deixou exausta.

9 – Sonhos de muitas noites de verão

O dinheiro que a minha Lu ganhava era suficiente para nós dois e, como não éramos ambiciosos, eu não precisava trabalhar. A jovem e maravilhosa maruja comprou vários vestidos novos, sempre contando com meu bom gosto na escolha de cores, padrões e modelos. Pude também comprar meu primeiríssimo tropical inglês, um tecido especial, de excelente caimento, resistência e durabilidade. Nossa indústria de tecidos já naquela ocasião avançava a passos largos e devemos orgulhar-nos dela, mas os ingleses são insuperáveis nesse terreno. Muito *charmant*, eu frequentava as sorveterias e circulava com berrantes gravatas argentinas pelas ruas centrais. Começava a ser um gentil-homem equipado: relógio de pulso, abotoaduras, prendedor de gravatas, óculos contra o sol, isqueiro importado e farol de neblina. Quando me olhava diante de um espelho, surpreendia-me. Nem parecia o mesmo de alguns meses atrás. Muito desinibido, mas respeitador e refinado, sentava-me na confeitaria Seleta, onde, ao cair da tarde, as senhoritas e jovens senhoras iam tomar refrescos e martínis. Eu não poderia perder esse festival de graça e beleza, presente com todos os meus acessórios e com um belo copo de uísque suado sobre a mesa. Não precisava acontecer mais nada para mim. Todavia, minha postura britânica, os acessórios metálicos e mecânicos, meu uísque e a atmosfera de prosperidade que eu irradiava, sempre atraíam uma ou outra mulher.

Lembro-me de uma paraguaia que queria conquistar o Brasil e começou por mim. Namorei-a durante duas semanas. Depois, dizendo precisar de dinheiro para operar uma úlcera no duodeno, convenci-a a vender seu rádio, seu ventilador e um xilofone com o qual pretendia apresentar-se na Rádio Cruzeiro do Sul. Não me operei, é claro, embora as úlceras sejam muito frequentes nas pessoas que levam vida agitada. Tive também um rabicho com uma professora de corte e costura, com método próprio e seleta clientela. Que senhora desmiolada! Vendeu até a tesoura para obter minha exclusividade. Vejam vocês o que faz o sexo em certas pessoas. Incrível! Outra, que me lembro, tinha um arrasador complexo de inferioridade, não devido a problemas de infância, mas por causa evidente do seu um metro e vinte de altura. Apelou aos mais altos tacões, porém tudo tem limite. Dei-lhe atenção, solidariedade e uma orquídea. Ela deu-me em troca uma quinzena do seu salário (era estenógrafa), meia dúzia de camisas, um par de sapatos e os óculos contra o sol. Acabou por me estabelecer um fixo mensal que dava para os alfinetes, e daí por diante tornou-se uma criatura feliz e sadia. Espero contar outras aventuras desse naipe oportunamente, todavia devo salientar que apenas uma dessas mulheres me interessava dos pés à cabeça: Lu, a Virgem de Guadalupe.

Sim, ladies and gentlemen, continuava com ela, morando no mesmo quarto. Como já passava boa parte do dia fora, pouco me importavam as moscas e os besouros voadores. Mesmo para ler, ou ia à biblioteca, um dos orgulhos de São Paulo, ou lia nos bancos das praças públicas. Não perdia bons filmes, ficava horas na "prainha" tomando cervejas e talvez com saudade da infância frequentava as feiras matinais para deleite de domésticas, viúvas e solteironas encalhadas. Havia, inclusive, uma feirante nada feia que me oferecia frutas, e a quem, certa manhã, pedi dinheiro emprestado. Mas, voltando a Lu, era ainda minha fixação irremovível, a alegria infinita daqueles dias, perturbada um pouco, confesso, pela sua necessária ligação com o tal homem calvo. Para que acreditem neste autor, declaro que, apesar das minhas brincadeiras sentimentais, oitenta por cento do meu sustento provinha dele. Nutria por Lu uma paixão impetuosa e honesta, e se o amor não o descabelava era porque definitivamente não usava cabelos.

Isto posto, regressemos à Seleta, na Barão, onde eu tomava meus aperitivos nas mais variadas e singulares companhias. Mas houve, em particular, um fim de tarde de calor intenso, abafado, como raramente se sente na gélida Pauliceia. Calor em São Paulo é fogo. Ninguém espera por ele. Às vezes, nos surpreende de capote e cachecol. Copos de bebidas geladas não resolveram. Uma ideia: voltar para o quarto, tirar a roupa e ficar nu, à espera de Lupe, lendo *O Cruzeiro*. Havia uma ventarola, souvenir do último carnaval, que pretendia usar.

Ao entrar, tive a mais desagradável, eletrizante, perigosa, cruel e chocante surpresa.

– Entre e feche a porta.

Adivinharam, não? O Valete de Espadas.

– Esmeraldo! Que saudade!

– (Ele segurava um revólver.) Não se mova.

Desobedeci-o: o coração passou a bater ainda mais, os pulmões trabalhavam mais depressa e meu sangue moveu-se com maior intensidade dentro das veias.

O cafiola vestia o mesmo terno branco da última vez, mas estava amassado, a roupa e ele próprio. Perdera a antiga elegância e o sapato de duas cores havia desbotado. Que decadência para quem tivera Lu sob seu domínio hipnótico! Foi logo dizendo que passara seis meses na cadeia, meio ano, meus caros. Parecia uma fera e queria vingança.

– Por sua causa.

– Que bobagem, Esmerado! O que fiz eu?

– Jogou minhas roupas na marquise.

Fiz-me de besta, mas ele não estava disposto a ser enganado. Disse que ia me matar ou deixar-me uma marca para o resto da vida. Senti até uma navalha cortando meu rosto, eu que não posso ver sangue. Ocorreu-me gritar, porém fora vítima de uma paralisia nas cordas vocais, talvez devido ao excesso de bebidas geladas.

– Onde está Lu?

– Lu? Que Lu?

– Lupe, canalha! Sei que ela está com você!

Confessei que realmente Lu morava comigo, mas apaixonada por um cavalheiro de meia-idade. Quase não falávamos. Éramos uma espécie de companheiros de quarto, como numa escola mista, bastante liberal.

– Vou riscá-lo todo.

– Quer que vá buscar uma cerveja? E aí ao lado!

– Não se mexa, imbecil! Sabe rezar?

Não sabia, mas há quinze anos, quando era garoto, ouvira uma oração, e lembrei-me todinha dela. No entanto, suponho que não demonstrava medo, apenas estranheza pela agressividade de Esmeraldo, pessoa que sempre tivera na melhor conta.

– Vivo dizendo a Lu para procurar você.

– Mentira!

– Ela não procura porque não quer.

Esmeraldo viu Lu no porta-retrato e isso deve tê-lo enchido de saudade. Começou a falar dela e dos seus planos futuros. Pretendia levá-la ao Rio para cantar nos cassinos.

– Já a ouvi cantar, tem voz maviosa – disse-lhe.

– Não perguntei.

– Ela faria sucesso nos cassinos. Pode levá-la.

– Posso? Vou levá-la, moleque.

Vejam que situação! Eu querendo ser agradável e ele falando grosso. Se não fosse minha aversão ao sangue, seria o fim daquele cafiola do baralho de tia Antonieta.

A porta abriu-se; não era meu anjo da guarda, era Lu, trazendo um embrulho com sanduíches. Curioso! Sua primeira reação foi de alegria! Ia saltar no pescoço do réptil, balançando as pernas no ar, como já a vira fazer uma vez, quando acordou para a situação em que eu me encontrava. O próprio Esmeraldo ficou mole, boquiaberto, encantado por vê-la muito mais bonita e bem tratada do que seis meses atrás.

– Vocês comem empadinhas?

– Não vim para isso.

– O que foi? Não está satisfeito por me ver?

Esmeraldo apontou para mim. Ia ser trucidado. Cortado a gilete. Eu disse que o Valete trazia um revólver? Exagero. O revólver só existiu durante alguns minutos em minha imaginação progressista. O tal preferia armas brancas, de uso caseiro e simplório. Foi então que o referido calor de verão se multiplicou e fiquei todo ensopado, até as meias. Um besouro penetrou no quarto e depois saiu entre as grades da janela. Invejei-o, irmão alado.

— O que vai fazer? — ela perguntou.

— Ele quer me ferir — informei.

Vi a gilete; agora podem acreditar em mim, era gilete mesmo, da melhor fabricação norte-americana.

— É agora!

Batidas na porta. Lu foi abrir. Era o lindo, simpático e providencial garoto do armazém, trazendo cervejas. Minha mina sempre passava pelo armazém, antes de entrar em casa, e encomendava cerveja. Lá estavam elas, molhadas, geladinhas, prontas para serem tragadas.

— Um copo, Esmeraldo!

O Valete não recusou o convite de Lu. Surgiram três copos.

— Com espuma ou sem espuma? — inquiri.

— Filho da puta.

— Sem espuma.

Um razoável bebedor de cervejas. Em menos de meia hora, foram-se as três e, quando o garoto voltou com o troco, Lu pediu mais três para retardar minha morte.

Pedi licença e fui ao banheiro. Não estava com vontade de urinar, fui apenas enfiar no bolso um objeto de procedência mineral, preto, de alguns centímetros de comprimento e com determinado número de reentrâncias numa das pontas. Algo me dizia (talvez tia Antonieta) que o objeto poderia salvar-me a pele naquela inesquecível noite de verão.

— Vamos hoje mesmo para o Rio — disse o cafiola a Lu. Revelou seus planos. Queria que ela cantasse e dançasse. Era o que faziam as mulheres bonitas na capital. Nada de prostituição barata; desejava para ela um destino melhor e mais limpo. Falou-lhe de seus recentes contatos com o mundo do show, razão por que resolvera virar a cidade de pernas para o ar a fim de encontrá-la. Ela ganharia até duzentos mil-réis por noite, sem falar dos auxílios que lhe dariam os ricos fregueses dos cassinos. Viviam cheios de americanos endinheirados.

Esmeraldo quase chegava a entusiasmar-se, esquecendo-me, enquanto falava das grandes possibilidades que encontrariam no

Rio, ele como empresário, ela como atriz. E o engraçado é que Lupe ouvia com a maior atenção, querendo detalhes. Sonhava usar vestidos bonitos, sob as luzes do palco, e receber aplausos. Cheguei até a imaginar que a maruja não se importava com o que pudesse acontecer-me, já identificada com os planos mirabolantes e vagos do gigolô.

— Vou lhe arranjar um nome bonito e farei sua propaganda na cidade inteira.

— Verdade, Esmeraldo?

— Pinta você tem, basta apresentar-se com luxo.

— Bom demais para ser verdade.

A transformação de Lu assustou-me, mas vi minha oportunidade surgir quando ele se levantou para ir ao banheiro. As cervejas começavam a viagem de retorno. Já esperava. Prendi a respiração. Assim que Esmeraldo entrou no banheiro, fui à porta, com a chave na mão, e sem fazer ruído fechei-a por fora, brincadeira muito usada no grupo escolar e no preparatório.

— Vamos, Lu.

— Vai deixar Esmeraldo no banheiro?

— Quer que me mate?

Abri uma gaveta para tirar algum dinheiro, a escova de dentes, documentos, tudo na ponta dos pés. Lu pegou a bolsa, uma blusa, cosméticos, com o rosto de cera.

Ouvimos a voz do prisioneiro de Zenda:

— O que houve com a porta? Está trancada? Lu! Estou preso!

Dei o braço a Lu, saímos à rua e entramos num táxi. Ela levava na bolsa alguns contos de réis, e eu, na alma, todo o ardor da mocidade. Amávamos o mundo. E embora o calor impiedoso, naquela noite, tivesse desidratado e matado inumeráveis criancinhas, foi humano comigo e salvou-me a vida.

10 – Desventuras de um homem calvo

Por acaso, esqueci-me de dizer que aquele advogado era calvo? Não é importante o detalhe, mas as estatísticas do Gallup provam que a calvície torna os homens mais sensíveis às artes, às benemerências e ao amor. O advogado a que me refiro é aquele senhor respeitável e escanhoado que se apaixonou por Lu num bar ao ar livre. Dele já sabia coisas. Era casado, com filhos. Não era rico, o que não é defeito, mas ganhava bom dinheiro e parte dele ia para meu bolso, via Lupe, em prejuízo de sua bem constituída família. Bom homem estava ali, mas cometia um mal, que me causaria vergonha se estivesse em seu lugar.

– Preciso encontrar-me com o dr. Alceu – lembrou a maruja.

Havíamos alugado um belo quarto de frente numa pensão suíça, higiênico e ventilado, porém três vezes mais caro do que a residência antiga. Aliás, a propósito daquele endereço, digo que eu e Lupe voltamos lá três dias depois do ocorrido. Claro que o Valete já se libertara do banheiro, e ao fazê-lo vingara-se de nós destruindo todas as nossas roupas. Quase chorei ao ver meus ternos em tiras. Tínhamos que comprar novas roupas urgentemente.

– Vá procurar o dr. Alceu.

Eram visitas que sempre resultavam bem. A presença de Lupe apaixonava o ilustre causídico, de uma generosidade de arrancar lágrimas. Aconselhei a Lu que intensificasse o romance, com passeios no Horto Florestal e piqueniques em Vila Galvão. A rica natureza brasileira veio em meu auxílio.

Eu também cooperei, reatando com todas as minhas protetoras, inclusive com a anã, a quem dei um poema, copiado de um livro, e que disse ser de minha autoria. Fiquei ao mesmo tempo conhecendo certa massagista alemã, que, contrariando a rudeza de sua profissão, tinha alma sensível e almejava um grande amor sul-americano. Fui a sombra dessa senhora durante meses, útil para mim em muitas circunstâncias, até mesmo num dia em que torci o pé e ela revelou toda sua capacidade. Muitos amigos viram-me descendo a avenida São João, saltando num pé só e apoiado em seu braço robusto e amigo. Com ela usava de um truque inocente. Costumava dizer que lhe estava mandando clientes, e, como sempre tinha clientes novos, acreditava na invenção e dava-me a metade do dinheiro. A própria Lu viu-me, uma tarde, de braço dado com a massagista e riu às baldas do vexame.

Quando o dinheiro começou a chegar em ritmo normal, eu e Lu voltamos a ter nossas tardes e noites de namoro, que só eram perturbadas pelo ciúme. Achava que ela se referia excessivamente ao dr. Alceu, e não a perdoava por ter tratado Esmeraldo com tanta camaradagem.

– Sempre gostei de cantar e dançar, e ele falou disso.
– Blefe.
– Esmeraldo sempre quis ser empresário.

Se eu tivesse dinheiro, vindo de onde viesse, jamais obrigaria Lu a levar aquela vida. Mas o que podia eu fazer numa cidade habitada por lobos que não deixam sobrar uma oportunidade? Foi numa dessas tardes coloridas, em que nos sentamos num bar para tomar refresco, que levei novo susto, o segundo em poucos meses.

Um carro estacionou diante de nós, dirigido pelo dr. Alceu. Devia ter descoberto coisas e queria pôr tudo em pratos limpos. Avançou sobre nós indignado, agressivo e rápido. Começou a dizer palavras e frases sem sentido, tal era seu nervosismo. Posso resumi-las assim:

– Você está me enganando com esse rapaz. Não são irmãos. Você mentiu. São amantes e exploradores.

A pobre Lu perdeu a cor, e eu, embora assustado, tive ânimo para responder:

– O senhor tem toda razão. Não somos irmãos. Mas também não somos amantes. Somos marido e mulher, ouviu? O senhor ouviu? Ela é minha esposa. E o senhor, o que é dela?

Na cena seguinte, estávamos num bar subterrâneo para íntimos entendimentos. Bolinhos de camarão sobre um pires. Minha revelação despertou remorsos em Alceu e o imprevisto desejo de comer camarões. Lupe, a meu pedido, recolhera-se ao toalete para refazer a pintura, destruída pelas lágrimas. Eu, cara a cara com o advogado, ambos de palito em riste, disputávamos com certa polidez e estratégia os últimos e apetitosos bolinhos.

– Fale duma vez – ele suplicou.

Sim, suplicou.

– Somos casados há dois anos – expliquei. – Mas nunca fui marido exemplar. Tenho graves defeitos. Já ouviu falar em marijuana? E em maconha, já? Comecei a princípio por curiosidade, depois me viciei. Perdi o emprego.

O dr. Alceu teve a boa ideia de pedir mais cerveja e bolinhos.

– Lamento profundamente.

– Lu é pura demais para mim. Não podia me aturar. Um dia, bateu as asas.

– Com outro?

– Sozinha.

Ele sacudia a cabeça, a testa riscada de veias grossas, ia entendendo. Amava Lupe, mas não pretendia tirá-la do marido. Homem direito, compreensivo, grande vocação para tio conselheiro, fluente bebedor de cerveja, sensível, amante de bolinhos de camarão, calvo, sóbrio e intelectualizado.

– Afinal, vocês estão juntos outra vez. Que papel faço eu nessa história?

– Lu adora o senhor.

– Sou velho demais para ela.

– Que idade, senhor?

– Quarenta e cinco.

Enumerei suas virtudes mais aparentes:

– O senhor tem futuro, é competente, educado, ganha bem e não fuma maconha.

O homem transformou-se num ponto de interrogação.
– Mas por que diabo fuma você essa maldita erva?
Eu não sabia.
– Sou um perdido, não sirvo para nada. Lu ia ser freira, como o senhor não ignora.
– Ignorava.
Lupe reapareceu, perfumando tudo, chamando a atenção dos raros fregueses, e já na cena seguinte nós três estávamos num restaurante italiano, tomando Chianti, minha estreia em matéria de vinhos estrangeiros. Dr. Alceu, paternal e esclarecido, insistia em nossa reconciliação. E eu, completamente senhor de meu papel, e entusiasmado pelo Chianti, acrescentava lances dramáticos à minha vida matrimonial com Lu. Descrevia com luxo de detalhes o dia de nosso casamento, quando apareci intoxicado na igreja e quis impedir que o padre iniciasse a cerimônia. Fui preso, em plena lua de mel, por ter feito um contrabando mixo de cigarros americanos, depois, mordera o nariz do delegado. Como podia ver e concluir (não é verdade, dr. Alceu?) eu era um moço irrecuperável.
– Apenas o senhor pode dar a Lu o que ela merece.
– Tenho quatro filhos.
– Tenha cinco, mas não a deixe no desamparo. Efetivamente, não tenho condições para mantê-la.
– Mas é sua obrigação, meu jovem!
– O senhor está falando com um viciado.
Na cena seguinte, mais movimentada, estávamos nós três num Ford V8. A minha Lu chorava, e eu anunciava, sombrio, minha bélica determinação de combater na Guerra do Chaco, com esperanças de morrer num pantanal ou fuzilado pelos bolivianos.
– O lenço – pediu Lu.
Ela já não sabia onde a mentira se confundia com a verdade, mas sua comoção era legítima.
– Pare o carro, desço aí.
O dr. Alceu brecou o carro, mas não quis que eu descesse.
– Onde vai?
– O senhor fica com Lu.

– Ela é sua esposa.
– Tome conta dela, cavalheiro, vou para o Chaco. Ninguém neste mundo pode impedir-me de ir para o Chaco. Aqui, tudo o que ganho é para a maldita erva.

O dr. Alceu, pondo o carro em movimento, bradava:
– Volte, rapaz! Não fuja à sua obrigação!

Vendo que podia alcançar-me, corri, corri a todo vapor e só parei para entrar num bonde que fez o longo percurso Angélica--praça da Sé.

11 – A volta do homem calvo

Não posso ser julgado responsável pelas crises de ciúme que, periodicamente, acometem os homens calvos. São criaturas incontroláveis, talvez devido à violência e a verticalidade dos raios solares. O sol é o grande desconhecido, cura uns, mata outros e não raro enlouquece pobres mortais. Os calvos não deviam frequentar as praias, a não ser protegidos por casquetes e *sombreros*. Vi trêfegos carecas darem vexame no Gonzaga e no Guarujá, investindo contra as mais puras donzelas em autênticas agressões sexuais. Afastem suas filhas desses tipos. O Gallup já fez importantes e instrutivas pesquisas sobre o comportamento sexual, político e social dos calvos. Sabe-se, por exemplo, que evitam usar chapéu por puro masoquismo. São megalomaníacos, mórbidos românticos e tristemente impetuosos sob o bombardeio do infravermelho. Podem estar calmos agora, sugando refrescos de tamarindo por canudinho, mas já no momento seguinte perdem o controle e as mulheres que se acautelem. Aparentemente ajustados, sonham com um mundo ditatorial e nirvânico, povoado de odaliscas, eunucos e servis mercadores. Digo tudo isso, sem muita conexão, lembrando os sustos e problemas que me criou o dr. Alceu em sua avassaladora paixão por minha amante. À sua maneira, polida, era mais perigoso do que o Valete de Espadas.

Um detalhe: o dr. Alceu transformara-se em Sherlock, no geral, uma das fases dos grandes romances por que passam os grandes ciumentos. Os apaixonados, inseguros, seguem o objeto de sua paixão por toda a parte, chegando a recorrer ao auxílio de amigos e de detetives particulares. O dr. Alceu confiava em Lu, mas não muito. No íntimo, não acreditava que uma jovem de vinte anos pudesse amar um cavalheiro de quarenta e cinco. E a todo instante demonstrava sua desconfiança e suas manobras para seguir através da cidade.

– Alceu anda com a pulga atrás da orelha, Tumache.
– Afinal, o que ele quer mais?
– A verdade.

A vida não estava sopa e imaginei os apuros que passaríamos sem a pensão que o advogado nos concedia. Éramos jovens, inexperientes e não contávamos com nenhuma subvenção do governo. Sendo assim, premidos pelas circunstâncias, tínhamos que recorrer ao auxílio dos particulares. E não há quem não abençoe o generoso coração paulistano, que há séculos organiza rifas e promove chás beneficentes para o sustento dos menos afortunados. O dr. Alceu fazia, pois, parte de todo esse complexo assistencial que reúne debutantes, descobre meninos-prodígios, remete dinheiro ao Nordeste e socorre vítimas das secas e enchentes. Eu e Lupe, de certa forma, merecíamos também os cuidados da sociedade, o seu carinho e amparo. O dr. Alceu tinha quase a obrigação social de salvar-nos para a formação de um Brasil melhor e mais próspero.

– Disse que é capaz de me matar – disse a moça.

Ouvi e meditei. Já disse aqui que não gosto de sangue, detesto sangue. Quando garoto, o "crime da mala" me provocou os piores pesadelos, apesar do seu caráter turístico e educativo. Tenho horror às injeções e vacilo meses para extrair um dente. A profissão de doador de sangue seria minha última escolha. Fui uma criança tranquila, que não brigou uma só vez à saída do grupo escolar, divertindo-se de maneira mais sadia com o espelhinho debaixo da mesa da professora. Também repetia os esportes; enquanto os moleques bravios do grupo arrebentavam-se as canelas no futebol, eu ficava escrevendo palavras obscenas no quadro-negro, sem nenhum risco para minha integridade física. O homem calvo preocupava-me; era desses que por um amor ou capricho cometem desatinos.

– Sabe que às vezes ele me assusta, Tumache?
– Considero-o um cavalheiro, gostaria que fosse meu tio.
– Morre de ciúme.
– Está mal informado a nosso respeito.

O dr. Alceu, sei lá como, acabou descobrindo que eu não partira para o Chaco, continuando a morar com Lu. Os selos de Assunção numa falsa carta que mandei, consegui-os com a tal paraguaia que me auxiliava. E também era sórdida mentira que um estilhaço boliviano me atingira a coxa esquerda no pantanal.

Invadiu nosso quarto.

– Como vai, dr. Alceu? Cheguei ontem do Chaco. Não suportei os mosquitos. Já esteve no Chaco, patrão?
– Canalha! Mentiroso! Explorador!

Olhei ao redor, curioso: não havia mais ninguém. Percebem que dirigia essas palavras para mim?

– Calma, doutor. Vai um refresco?

(Eu escapara do Valete de Espadas, escaparia também do dr. Alceu, se conseguisse ganhar tempo.)

– Vai me pagar, não gosto que me façam de tolo!

Avançou sobre mim feito um possesso e o tabefe foi tão rápido e ultrassônico que primeiro senti a dor, depois o ruído. Acertou-me a boca. Tive a impressão de que jorrava sangue e corri para a pia, cuspindo.

– Vou lhe quebrar todos os dentes – urrou.
– Isso não é dente – informei.
– O que é?
– Hemoptise! Há quatro dias que escarro sangue, doutor.
– Mentira!
– Sou tuberculoso, infelizmente.

Na cena seguinte, eu e o dr. Alceu estávamos sentados na cama, ele a ouvir os detalhes de minha tragédia. Contraíra a peste branca numa pensão carioca, alimentado, durante anos, na base dos faquires. Vivia com o corpo úmido de suor, não tomava leite, bebia muito gelado e precisava andar muito porque me faltava dinheiro para a condução. Mostrei-lhe meu certificado de madureza. Desejara chegar à faculdade, qualquer uma, mas o destino foi mau e logo surgiram os primeiros sintomas. Chegara a pesar quarenta quilos!

— Sua esposa sabe disso? — perguntou o bom homem.
— Que esposa?
— Lu?
— Não é minha esposa.

Contei-lhe nova história: não era irmão nem marido de Lupe. Entregue às baratas, conhecera-a num hospital de indigentes, onde esperava conformadamente a morte. Num domingo de visitas, Lu aparecera lá com amiguinhas para levar peras e maçãs aos infelizes. Ao ver-me, teve de mim uma compaixão toda particular, deu-me dinheiro, um endereço, dizendo que, se um dia me curasse, poderia procurá-la.

— Prossiga.
— Prossigo. A cura não veio, mas já não suportava o sanatório, onde a presença da morte espantava. Lembrei-me do endereço de Lu e, numa noite de tempestade, embarquei num trem de subúrbio, lotado de chacareiros, e fui à sua procura. Supunha que não fosse lembrar-se mais de mim, mas lembrou-se. Uma santa!

— Mas por que tantas mentiras?
— A verdade me envergonha, me humilha.
— Sempre cospe sangue?
— Ultimamente a coisa piorou.

O dr. Alceu, penalizado, saiu para comprar um litro de leite. Nesse ínterim, Lu chegou e em poucos minutos contei tudo a ela. Quando o advogado reapareceu, Lu chorava.

— Ele contou-lhe tudo?
— Contou.
— Você lhe bateu?

Envergonhadamente, o dr. Alceu confessou que sim. Serviu um copo de leite, que bebi depressa para não sentir o gosto. Disse-lhe ainda que realmente estivera no Chaco, mas fora recusado pelo serviço médico. Ele não queria mais ouvir confissões, apenas socorrer-me, amparar-me, reparar o mal. Deixou dinheiro para minha alimentação. Mais tarde, disse, trataria de internar-me em Campos do Jordão. Respondi ser esse meu maior desejo.

Foi justamente nesse período que engordei cinco quilos, segundo a honesta balança da drogaria Amarante. Devo os quilos todos ao dr. Alceu, cujo interesse pela minha saúde era enorme e sincero. Trouxe-me uma tabela alimentar que eu obedecia rigorosamente. Todos os meses dava-me dinheiro para o médico, que eu reservava para os cigarros e as bebidas. Graças a essa pessoa fabulosa, conheci o levedo de cerveja, o leite tipo A, os ovos de granja e o mel de abelha real. Eu, que era pálido, fiquei corado e disposto. Vendia saúde, e graças à melhora e a uma chapa dos pulmões de um dos nossos vizinhos, que era um touro, pude convencer o dr. Alceu: não precisava mais partir para as montanhas. Ao contrário, o médico prescrevera o mar.

Nos fins de semana, no carro do dr. Alceu, íamos para o litoral. As viagens me fizeram muito bem, tanto para o corpo quanto para o espírito. Num mês de janeiro, ficamos vinte dias na orla marítima, em trajes esportivos, furando ondas, devorando ostras e camarões e tomando caipirinhas.

– Não se exceda no álcool – aconselhava o amigo.

– Se é para morrer, quero morrer satisfeito.

O drama, porém, era outro. O maldito ciúme. Eu nunca podia ficar a sós com Lu naqueles dias praianos. O advogado estava sempre perto. Morávamos no hotel em dois quartos contíguos. À noite eu ouvia ruídos que não desejava ouvir. Depois, satisfeito, ele vinha ao meu quarto, em pijama, e ficava contando episódios de sua vida. Disse estranhar que, convivendo com Lupe, não tinha eu me apaixonado por ela. Respondia-lhe que meu namoro era com a morte, e com ela iria casar.

Para felicidade minha, Lu sentia a mesma nostalgia. Fazia-me sinais à distância e atirava beijos que a brisa do mar me trazia. Aperfeiçoando a dissimulação, nunca nos olhamos de frente. Tudo era truque e despiste. Nosso único contato carnal era na praia quando, ela de um lado e eu de outro, abríamos um túnel na areia. Aí, graças a essa modesta obra de engenharia sexual, nossos dedos se encontravam por alguns instantes, enquanto nosso protetor lia *O Estado de S. Paulo* e *A montanha mágica*, de Thomas Mann.

Certa manhã, num breve instante, os três no mar, com ondas arrebentando-nos nas pernas, ela sugeriu:

– Acabemos com isso, Tumache. Vamos deixar o Alceu e cair fora.

Reagi vigorosamente.
– Não, isso não. Seria sujeira. Depois, precisamos dele.
– Esmeraldo não diria isso, Tumache.
– Como foi lembrar-se desse canalha?

Saímos do mar e fomos nos cobrir de areia. Naquela manhã, a última da temporada, o dr. Alceu teve nova crise de ciúme. Os raios de sol batendo-lhe na cabeça, a verticalidade do infravermelho, as veias da calva inflamadas. Pensei que fosse bater em Lu, quebrá-la em pedacinhos.

– Não me faça de bobo, Lu.

Intervim:

– Ela não estava piscando para mim, doutor.
– Sei que não era para você, eu sei. Cubra-se com essa toalha, senão aquela doença pode voltar.
– Para quem ela estava piscando?

O dr. Alceu olhou agudamente na direção de umas barracas.

– Para um tipo que está lá.

Olhei depressa. Tive a impressão de ver Esmeraldo, de calção de banho, devorando um siri. Mas Lu, colocando-se entre nós dois, afastou-nos dali, empurrando-nos delicadamente pelo braço. Ela sempre nos dominava, tanto a mim quanto ao nosso amigo. Até hoje, porém, juro que o homem era Esmeraldo.

Foi algumas semanas após essa magnífica temporada anfíbia que o desastre se deu. Realmente, as coisas andavam bem demais, dava para desconfiar. Hollywood não foi feita num dia. Voltamos e eu voltei à minha antiga vida. Gostava do mar, porém meu amor era pela cidade. Sou um homem metropolitano, o maior inimigo, em todo o Brasil, da moda de viola. Fosse eu ditador, o que pode acontecer de imprevisto a qualquer cidadão sul-americano, exilaria os repentistas para a Austrália, trancafiaria nas masmorras todos os caipiras do rádio e proibiria definitivamente o culto ao boitatá. Quem possuísse um acordeão perderia os direitos civis. Somente me mudaria desta cidade para outra maior. Gosto de Roma, especialmente nos dias de massacre, adorei Nínive e tenho meu coração na Babilônia. Sou um produto da civilização, da livre empresa e dos ritmos modernos.

Mas por que dizia eu tudo isso?

A gente sempre esquece o que deseja esquecer. Por mim, terminaria aqui minhas memórias, mas algo mais forte do que eu me impele a prossegui-las. Entrei no quarto, já com o paletó debaixo do braço. Tirei a gravata e atirei-me na cama, cheio de pensamentos. Há quanto tempo haviam torpedeado o transatlântico de madame Iara? Há três anos? Como o tempo passa depressa! Já não era mais um garoto. Teria mudado de cara nesses anos?

Olhei no espelho.
Estava lá.
O bilhete.

"Querido:
Esmeraldo veio me buscar. Fomos para longe.

Não me procure. Vou escrever ao Alceu, explicando. O aluguel está pago até o fim do mês.

Cuide da saúde, Tumache. Pus dois contos na gaveta para você ir manobrando.

Um beijo da sua Lu."

Aquela sensação consagrada: faltou-me o chão sob os pés. Meu grande amor fugia com meu maior inimigo e eu tinha apenas dois contos de réis na gaveta. Comecei a tremer. Medo e lágrimas. Ajoelhei-me no chão e rezei pedindo a proteção de tia Antonieta. Passei o resto da noite tirando a sorte com o ensebado e histórico baralho.

12 – O *Diário Popular* ou Lincoln começou por baixo

Creio que a melhor dona de casa não seria capaz de gastar com tanta parcimônia e austeridade aqueles dois contos de réis feitos de borracha. Minhas únicas despesas eram os cigarros, sanduíches de mortadela e um ou outro gim versus vermute, bebida que dá porre certo e indiscutível na terceira dose. Ah, esquecia-me de dizer que todos os dias comprava o *Diário Popular*, à procura de emprego, pois minhas minas da Seleta desapareceram e a massagista resolvera amigar-se com um cavalheiro do mesmo ofício. Logo, porém, lendo o jornal, desconfiei de que o presidente da República não queria, por motivos particulares, deixar o seu belo posto: os ministros, governadores e interventores também se grudavam às suas posições; os secretários de estado, sem exceção, não queriam ceder seus empregos, e a própria indústria, a florescente indústria paulistana, apesar do seu desenvolvimento fantástico, não solicitava novos diretores. Eu chegara tarde, amigos. Os principais postos e empregos do país já tinham dono. Sendo assim, precisava começar por baixo, bem por baixo, como Rockefeller, Clark Gable, Joe Louis e o conde Matarazzo. Muitos vieram do nada e venceram. Machado de Assis foi tipógrafo. Lincoln, lenhador – e teve um fim glorioso! Mas nem esses nem outros eram o meu caso. Não pretendia ir tão longe. Nada de escrever obras imortais ou de presidir os Estados Unidos da

América do Norte. Olhem, nem a riqueza ambicionava. Queria vida tranquila, bem remunerada, sem o perigo de cair nas fábricas de rolimãs e esquadrias metálicas.

Fui ao escritório do dr. Alceu.

– Lembra-se de mim, doutor?
– Quanto quer?
– Como vão os negócios?
– Quanto?
– Bem, pode me arrumar cinquenta?
– Cem. Mas não volte mais aqui. Certo?

Como veem, só se comovia com minha enfermidade para manter o romance com Lu. Depois de ter recebido o seu bilhete no espelho, como eu, pôs o espírito humanitário de lado. Por isso não creio nesses filantropos que andam por aí. São todos interesseiros. Escrevam o que digo.

Teve início a humilhante procura de emprego.

– E datilógrafo?
– Não.
– Taquígrafo?
– Ainda não.
– Sabe inglês?
– *I don't know.*
– Fez curso de correspondência?
– Curso não fiz, mas escrevi centenas de cartas.
– Para que firma?
– Madame Iara, Relações Sexuais e Afins Ltda.
– Cartas de recomendação?
– Trago as cartas do baralho de tia Antonieta.
– Sabe calcular?
– Sei. Meu dinheiro só aguentará até quinta-feira.
– Fez o serviço militar?
– Sou escoteiro. Ouça:

Das meninas quero beijos,
dos velhinhos quero história,
dos setores quero oeste,
que está cheio de vitórias.

– Nome dos pais?
– Ajude-me a descobrir isso.
– Vacinado?
– Quando posso começar?
– Volte no ano que vem, talvez surja uma vaga.

Eram perguntas cansativas e exageradamente indiscretas. Nenhum patrão tem o direito de penetrar assim na vida particular de um empregado. Muitas vezes, sensível, ofendia-me e saía do escritório batendo a porta. Mas, no dia seguinte, vendo o dinheiro minguar, apavorado, comprava o *Diário Popular* e a tortura recomeçava. Novos interrogatórios. Chuva de perguntas. Era um delinquente? Afinal, o que queriam de mim, o que desejavam que soubesse? Estavam matando-me, os verdugos!

– Deixem-me em paz! Monstros! Vilões! Fascistas!

Apesar das dificuldades, exerci as mais variadas profissões, e poucos operários deste estado fabril conheceram tantos patrões como este seu criado. Nem seria capaz de enumerá-los. Por exemplo: fui guia de cego. Vocês já foram guias de cego? Aposto que não.

– Antes eu tinha um cachorro – disse-me o cego.
– Sou melhor do que qualquer cachorro – bazofiei.
– Tem bom faro?
– Excelente.
– O que costuma comer?
– Não havendo comida, posso roer um osso.
– Tem pulgas?
– Juro que não, senhor
– Comece amanhã, Bilu.

O cego era homem remediado, morava numa bela casa, e era um gênio no braile. Só nunca entendi por que gostava de andar tanto; voltava, à noite, com os pés inchados; surgiram-me os primeiros calos e não havia sapatos que chegassem. Mesmo se lhe suplicasse, não tomava condução alguma. Imagino que era um apaixonado desta porcaria de cidade.

– Onde estamos, Bilu?
– Acho que na rua Fulano de Tal.
– Não, estamos na Beltrano de Tal. Quer apostar?

– O quê?
– Perguntei se quer apostar.
– Não.
– Tem medo, Bilu? Aposte, você tem olhos, eu não.

O cego conhecia todas as ruas pelos ruídos, pelos cheiros, pela atmosfera e pelo senso de orientação. Para ele, a menor travessa de São Paulo tinha personalidade própria, inconfundível. Eu não sabia disso e fui levado pelo sabor das apostas. O negócio era assim: cinco mil-réis por jogada. Nos bairros distantes, dez mil-réis. Topei, vendo a satisfação dele. Fiz uma burrada do tamanho de um bonde, pois, durante três meses, tudo o que ganhei voltou às mãos do patrão.

Mas o pior foi quando perdi o emprego, já resignado com a profissão e viciado no incrível jogo das ruas. Estávamos os dois na praça Patriarca e ouvimos disparos. Como não era junho, o povo, assustado, pôs-se a gritar e a correr em todas as direções. Alguns estudantes encostaram-se à parede dos prédios, praguejando e dizendo palavrões. Uma senhora gorda e rubra abraçava uma criança em prantos, um bilheteiro corria, apavorado, lindas senhoritas dispararam no sentido do viaduto, enquanto muita gente tentava entrar nos ônibus estacionados. Um homem, que andava sobre longas pernas de pau, anunciando espetáculo do Cassino Antártica, perdeu o equilíbrio e esparramou no chão sobre uma banca de jornais. O que era aquilo? Revolução? Lá estavam alguns homens de camisa verde, com revólveres em punho, procurando dominar a situação, mas tinham contra eles os estudantes e outro grupo também armado. Levei um susto ao ver o primeiro transeunte, que não tinha nada com o peixe, atingido por uma bala. Não era brincadeira. Novos tiros. O que eu devia fazer? O mais chato foi quando os cavalos entraram em cena. Sempre ouvira falar de nossa esplêndida cavalaria e lá estava ela, em plena ação, para quem quisesse ver. Cavalões fortes, bem tratados e dispostos a esmagar os civis. Tive a impressão de que um dos cavalos olhava para mim de jeito especial, feroz, irônico, a serviço da pátria. Varado a baioneta, um pobre estudante se esvaía em sangue, enquanto os camisas-verdes atiravam contra a cavalaria ou refugiavam-se dentro das casas comerciais. Ouvia as vitrines estilhaçando-se e um Papai Noel (era perto do fim do ano) numa doida carreira pela praça. Olhei novamente o cavalo, já mais perto, sempre a seguir-me e relinchando com sua voz antipática e obrigando-me a encostar na parede, como muitos faziam. O cavalo subiu na calçada, cavalgado por um gentil pau de arara com seu ar britânico, quando descobri que minha situação era ainda pior do que se me afigurara a princípio. Sabem lá o que é um pau de arara sobre um cavalo e agindo em nome da lei? Vi a baioneta em suas mãos e nos seus olhos o ódio a tudo o que estivesse diante dele.

O resto é fácil explicar. Por favor, deem-me razão e compreendam os meus motivos. Não sou um covarde, como já disse, não temo homem algum e nenhuma alcateia que possa existir. Porém, não posso ver sangue. Lamento, senhoras e senhores, mas não posso ver sangue! Por outro lado, meu patrãozinho conhecia as ruas de São Paulo melhor do que eu, pelo cheiro, pelo comprimento, pela atmosfera. Eu, infelizmente, não possuía esses dons maravilhosos; além do mais, sofro de claustrofobia e não tolero a multidão, mesmo quando subordinada à sua rotina ordeira. Se me demorasse mais um minuto ali, seria trucidado. O que fazer? O nordestino ia me enfiar a baioneta. Comecei a correr, unindo forças físicas e espirituais, derrubando no meu arremesso uma senhora grávida (geralmente ninguém mata senhoras grávidas), um padre integralista, um mendigo sem braços e um negro velho muito simpático, até atingir a Faculdade de Direito onde me refugiei, no pátio das Arcadas, misturando-me com os estudantes desejosos de derrubarem não sei que regime. Dei-lhes o meu apoio em altos brados e depois escapei pela rua lateral sem olhar para trás e acabei curvado sobre os bebedouros do Piques, sedento como se tivesse me perdido no deserto. Tão assustado fiquei diante daquela brutalidade, que só no dia seguinte me lembrei de que estivera na Patriarca.

Não sou homem que fuja às obrigações. No dia seguinte, voltei à casa do cego e, para minha surpresa, fui encontrá-lo com o rosto coberto de esparadrapo e um braço na tipoia.

– Passamos um apuro ontem!

Ele, porém, não tinha finura, não entendia brincadeiras, talvez devido ao complexo causado pela falta de visão.

— O senhor é covarde.

— Quero que me explique por que diz isso. Nada de sutilezas e meias palavras.

— Abandonou-me na praça no meio daquela confusão toda.

— Sou um pacifista.

— Covarde!

— Respeito o seu ponto de vista, mas...

Dei um passo à frente; fui, porém, obstado por um taludo cão dinamarquês. Entendi tudo. Meu lugar fora ocupado por outro. Olhei o cão com ódio e não sem despeito. Ele estava empregado, eu não. Se desse um passo, o bruto me morderia. Tive que cair fora, já na direção da banca de jornais.

Alguém me aconselhou que aprendesse a escrever à máquina, o que fiz durante seis noites consecutivas numa escolinha modesta do bairro, mais frequentada por baratas do que por alunos. Desisti do curso e entrei numa escola de inglês. Mas esse idioma possui milhares de palavras e não dava tempo de aprender todas: morreria de fome. Meu problema era imediato; diploma nunca foi alimento.

Fui trabalhar como guarda-noturno de um palacete do Jardim América e, quando me enfiaram um revólver na mão, procurei portar-me com a maior naturalidade. O serviço consistia em rondar os vastos jardins das dezoito horas às seis da manhã, atento e pronto para o que desse e viesse.

O milionário, dono do palacete, perguntou:

— Já foi guarda-noturno?

— Sempre.

— Ótimo. Esta casa já sofreu cinco assaltos. Tínhamos um guarda excelente.

— Aposentou-se?

— Morreu no cumprimento do dever.

A informação não me estimulou, mas não estava em condições de rejeitar trabalho, mesmo porque, enquanto era entrevistado vi Aurélia na cozinha. Aurélia, com seus rijos dezesseis anos, mereceria todo um capítulo destas memórias: mulata dourada, espírita e analfabeta, tinha voz de samba-canção e um frescor vindo direto do tanque. Assim que travamos conhecimento, mostrei-lhe o baralho miraculoso de tia Antonieta, prometendo-lhe um moço branco, simpático e cheio de futuro. E para que acreditasse nas minhas previsões, apresentei-me como seu candidato e protetor. Ficamos amigos de verdade; aliás, toda a criadagem da casa simpatizou-se comigo e pediu-me que lesse o seu destino. Mal entrava no palacete, para a ronda armada, as criadas me davam pastéis, doces, cigarros do patrão e bebidas. Contava, assim, com todo o apoio da classe operária e com o amor crescente e juvenil de Aurélia.

Na terceira noite de ronda, aproximei-me da casa dos fundos, onde dormiam os criados, e penetrei no quarto de Aurélia. A garota, assustada, quis gritar, mas expliquei que vinha com as melhores intenções. Passei uma noite deliciosa, só comparável à minha primeira noite com Lu. Lá pelas seis, saí do quarto e fui concluir a ronda, lançando olhares terríveis por todos os lados. Quinze dias depois, para provar ao dono minha dedicação, acordei a família inteira, disparando para o ar.

O casal apareceu no jardim.

– Não há mais perigo – disse. – Afugentei três assaltantes. Aposto que não voltarão mais aqui.

Recebi elogios francos e na noite seguinte voltava, mais tranquilo, ao quarto de Aurélia.

Esse paraíso durou cerca de seis meses, terminando imprevistamente com um assalto de verdade. Incrível! O quarteirão todo viu os ladrões. A patroa, o patrão e os filhos ouviram seus passos. A cachorrada da vizinhança se pôs a latir. Os guardas-noturnos de outras casas compareceram, solidários. Uma radiopatrulha viu o delinquente. Apenas eu não ouvi nada, acostumado a dormir com as orelhas espremidas entre as coxas de Aurélia, para assim esquecer o mundo complexo e mau que me rodeava. Afinal, a mulata abriu as coxas e a janela e ficamos sabendo o que acontecia. Infelizmente já não podia fazer nada. Mergulhei na cama, abraçado àquela deusa de borracha, e só a larguei ao meio-dia.

Certamente, não pude voltar mais para lá nem cumprir minhas promessas a Aurélia. O resto, com todos os detalhes, fiquei sabendo pelos jornais que abordaram o caso em várias colunas: o roubo havia sido de milhões. Lembro-me, ainda, de algumas manchetes: "Guardou nos braços da mulata a segurança dos patrões", "Guarda-noturno irresponsável facilita assalto ao palacete", "Guarda-noturno romântico causa a perda de milhões".

13 – Monólogo no elevador

Embora até o momento tenha citado apenas dois empregos, o de guia de cego e guarda-noturno, exerci outras profissões, sendo, uma das mais chatas, a de ascensorista. Dirigir elevador é relativamente fácil e não exige brevê. Não há curvas perigosas e a aterrissagem é quase sempre suave. Também não é preciso amarrar os cintos: mesmo com mau tempo, nuvens baixas, o elevador funciona sem riscos. Dificilmente provoca ânsias de vômito e não entra em bolsões de vácuo. Se houver guerra, não é comum um elevador atacar o outro com metralhadora. Mas, a despeito de tantas vantagens, descobri aspectos pouco agradáveis na profissão de ascensorista. As viagens são demasiadamente monótonas; caso o edifício tenha apenas doze andares é impraticável chegar-se ao décimo terceiro. Os passageiros não variam muito e costumam chamar o ascensorista de João. Se faltar energia, o elevador empaca e o João fica preso em seu próprio local de trabalho. É proibido fumar no elevador, quando devia ser proibido dançar, fazer comício, acender fogueiras de são João e exibir filmes obscenos. O ascensorista é obrigado a ser cortês, ausente, informativo, monossilábico e ter cara de robô. Com o tempo, até para falar tem que apertar botões. Subi e desci, manobrando minha máquina, durante quatro meses. Depois, cansado, saí com os passageiros, ainda com a farda, fui até a porta do prédio, ganhei a rua e a liberdade.

Dediquei-me, depois, às vendas. O homem é um animal que compra e vende. Vendi pedras de isqueiro, bolsas de tricô nas feiras, serpentinas com a máscara de Momo num apático carnaval paulistano, saca-rolhas, molho inglês, livros pornográficos, fotografias também pornográficas e durante dois meses fui vendedor de gravatas pelo processo braço fixo. É provável que vocês tenham comprado minhas gravatas e, neste caso, embora tardiamente, agradeço. Estavam ajudando um moço honesto e castigado pela vida. Mas abandonei o ramo e fui vender perfumes franceses. A polícia, porém, foi cheirar os frascos e, para não ir preso, denunciei a existência de certa banheira no industrial bairro da Mooca.

Outra coisa que vendi e vendi bem: enceradeiras. Minha milésima visita foi ao apartamento do tamanho de um ovo de dona Marina. A velha olhou-me de alto a baixo, séria e com uma enorme curiosidade para a qual não encontrei explicação. O que tinha eu de excepcional para que aquela senhora, mais velha do que tia Antonieta, me olhasse com tanto interesse e agudeza?

– Vendo enceradeiras, minha senhora.
– Eu sei.
– A senhora tem enceradeira?
– Tenho.
– Então me desculpa.
– Espere.

Dona Marina pediu-me que entrasse. Na esperança de que ela quisesse trocar sua enceradeira velha por uma nova, comecei a matraquear sobre as vantagens incontáveis que a marca oferecia sobre as outras.

Mas ela não ouvia.

– O que quer tomar, meu filho?
– A senhora tem água gelada?
– Gosta de gim?
– Com tônica e limão? Claro que gosto.

Minutos depois, dona Marina trazia um belo copo de gim--tônica com a competente fatia de limão. Um bom gole de álcool faz bem em certos momentos, e aquele me refrescou e despertou--me a vontade de trabalhar. Todavia, dona Marina não se inclinava a deixar-me sair.

– Quer outro gim?
– Bem...
– Vou trazer mais um.
E trouxe.
– Bem, minha senhora, está interessada em trocar de enceradeira?
– Não.
– Se a senhora ler o manual de uso...
– Vai outro gim?

Aceitei. Aceitei, sim, porque gosto de gim e continuava com sede. Mas, aqui entre nós, começava a ficar com medo. Dona Marina olhava-me com seus olhos fixos como se pretendesse hipnotizar-me. Por onde eu andasse, defrontava o olhar dela, firme, dominador e, ao mesmo tempo, maternal.

Ao terminar o terceiro gim, levantei-me para ir embora. Fazia vinte dias que não vendia uma só enceradeira. E, em trezentas visitas, conseguira vender só duas. A comissão, irrisória, mal dava para pagar o aluguel. Andava desesperado.

– Muito obrigado, dona Marina.
– Está na hora do jantar, fique.
– Jantar?
– Gosta de camarões, meu bem?

Camarões lembravam-me o dr. Alceu e este me lembrava Lu. Comer camarões correspondia a rever o passado mais feliz. Não podia repelir o convite, fossem quais fossem as intenções daquela senhora. Mas nada deveria temer. Dona Marina era uma velhota sossegada, bondosa e igual a todas as mulheres de sua idade pertencentes às boas famílias. Garfo e faca. Ataque. Que delícia!

– Quer mais?
– Pode ser.

Eu sou o diabo diante de um prato de camarões. Nem sei quantos comi, mas sei que tomei toda uma garrafa de vinho branco que os tornou ainda mais saborosos.

– Agora está na hora.
– Tem guarda-chuva?
– Por quê?
– Está chovendo.

– Não diga!

Estava mesmo, tempestade. Como iria para casa? Dona Marina, bondosa, foi arrumar o sofá-cama.

– Durma aqui, meu filho.

Por que não? Ela ligou o rádio e ficamos a ouvir alguns programas, a tomar licor de maracujá. Depois, dona Marina perguntou se gostava de leituras. Gostava. Ela tirou da estante um dos livros de Monteiro Lobato: *A caçada da onça*, e começou a lê-lo com doçura e encantamento. Com a mão esquerda abriu uma lata cheia de biscoitos de polvilho. Interessado pela leitura, porém cansado, descansei a cabeça sobre as pernas da anciã, descobrindo que ela era a própria dona Benta. Adormeci durante a página 27.

Para encurtar a história, pelo espaço de uns dois anos, suponho, fui um feliz habitante do Sítio do Picapau Amarelo. Dona Benta leu-me todos os livros infantis do festejado escritor paulista num ritmo lento, familiar e um tanto sensual. Enquanto ouvia as histórias, comia bolo de fubá e os já aludidos biscoitos de polvilho. Não podia queixar-me, pois a bondosa senhora cercou-me de todo o carinho que me faltava, embora, não escondia, fosse dotada de certo espírito ditatorial. Não permitia que eu saísse de casa, para não ser atraído por Satanás. Apenas aos sábados, eu e ela íamos à feira do Arouche, onde, apesar do peso das cestas, podia respirar o ar livre das frias manhãs paulistanas. Aos domingos, íamos à missa da igreja de Santa Cecília, mas dona Benta, não sei por quê, afastava-me do confessionário, segurando minha mão com firmeza. Jogávamos bisca, decifrávamos cartas enigmáticas, e eu costumava fazer-lhe massagens na perna, prejudicada por um terrível reumatismo. O forte, porém, das nossas relações, o traço de união mais fascinante, eram as leituras dos livros do autor do Narizinho arrebitado. Os personagens dessas histórias passaram a viver ao meu redor. Bastava abrir uma porta e lá estava tia Nastácia, com seu grande rosto em negativo; a Emilinha, bonequinha peralta, fazia-me perguntas indiscretas e maliciosas, as quais, por decência, não posso transcrever aqui; o visconde de Sabugosa, a pedido de dona Benta, exercia sobre mim cruel vigilância, certamente com receio de que eu fugisse em alguma noite de luar intenso; o marquês de Rabicó era realmente um porco, e comia os restos de minha comida; quanto ao barão de Münchausen, veio uma só vez, quando descobri que se tratava de um antigo amante de dona Benta.

Nessa temporada logrei engordar oito quilos sadios e consistentes. Curei-me de uma doença de estômago que me abatia e tirava o apetite e, a expensas da patroa, fiz um belo tratamento dentário que culminou triunfalmente pela instalação em minha boca de uma ponte móvel que foi um marco na engenharia brasiliense. No tocante ao vestuário, não fui desamparado. Dona Benta, com suas próprias e venerandas mãos, fez-me diversos pulôveres. Comprou-me pijamas, meias, sapatos, camisas e três ternos feitos. Ah, não posso esquecer-me que me deu de presente um felpudo casaco, que através dos anos usei, sentindo pela protetora a maior e mais quente gratidão. Devo a ela, também, certa habilidade para alguns serviços materiais: ensinou-me a pregar botões, fazer café, estrelar ovos, remendar meias com ou sem ovo de pau, lavar roupa e passar a ferro. Precisavam ver com que jeitinho e entusiasmo pintei todo o seu apartamento com uma tinta que era novidade na época. Saía-me bem nos serviços caseiros, embora acusado de certa má vontade e indiferença nas obrigações de alcova. Mesmo assim, aguentei dois anos. Dois anos detido naquele apartamento, não tanto por dona Benta, quanto pelos meus receios de enfrentar a vida lá fora. Confesso, tinha medo de voltar à ativa, medo de fracassar. Para segurar-me, aquela senhora prometeu fazer de mim seu herdeiro, o que me comoveu mas não me convenceu. A diferença de idade entre nós dois era enorme. Quarenta anos! Quase meio século!

Numa suave manhã de março, ao findar das chuvas, como dizia um poema que ela costumava ler – "O caçador de esmeraldas" –, tomei de papel e lápis e redigi um bilhete, assim:

"Querida dona Benta,
O seu Pedrinho é um menino muito mau. Um ingrato. Esta manhã, cheirou o pó de pirlimpimpim e sumiu. Obrigado por tudo. Adeus para sempre."

14 – O cabaré se inflama quando ela dança

Ah, que bom, que novidade, que envolvente emoção! Lá ia eu, com vinte e poucos anos, constatando em cada olhar o progresso da cidade que mais cresce no mundo, a sentir um curioso patriotismo municipal, um orgulho meio besta, mas real e incontrolável por ser paulistano. Como tudo se modificara em dois anos! Quanta gente na rua e quantos automóveis buzinando! Gasta, porém, a emoção da redescoberta da cidade, veio o medo, novamente o medo. Meu ímpeto foi o de voltar correndo e arrependido ao minúsculo apartamento de dona Benta, atirar-me ao seu colo e pedir-lhe perdão. Queria bolo de fubá e biscoito de polvilho, materiais de minha segurança durante tanto tempo. Mas, ao cair da noite, achei tudo lindo! Havia mais luzes na cidade e os anúncios luminosos fascinavam-me. Lembrei-me dos tempos em que eu e Lu passeávamos de braço dado pela avenida e tomávamos sorvetes nas confeitarias! Andando de déu em déu, parei diante da porta festiva e ilustrada de um cabaré, o Império. Fiquei a ver os retratos dos shows: mágicos, duplas caipiras e a estonteante Bailarina Mascarada, grande êxito do Cassino da Urca, ora fazendo curta temporada em São Paulo. Fixei os olhos na Bailarina, encantado pelas suas pernas, sua graça, seu sorriso fútil e o mistério negro de sua máscara de veludo. Quase arrebento o rosto de encontro àqueles anúncios sedutores.

— O senhor é garçom?

A proprietária da casa, uma senhora opulenta e luminosa, chamada Bianca, estava ao meu lado, com a inesperada pergunta.

— Faço de tudo, minha senhora.

— Já serviu?

— Já servi. Não aqui, mas em Santos — menti. — Não tenho muita prática, mas sou rápido e sei ser gentil com a freguesia. As pessoas no geral vão com a minha cara. Nunca ofendo ninguém, sei suportar insultos, tomo banho sempre que posso, li todos os livros (ou melhor ouvi) de Monteiro Lobato, sei falar algumas palavras em francês e inglês e não tenho vícios.

Bianca achou graça.

— Não é preciso falar tanto.

— É a necessidade, minha senhora.

— Quer começar hoje?

— Começo hoje.

— O ordenado é uma ninharia. Mas as gorjetas aqui são boas. Muita gente gostaria de ser garçom no Império. Você está é com sorte, pois acabamos de perder um. Entre. Vou lhe dar a roupa.

Foi uma noite de trabalho insano, que só terminou às quatro da madrugada. Creio ter andado centenas de quilômetros no cabaré, a passos ligeiros, para impressionar bem os fregueses e a patroa. O duro era equilibrar as garrafas sobre a bandeja, mas apenas uma questão de prática. Não parei um segundo para olhar a alguém. Não tinha tempo.

No dia seguinte, fui dormir num dos piores hotéis da cidade. Mas caí na cama como um chumbo. Dez horas numa só estirada. E esse cansaço pesado e profundo estendeu-se por uma semana, quando meus músculos começaram a se acostumar com o vigoroso exercício. Apenas na segunda semana passei a prestar atenção na freguesia. Parte dela constituída por senhores estrangeiros; gordos, calvos e sorridentes alemães, pródigos em gorjetas e entusiasmados pelas novidades dos shows; outros eram sírios, concentrados e parecendo querer devorar as bailarinas com olhares agudos e macabros; principalmente nos sábados, surgiam os frequentadores do interior, matutos endinheirados, queimados de sol, ignorantes e apaixonados pela metrópole; em menor número eram os bocas de espera, querendo fazer amigos a todo custo, filando drinques, cigarros e carinhos das coristas.

Depois, mais ágil no servir as mesas, pude inclusive prestar atenção nos shows. O mágico que engolia cigarros acesos e multiplicava lenços era boliviano, embora se dissesse chinês; havia uma dupla de homossexuais, Os Mexicanitos, que arrancava grandes aplausos cantando a mesma música; um equilibrista dava susto no público, e deu susto maior numa noite em que caiu de verdade, fraturando as pernas. Mas a sensação, o supremo momento, o instante das clarinadas, o prêmio das palmas e brados, cabia à Bailarina Mascarada, com sua fantasia e seu apocalíptico impacto sexual. Entrava na hora justa do show, às duas da madrugada, cantava e dançava dois a três números, recebia no caixa o dinheiro das mãos de Bianca e se mandava como estranha aparição noturna. Não permanecia mais do que quinze minutos no cabaré e jamais aceitava o pedido de comparecer às mesas. Nem mesmo os gordos alemães com seu poderio industrial e sua química notável não conseguiam convencê-la a tomar com eles um champanhe por dez minutos. Soube que essa precipitação era motivada pelos diversos contratos que tinha em outros cabarés, inclusive em Santos. Chegava de carro e, mal concluía a função, lançava-se dentro dele como um raio.

– O coronel espera no carro – explicavam-me.

– Coronel ou gigolô?

– Para nós, tanto faz.

Era realmente inatingível, estrela brilhante, mas longínqua, volátil, explosiva, infixa, dinâmica e inexistente. Sobre ela já criavam lendas: a máscara escondia um rosto aristocrático de uma família austera de bandeirantes; para outros era uma normalista, uma jovem de vida dupla, anjo e demônio; para muitos, a Bailarina não era mulher, era um homem que temia a descoberta decepcionante do seu verdadeiro sexo. Mas essa hipótese era absurda! Nenhum homem, por menos que o fosse, não teria aquelas pernas de marfim e aquela boca, em forma de copas, do baralho profético de minha tia cartomante. A Bailarina era um conjunto de curvas mirabolantes, não havia uma só reta em seu corpo ou no perfil; só se podia imaginar uma única reta, a reta da chegada, vaginal, com arquibancadas, setas, dísticos, faixas, microfones, aplausos e entrevistas. Como já está explícito, comparo-a ao circuito da Gávea que, naqueles idos, consagrava Manuel de Tefé, mas matava muita gente no Caldeirão do Diabo, onde se findou o grande ás Irineu Correa. Pode tudo isso não fazer muito sentido, mas quem estava preocupado com o sentido das coisas quando a Bailarina Mascarada invadia o cabaré num sopro de perfume, alegria e libertação?

– Pago dez contos por mais um número!

Era um fã apoplético, escravizado, com tendência ao suicídio financeiro. Não era o único. Um deles, numa noite de alucinações, tentou enfiar nas mãos da Bailarina a escritura definitiva de uma casa nas Perdizes em troca de uma noite de amor em seu apartamento. Talvez por não entender bem a vantajosa proposta, ela afastou o documento. Outras propostas também generosas eram feitas através de dona Bianca, as quais a Bailarina ouvia, sorrindo atrás da máscara de veludo.

A princípio nem me atrevia a olhar aquela deusa noturna, cercada por sua corte de industriais teutônicos e agricultores latino-americanos. E, na verdade, jamais ousaria a menor coisa, tão emperrado ficara sob o jugo de dona Benta, se ela própria, a Bailarina, indo em direção ao caixa para receber seu cachê, não tivesse dado com os olhos em mim e estacado. Sim, foi assim, ela me viu e parou, e eu, com a bandeja na mão, parei, o cabaré parou e o mundo talvez. Tudo parou durante três ou quatro segundos. O que a Bailarina Mascarada vira em mim, um humilde garçom, para parar e permitir a paralisia total em tanta gente? Uma voz que se chamava inveja comentou:

– A Mascarada foi com sua cara.

Até a Bianca, tão alta e sem espantos, acercou-se de mim para dizer:

– A Mascarada gostou de você.

Hoje eu sei que um minuto possui sessenta segundos e que uma hora tem três mil e seiscentos momentos de espera. Multipliquem isso por vinte e quatro e façam o cálculo preciso do meu sofrimento à expectativa da noite seguinte. Fiquei horas diante do espelho, penteando o cabelo e barbeando-me. Mas o resultado foi nulo. A Mascarada nem me notou nessa noite. Como também teimou em ignorar-me nas noites que se seguiram. Não adiantou colocar-me frontalmente no ângulo de sua visão. Não queria olhar-me, não, não e não. Cheguei até a ter a certeza de que minha presença a perturbava à medida que crescia seu intento de não me ver.

Se eu sofri, quero que vocês sofram também.

Abro um parêntese.

Que entre o Diabo!

15 – O Diabo em pessoa

Sobrinho de tia Antonieta (com muita honra) sou homem familiarizado com os mistérios do destino. Sei perfeitamente que a sorte de uma pessoa pode mudar com a chegada da primavera, mesmo se ela mora no Brasil, onde a primavera é apenas uma informação telegrafada do exterior. Pode-se dormir pobre e acordar rico, embora o mais comum seja dormir pobre e acordar ainda mais pobre. Há quem encontre bilhetes de loteria premiados na rua. Vocês devem conhecer algum caso assim. Duvido mas é possível. Soube de um homem que começou a vida como porteiro. Isso há cinquenta anos. Se hoje passarem diante do hotel Altamira, verão um velhinho. É ele. Às vezes o destino dá grandes guinadas. Rockefeller principiou com dois quilos e seiscentos gramas. Mas não tive paciência, nunca tive. Resolvi fazer aquilo que as histórias e os filmes de cinema contam: vender a alma ao Diabo. Sempre me interessou esse gênero peculiar de comércio. Dentro de uma banheira, pensando na Bailarina Mascarada, tomei a transcendental decisão: vender a alma ao Diabo. E já que ele não aparecia, eu mesmo ia propor-lhe o negócio.

Sempre que atravessava um lugar escuro, fazia-o devagar, sem medo e com certo ar fenício. Eu era o corretor de minha própria alma. Falava em voz nítida: "Apareça, caro senhor Diabo, eu tenho algo para lhe oferecer". Sozinho no quarto, enchia dois cálices de conhaque: um para mim, outro para o esperado visitante. Apesar da gentileza, o Diabo não vinha. Mas era pouco, precisava chamar a atenção de Satanás usando métodos mais agressivos. Supus logo que o Diabo é um ser ocupado. Precisava, pois, atraí-lo de uma forma positiva e demagógica. Fui à igreja e, colocando-me diante de uma imagem, pus-me a dirigir-lhe insultos e palavrões.

— Não quero nada com você, sou amigo do Diabo!

Fui posto fora do templo, e na confusão um sacristão deu-me um pontapé que me fez odiar cadeiras por uma semana. Mas não desisti, tanto que escrevi longa carta ao Diabo, em ortografia antiga, e coloquei-a dentro do meu volume do *Fausto*. Nenhum resultado. Adoeci de ódio.

— Apareça, Capeta! — bradava. — Onde você está?

Dei de beber. Uma dose para mim, outra para ele. Madrugadas inteiras, litros inteiros.

— Oh, você, afinal.
— Como sabe que gosto de conhaque?
— Adivinhei, sr. Satã.
— Por que anda à minha procura?
— Quero vender minha alma.
— Os tempos não estão para compras. Até vendo almas.
— Mas a minha é uma alma pura, santa, novinha.
— Quanto quer por sua alma?
— Cinquenta mil contos.
— (Susto) Quanto?
— Vinte mil contos.
— Queira repetir.
— Vá ser surdo na puta que o pariu! Eu disse cinco mil contos.

O Diabo tragou o seu conhaque.

— Pensa que tenho fábrica de dinheiro?
— Não pode emitir?
— Condeno qualquer emissão.
— Então vendo minha alma em prestações. É um negócio da China.
— Posso ir à China sem sua ajuda.
— Não quer cinco mil em prestações?

– Mesmo assim é caro.
– Sempre soube que o Diabo é generoso.
– Não se iluda com histórias.
– Qual é a sua oferta?
– Quinhentos contos. Nada mais.
– É pouco.
– Nem um tostão a mais.
– Cornudo!
– Mais um insulto, desapareço.
– Eu o acompanho até a porta.

Queria apenas que ele se levantasse. Dei-lhe o maior pontapé no traseiro, com a mesma força com que me brindava o sacristão. O Demo desapareceu.

Momentos depois, entrava meu companheiro de quarto, o índio Peri, o mesmo que inspirou o famoso romance de Alencar.

– Que cheiro de enxofre é esse?
– O Diabo esteve aqui.

O índio não se surpreendeu.

– Fizeram negócio?
– Ele quis me pagar apenas quinhentos.
– Até que lhe ofereceu muito. Para mim quis dar trezentos.
– Você é índio.
– Mas sou o índio Peri.

Larguei a cabeça sobre a mesa. Adormeci.

Na manhã seguinte, fui expulso do hotel. Disseram que dei um pontapé num hóspede que fumava cachimbo e que insultei um índio trazido por uma missão religiosa e que estava hospedado num hotel para travar contato com a civilização.

O fato é que começava a fazer loucuras. Por que a Bailarina Mascarada não me olhava mais? Por quê? E por que olhara daquele jeito aquela noite? Fui à porta do cabaré; envolta na neblina lá estava uma baratinha vermelha. O protetor da Mascarada, apenas uma silhueta, esperava-a. Dentro, no palco, a Mascarada enlouquecia os fregueses. Os homens, boquiabertos, faziam um exame detido de todas as suas formas. Tive uma ideia, sei lá, um impulso, um empurrão, uma curiosidade, um não sei quê, e pisei o chão na rua, indo no sentido da baratinha, talvez puxado pela mão, a mão do Diabo, sentindo o frio cortante da noite e um cheiro de enxofre, tremores e despeito, fui indo, bem perto do carro, a silhueta dormia, cabeça na direção, ouvia o seu ronco, encostei a cara no vidro do carro, esmagando o nariz, e vi, vi o homem, o dono, o inimigo, e foi então que o frio me doeu como um corte de gilete. Voltei para o cabaré, em estado de choque e de alerta, apoiado no ombro do Diabo, e, quando entrei, jogavam serpentinas e confete na Mascarada, que finalizava seu show com os seios nus sob o banho de luz verde de um holofote.

Na noite seguinte, esperei a chegada da Mascarada, esquecido de que precisava atender à freguesia. Fui advertido, primeiramente com bondade, depois com paciência e por fim com certa irritação. Dona Bianca estranhava-me, pois até aquela noite havia sido uma pérola de garçom, e agora começava a bagunçar o coreto. Para meu azar, a Bailarina faltou uma semana inteira, o que me fez crer que jamais voltaria. Pessimismo exagerado. Apenas apanhara uma gripe. Regressou bem curada, e a prova estava no busto exposto no redondo palco do show. Pernas e braços inteiramente nus, a roupa da Bailarina diminuía à medida que seu sucesso no Império aumentava. Apenas a máscara era a mesma, enorme e misteriosa. Sim, ainda restava para mim um pouco de mistério.

Por mais que eu insistisse em colocar-me no ângulo mais favorável de sua visão, não tomava mais a Bailarina conhecimento de minha presença. Não sabia como comunicar-me. Pensei num bilhete, num recado transmitido por Bianca, em simular um desmaio e ser socorrido por ela. Esse desejo de comunicação tornou-se obsessivo, gesticulatório e febril. Tive naturalmente que entregar a solução aos meus impulsos naturais, desentocados por alguns bons goles de álcool.

A coisa aconteceu em pleno show. Como? Sei lá. Um dos meus colegas passou diante de mim com uma garrafa de champanhe e duas taças. Arrebatei-lhe a bandeja, na escuridão que o espetáculo exigia, e ganhei o círculo iluminado, se não me engano de lilás, onde a Mascarada se requebrava num ritmo subdesenvolvido da República Mexicana. Suponho que a maioria dos fregueses, mesmo os obesos alemães, que conheciam o show com todas as suas variantes, imaginara que eu fizesse parte dele. O garçom era promovido a artista, e lá se postava, sob os refletores, servindo champanhe para a Bailarina Mascarada. Enchi a segunda taça, para mim, vendo através das aberturas da máscara, o espanto nos olhos da grande e incógnita vedete. Ela, obrigada a parar o requebro, aceitou a taça, e erguemos um brinde a nós mesmos. No caixa, Bianca levava as mãos à cabeça e os garçons reuniam-se para ver e comentar o insólito acontecimento. Não me preocupava com os outros, é verdade. Ansiava pela reação da Bailarina Mascarada.

– Como você está magrinho – disse ela. – Pele e osso! Quantos quilos está pesando?

– Não fica com remorsos, você que vive de suas curvas e seus recheios?

– Morro de remorsos!

– Mais champanhe?

– Mais um cálice.

Um dos Mexicanitos, o mais másculo dos dois, um que usava cílios postiços, aproximou-se do palquinho.

– Ele perturba a senhora?

– Não – ela respondeu.

– Saia, bicha – protestei.

Nova taça que fez aumentar o pasmo geral. Nesta altura, freguesia já adivinhava (ou tinha notícia de) que minha intromissão fora espontânea, não ensaiada.

– O que tem feito? Não tem comido?

– Agora até que estou melhor.

– Pobrezinho!

Começamos a dançar, com o champanhe e as taças nas mãos. Uma dança esquisita, mas de uma alegria que você nunca teve e nunca presenciou. Que excitação e embriaguez! Era um rodopio sem fim, que a orquestra se pôs a acompanhar em ritmo de valsa. Rodopiávamos com um sorriso nos lábios e raras palavras.

– O empresário está aí fora!

– Como sabe?

– Vejo-o todas as noites.

– Mas como você está magro... Por que não toma Iofoscal?

— Só se me servir na boca, em colheres de chá.
— Colheres de sopa, meu amor!
A dança terminou.
Bianca chegou-se a nós.
— Parem com essa frescura, Esmeraldo pode aparecer. Você está demorando.
Oh, deliciosa e imediata insensatez.
— Ele vai ter muito que esperar.
— Não quero cenas de ciúmes aqui! — bradou Bianca.
— Me dê o cachê da noite — pediu a Mascarada.
Bianca fez o que ela ordenou, com protestos e temores. Eu mesmo estava estupefato. A alemãzada não entendia nada e os garçons não continham a inveja. Chegou, porém, minha vez de fazer perguntas. Interroguei a Mascarada com ardor:
— O que você vai fazer?
Que sorriso!
— Vamos embora.
— Embora?
— Pela porta dos fundos.
— E sua carreira, Lu? Você é agora uma estrela!
— Meu Deus, que magrinho você está!
Eu de garçom, com a quinzena no bolso, e ela mascarada, saímos pela porta dos fundos. Atentem para o detalhe: levamos aquele champanhe, com as taças, que fomos tomando pela rua, molhados pela garoa que caía. Íamos rindo, despertando a curiosidade dos notívagos, sem nenhum problema e sem saber o que ia acontecer. Depois de quatro anos, eu e Lu nos encontrávamos, voltávamos a viver juntos, embora não soubesse direito por que abandonara o Valete de Espadas tão imprevistamente, apenas porque minha magreza necessitava de alguns vidros de Iofoscal.

16 – A bailarina tira a máscara: o faturamento evapora

Se eu esperava viver às custas dos prefixos, requebros e sorrisos da Bailarina Mascarada, enganava-me redondamente. A Bailarina não podia atuar mais, pelo menos não podia voltar de imediato ao banho multicor dos refletores. Pobre Esmeraldo! Soubemos tudo depois. Esperou duas horas dentro da baratinha e acabou cansando-se. Chateado, entrou no Império para ver o que sua mina estava fazendo: tudo indicava que arranjara um fazendeiro rico, para o que tinha licença. Mas a história, já narrada, era bem outra. Dona Bianca, cercada pelos alemães obesos, e agora também decepcionados, pelos serviçais e pelos Mexicanitos, informou-lhe que a Mascarada sumira com um garçom. Primeiramente, Esmeraldo solicitou que ela fizesse a descrição do meu tipo físico, cacoetes e pretensões. Assim que concluiu que o raptor era eu, partiu para a destruição parcial do cabaré, contando apenas com seus próprios punhos. Segundo estatística que me foi fornecida, dezessete cadeiras foram quebradas, onze mesas e mais de oitenta garrafas das mais diversas bebidas. Um dos alemães obesos, fanático do culto da Bailarina Mascarada, saiu da casa com um talho profundo na testa e um garçom fraturou o braço ao tentar aplacar o ódio muscular do meu dileto inimigo.

Nas noites seguintes, apesar da oposição formal de dona Bianca, Esmeraldo voltou a frequentar o Império, dobrado por uma tênue e vaga esperança. Mais tarde, tive notícia de que tinha sido visto tentando vender seu carro por uma bagatela. Contei tudo à Lu, que fazia caprichosamente as unhas.

— Fiz tudo o que pude por ele – disse Lu. – Não sinto remorsos.
— Ele perdeu a mamata.
— Espero que agora já saiba caminhar sozinho.
— Caminhar a pé.
— Não se preocupe com ele, venha tomar o Iofoscal.

Remédio dado na boca é uma delícia! Mas o segundo vidro já foi amargo. Atirei-me aos pés da minha maruja e pedi-lhe desculpas. Ela abandonara um próspero empresário, um homem de aguda visão noturna, para morar comigo sem horizontes numa pensão da Conselheiro Nébias. O que ela podia esperar de mim? Ou melhor: o que eu podia esperar de mim mesmo?

— Confia em Deus.
— Sou católico, você sabe.
— E então?

Durante um mês, fiz aquilo que sempre soube fazer muito bem: nada. No segundo mês fiquei aflito. O que pode realizar nesta cidade um homem sem profissão? Tive crises nervosas. Pensei no dr. Alceu. Lembram-se do dr. Alceu, o simpático expoente da calvície que tanto fez por mim? Fomos eu e Lu, de braço dado, ao seu movimentado escritório de advocacia.

— Como vai, dr. Alceu?
PUM...

Felizmente, isso que ouviram não foi um tiro. Foi uma batida de porta. Chorei.

— Não perca a calma, Tumache.
— Tumache! Vale a pena passar fome para ouvi-la chamar-me assim.
— Eu o chamarei quantas vezes quiser.
— Não exagere.
— Você está engordando, apesar de tudo.
— Acha?
— Veja-se no espelho, Tumache.

Resolvi reagir. Minha primeira ideia foi uma rifa. Minha saudosa tia Antonieta, sempre que se via mal de vida, rifava alguma coisa. De preferência objetos que não existiam, para evitar reclamações e mal-entendidos. Comecei a rifar um Chevrolet zero-quilômetro. Boa marca, não? Mil cartões a dois mil-réis. Não era fácil passar, mas acontece que o produto da rifa iria para os tuberculosos pobres de Campos do Jordão. Para onde eu também iria, se continuasse a alimentar-me tão mal. A despeito da generosidade do povo paulistano, não conseguimos, eu e Lu, passar mais do que quatrocentos cartões. Isso salvou-me dois meses, porém não tive ânimo de prosseguir.

– Lu, sabe o que vou fazer? Vender retratos do presidente Vargas.

Até hoje considero o presidente Vargas o mais popular que o Brasil já teve. Vendi seus retratos às centenas. E ficaria rico, se não houvesse mais mil pessoas fazendo o mesmo.

– Tem um chalé que está precisando de um ajudante. Está aí uma coisa que posso fazer, Lu.

Fiquei apenas um mês no chalé, embora o serviço me agradasse. Gosto de bichos e de dinheiro. Ficaria mais, se a maldade humana não me perseguisse. Fui acusado de trapaça só porque Lu acertou oito vezes num mês na centena do primeiro ao quinto. Apesar de escorraçado, estava muito feliz porque tive dinheiro para uma semana no Gonzaga.

Eu sentia-me felicíssimo passeando com Lu pelas praias. Os maridos em lua de mel olhavam para o físico de minha maruja e comparando-o ao de suas esposas ficavam frustrados, contraídos e entregavam-se definitivamente à bebida e ao onanismo. Dava-nos um prazer mórbido corroer a harmonia proletária dos nubentes. Assim, eu me convencia de que a Virgem de Guadalupe estava ainda mais bela do que a que eu conhecera na casa sortida e charmosa da capitã.

Lu, com seu imenso amor, pedia-me calma. Podia, a qualquer momento, voltar ao comércio da carne, mas, para prolongar a felicidade do reencontro eu continuava tentando o trabalho. O jogo de cartas foi uma etapa curta e ilusória. Nas primeiras semanas fui o maior cara de pau no pôquer e mantinha total paralisia facial diante de uma quadra de ases. Se tivesse nas mãos um joguinho mixo, franzia ligeiramente as sobrancelhas, assustando os incautos. Tive três ou quatro noites de êxito e comemorações com Lu em restaurantes de primeira classe. A sorte, porém, virou e tive que esquecer o pôquer antes que ele me consumisse os últimos mil-réis.

– Agora, Tumache, deixe pra mim.
– Não, ainda não.
– Nosso dinheiro está no fim, Tumache. Dou um jeito.

Eu não queria vê-la tão decadente, não. De estrela máxima da noite sul-americana à prostituição pura e simples, por minha causa, seria o meu fracasso. Quem voltou, a princípio, fui eu. Com o melhor terno que me restava, tentei novamente a gigolotagem, mas sem muita fé. Não fui além de arrancar um dinheiro de uma pobre professora de piano, que me ensinou a tocar o "Bife" e um trechinho insignificante de Chopin. Mas, na verdade, minha grande e única mina sempre fora Lu; as outras nunca passaram de pés de chinelo, moças e senhoras prejudicadas pelo destino, freudianas, marginais, bolorentas.

– Largue essa mulher, Tumache.
– Qual?
– A pianista.

Fiz o que ela mandava.

– Vamos agir em dupla? Como fizemos com o dr. Alceu?

Havia um clube grã-finíssimo em campanha de sócios. Eu e Lu fomos visitá-lo e assinamos a proposta. Gostamos muito do ambiente, das quadras, das piscinas e do desconto nas bebidas. Um lugar apetecível para os sábados, domingos e feriados. Já na segunda visita, sob um céu tropical e um perfume vegetal e estimulante, percebi que a maruja despertava os mais cobiçosos e lambuzados olhares. Fizemos amizades. O próprio vice-presidente foi camarada e disse que não precisávamos pagar joias por enquanto. Um solteirão rico, metido a Valentino, pagava-nos bebidas e almoços. Um engenheiro paralítico apaixonou-se por Lupe. Tinha o lado esquerdo totalmente paralisado e a mão sem movimento. Mas com a direita apanhava muito bem a carteira. Logo imaginei que seu triste defeito físico deveria complexá-lo, apesar de sua esplêndida situação financeira; assim seria fácil depená-lo se Lu descompassasse o seu coração de paraplégico. O terceiro fã contava apenas dezoito anos, babava e era retardado mental. Ainda estava no segundo ano primário, um desgosto para seus pais incrivelmente ricos. Graças ao dom-juan, ao aleijado e ao retardado mental, sempre havia quem pagasse as nossas contas. Aliás, disputavam o pagamento; disputa em que eu também entrava, para perder.

– Os três amorecos estão embeiçados – eu comentava.
– Tumache, tenho pena do dr. Babosa (era como eu apelidara o retardado mental).
– Não tenha tanta pena, é rico. Infelizes somos nós, que não temos dinheiro.
– Ele quer me dar uma joia!
– O dr. Babosa?
– Um troço de brilhante.
– Ponha na bolsa, boneca.

O dr. Babosa era uma criança grande. Roubou a joia da mãe para presentear Lu; saímos do clube, quase correndo, e fomos vendê-la. Era mesmo de brilhante: um mês de boa vida, sim, senhores. Mas tivemos que nos afastar um pouco do excepcional, que queria roubar da progenitora um solitário que valia uma fortuna.

O paraplégico não dava joias, mas Lu conseguiu dele um bom empréstimo, sem juros, por tempo indeterminado. Parecia que não queria mesmo receber a dívida, e era evidente que não queríamos pagá-la. Este deu um beijinho na minha noiva, quando ela se dirigia para a piscina. Ao ver a cena, virei o rosto tão depressa, para não testemunhar o atrevimento, que torci o pescoço. Cinco dias com torcicolo! Fiquei odiando o Pirata da Perna de Pau, como eu e Lu o chamávamos.

Quanto ao Valentino, era mais vivo. Queria dormir com minha noiva por cinco contos de réis. Ponderei que seria arriscado, pois ele poderia abrir o bico e nos sujar no clube. Em todo caso, disse-lhe que cedesse se oferecesse dez. Mas como minha pobre amada andava precisando de roupas, simulei uma briguinha de uma semana, e nesses sete dias o Valentino lhe deu um belo guarda-roupa de verão. Algumas peças tivemos que vender por um terço do preço para pagar a pensão.

O dr. Babosa, o retardado, ao notar o namoro, teve uma crise de ciúmes e atirou-se vestido na piscina. Eu, que não sabia nadar, tive que atirar-me nas águas e arrastá-lo para uma das beiradas. Durante quinze dias fiquei com o gosto de cloro na boca. Um dos grandes sustos que sofri naquele período da vida. O pai do rapaz, ciente de tudo, retirou-o do clube e internou-o numa clínica, onde permaneceu durante meses, levando choques na cabeça e injeções de insulina. Eu e Lu, ela chorosa, fomos visitá-lo uma vez. O coitado levara tanto choque elétrico que estava com os cabelos espetados e os olhos brilhavam até no escuro.

– Tumache, é melhor não irmos mais ao clube.

– Por que não? Você ainda tem admiradores lá. O Valentino e o Pirata da Perna de Pau.

– Os dois querem casar comigo.

– Até o Valentino?

– Até ele.

Eu e Lu resolvemos que ela namoraria os dois ao mesmo tempo, induzindo-os a cometerem loucuras financeiras. Lu fazia aniversário em setembro: antecipei a bela data para março a fim de que ela recebesse presentes. Valentino deu-lhe um estúpido secador de cabelos, mas o Pirata da Perna de Pau ofereceu-lhe um magnífico anel, que trocamos por uma fantasia idêntica, vendendo por ótimo preço o verdadeiro.

Tudo isso era bom, era ótimo, principalmente por causa dos martínis com azeitona à beira da piscina, mas juro-lhes que logo depois ficou ainda melhor – tão melhor, que vale abrir um capítulo novo.

17 – O banho de sol

É incrível a facilidade com que me adapto ao bem-viver. Pudesse eu, e a caça à raposa seria meu esporte favorito. Nasci barão, dos Petiscos e Beberetes, ou duque, duque do Lençol de Percal. Outros nascem choferes, tratoristas ou líderes sindicais. Apenas jamais me conformei com ter nascido no século XX, que é sem dúvida o século da socialização. Deveria ter nascido na Roma de mármore dos césares, e teria sido puxa-saco-mor de Nero ou Calígula. Outra época que me fascina é a do império dos doges, com seus palácios, seu luxo inútil, suas mulheres opulentas e seu dolce far niente. Mas não nos desviemos: estávamos no clube enfrentando certos problemas com a rivalidade do Valentino e do Pirata da Perna de Pau. Certa manhã de um azul puríssimo os dois exigiram da maruja que se decidisse, aquilo não podia continuar assim.

A maruja consultou-me. Qual dos dois escolheria?
– Decidamo-nos por um tertius – disse eu.
– O que é isso, Tumache?
– Um terceiro.
– Qual?
– Já reparou no macróbio Gumercindo?

Gumercindo era figura conhecida no clube, com seus cabelos brancos; viúvo, pai de dois filhos moços estudando na Europa, vivia de suas fazendas, de dinheiro emprestado a juros extorsivos e de uma indústria de detergentes. Ocasionalmente incorporava prédios e arrendava hotéis e restaurantes. Sabia que possuía um iate de proporções médias, uma belíssima residência e alguns quadros de grande valor. Gostava da companhia de gente moça, e para manter-se moço, ingeria um litro de martíni por dia. Nunca estava bêbado, mas na realidade nunca estava sóbrio. Vivia num estado mediano entre o colapso sexual e o medo de ser enterrado vivo. E foi no Brasil o primeiro ser inteligente a apaixonar-se pelas aventuras do Tocha Humana.

– Sente-se em nossa mesa, sr. Gumercindo.

Notaram minha voz cordial?

– O senhor é?

Apresentei-lhe Lu.

– Eu sou o noivo.

Ficamos grandes amigos, horas sentados juntos, a ouvir o ancião contar histórias que lhe aconteceram nos mais diversos países da Europa, nos quais dera vexames provocados por excessos alcoólicos e escassez de autocrítica. Parece que foi em Madri que elevou mais baixo o nome do Brasil, quando tiveram que trancafiá-lo num cárcere para refrear seus entusiasmos turísticos e sua exagerada paixão pela mulher espanhola.

Diante de Gumercindo eu me mostrava um rapaz distraído e sob qualquer pretexto saía da mesa para que ele pudesse conversar com Lu sem empecilhos. Se ia ao mictório, demorava vinte minutos e uma vez simulei uma cólica duradoura só para que o ancião e Lu solidificassem a amizade. Em pouco tempo surgiu um forte elo entre nós e o nosso respeitável companheiro. Mas ele precisava ser testado e o foi.

Certa manhã, Lu, coitada, entrou chorando no clube. Morrera-lhe a mãe no Rio de Janeiro. Cabem aqui dois reparos: Lu não possuía mãe e portanto ela não morava no Rio de Janeiro. Eu, o noivo fracassado, não escondia meu desespero. Não podia financiar a viagem nem tinha dinheiro para as despesas funerárias. O velho Gumercindo num gesto cavalheiresco tirou a carteira e resolveu o impasse. Comovidos, eu também com lágrimas nos olhos, agradecemos a amabilidade e de fato embarcamos para o

Rio. Não fomos a nenhum enterro, mas vimos Pedro Vargas no Cassino da Urca, onde, reunindo o útil ao agradável, Lu teve uma aventura passageira com um ricaço norte-americano que, em avançado estado de intoxicação etílica, deu-lhe cinquenta dólares por uma simples bolinação num automóvel.

Resolvemos ficar na Cidade Maravilhosa para a missa do sétimo dia. Naquela idade, eu ainda não conhecia as delícias de Copacabana. Aluguei guarda-sol, esteira e comprei um cavalo pneumático de grande estabilidade à flor-d'água. Um negrinho, lustroso e faminto, ia e vinha ao hotel para trazer bebidas e sanduíches. Vivíamos sempre cercados de curiosos, todos hipnotizados pelo corpo de Lu, que era um assombro ao sol carioca. Um deles, que se dizia interventor de um estado nordestino, levava-nos passear de automóvel, dava-me charutos e acabou passando à minha noiva um cheque de dez contos em troca de uma hora em seu apartamento. Ela pegou o cheque, imediatamente descontado, mas, com receio de levar Gumercindo ao desespero de uma longa espera, regressamos no mesmo dia, trazendo o cavalo pneumático em nossa mala.

A ausência deu resultados magníficos. Encontramos o velho Gumercindo com uma paixão dos vinte anos e vestindo uma blusa cor de abóbora. Ao ver Lu, queimada de sol, tropical e compacta, pôs-se a tremer e sentiu um troço. O médico do clube aplicou uma injeção nas nádegas do enfermo, restituindo-lhe as cores e o equilíbrio emocional. Nesse dia, tivemos um apetitoso almoço com vinho branco e mais tarde fomos à mansão de Gumercindo, uma das mais belas que já vi na vida. Aí comi ainda mais e tive sono. Fui largar-me sobre um divã, onde dormi até a noite.

Quando o chofer de Gumercindo nos deixou em nossa pensão, Lu contou-me que o velho, trêmulo como um colegial, oferecera-lhe roupas e uma mesada de dez contos de réis por mês. Pagaria também as joias do clube, as mensalidades e ainda nossas despesas no restaurante e no bar.

– Boa oferta!
– Tive pena do pobre Gu! Como tremia!
– Ele marcou o dia da mesada?

– Todo dia 1º.

– Exija pagamento adiantado.

Inútil precaução. Gumercindo foi correto. Já no dia seguinte pagou os dez contos e foi a uma joalheria com Lu para a escolha do colar. Nossas joias no clube foram pagas e os arrendatários do bar e do restaurante, avisados de que nossas despesas iriam para a conta do sr. Gumercindo.

Passei alegremente a ingerir apenas uísque escocês, abandonando os perigosos coquetéis que envenenam o organismo. Substituí o cigarro Aspásia pelo Pall Mall, americano, long size, perfumado e aristocrático. Cortei certas intimidades com os garçons, resquícios de um passado infeliz, e comprei novas roupas. Por outro lado, pude entrar na piscina sem complexos nem rancores classistas. Um professor da tribo dos teutos ensinou-me o nado clássico, mas acabei preferindo o nado de costas, mais confortável e panorâmico. Conseguia boiar por um tempo infinito, como se estivesse morto, quando na realidade permanecia vivo e bem nutrido. Aprendi também a jogar peteca, jogo que exige agilidade, golpe de vista e incontrolável desejo de dar bofetões. Depois de muitas tentativas, derrotei Valentino numa partida de tênis e saí da quadra sob os aplausos de Lu e de Gumercindo.

Em suma, eu não fazia nada mais do que viver a grande máxima: mente sã em corpo são. Mas espero que não pensem que me dedicava apenas aos prazeres superficiais dos esportes. Tornei-me frequentador de bibliotecas e livrarias, convicto de que a cultura daria maior brilho aos meus bate-papos no clube. Li o *Dom Quixote de la Mancha*, o *Gulliver*, o *Quincas Borba* e o *Rubaiyat*, elegendo este meu livro de cabeceira e meditações. Um tanto por esnobismo, passei a circular em galerias de arte, chegando a comprar uma bela reprodução de Lautrec, um perneta francês que vivia enchendo a cara de conhaque e o saco de umas dançarinas que se exibiam no Moulin Rouge nos tempos de Maria Antonieta. Adquiri também uma estatueta de barro feita em Minas Gerais; era um negócio feio, mas o pessoal do clube garantiu que valia uma fortuna e vendi-a por um preço três vezes maior. Mais tarde, noutros tempos de vacas magras, tornei-me uma espécie de agente do barroco mineiro entre os grã-finos de

São Paulo. Outra diversão que devo a Gumercindo foi o teatro; nós três não perdíamos uma peça, por mais mixuruca que fosse. Mas não ficávamos na plateia, misturados com a plebe. Íamos de camarote, eu incrustado numa quina para não ver as mãos de Lu e Gumercindo entrelaçadas. Ah, não posso esquecer de mencionar nossos divertidos passeios aos parques de diversões! Eu me sentia uma criança na roda gigante, no trem-fantasma e no tira-prosa. O velho Gu comprava tiras de ingressos para mim especialmente para o chicote, o *dangler* e a montanha-russa. Depois, nas cantinas, devorávamos pizzas enormes, sofisticadas por vinhos europeus. Mas o meu bom e idoso amigo divertia-se ainda mais do que eu. Estava apaixonado.

 O romance entre o velho Gu e a minha noiva provocou uma onda de comentários no clube. O Valentino, o dr. Babosa e o Pirata da Perna de Pau ficaram acesos, principalmente o excepcional, que passou a babar mais e a comer grandes nuvens de algodão-doce. Havia obtido alta condicional no sanatório, porém, quando viu que Lu dava ao magnata todas as atenções, teve uma piora e voltou aos choques elétricos na cabeça. Quanto ao Pirata da Perna de Pau, embriagou-se a ponto de ser socorrido pelos familiares. O Valentino pôs mais vaselina nos cabelos, mas não adiantou. O certo é que até hoje não sei qual dos três ou se foi outro sócio qualquer do clube que me mandou o bilhete. Devo transcrevê-lo aqui? Era insultuoso e redigido grosseiramente: "Fique sabendo, seu cornudo, que sua noiva é amante do velho Gumercindo". Eu não me ofendia, pois o bilhete não trazia novidade. Mas fiquei com a pulga atrás da orelha.

 O velho Gu, no auge da paixão, dava belos presentes a Lu e, por remorso, presenteava-me também. Os seus melhores presentes foram os cortes de casimira inglesa, o meu fraco. Sou um dos maiores admiradores da fiação e tecelagem de Sua Majestade. Dentro de uma roupa de tecido anglo-saxão, sofro imediata metamorfose em benefício inclusive do meu vocabulário. Torno-me mais seguro, independente, resoluto, arrojado e aristocrata. Coisa parecida se dá ao calçar sapatos sob medida ou engravatar-me com seda procedente da Itália. Adoro também perfumes, loções para barba e unhas pintadas. Chegava a demorar-me horas na barbearia do clube para manter boa aparência. No entanto, muitos ainda diziam que eu era um cafajeste...

– Esse rapaz é o "noivo" dela...

Quantas vezes ouvi isso. Ouvia, inclusive, as aspas. Aspas sonoras, maliciosas e perversas. Cheguei a perceber que se formava uma forte corrente contra mim e Lu, visando proteger o venerando Gu de um provável assalto. Todavia, não transmitia a Lu minhas observações para que ela pudesse operar calmamente.

Certo dia, Lu, a ninfa constante, a Vênus loira, a deusa do sexo, chegou-se a mim com uma triunfante novidade.

– Sabe da última?
– Não.
– O velho Gu quer se casar comigo!
– Brincadeira.
– Não, é verdade, juro que é.
– E você?
– Acho que vou topar.
– Lu!
– Calma, Tumache.

Lu sempre pensava em mim e em todos os deserdados da fortuna. Ficara combinado, entre ela e o venerando, que eu receberia uma nota de quinhentos contos à guisa de consolo, indenização, férias acumuladas e outros direitos trabalhistas.

– Mesmo se não recebesse o dinheiro, dar-lhe-ia a liberdade.
– Não seja dramático, Tumache.
– Sou humano, Lu. O casamento é uma coisa séria.

Lu riu e quando Lu ria era um acontecimento feliz para toda a humanidade.

– Bobinho... Veja o estado do velho Gu. Ele está com um pé na cova. Logo ficarei viúva.
– Não se pode confiar nas viúvas, tendem para a depravação.
– Assim que fecharem o caixão, estaremos noivos e logo em seguida casados.
– Lu, isso é um sonho! Não acontece!
– Vai acontecer, seremos os donos de uma das grandes fortunas desta cidade.
– Tão merecidamente!

– Tumache!

Fomos festejar! Restaurante do Jockey Club. Vinhos, ostras e fantasia. Embriagados, alugamos um carro e descemos para o Gonzaga, onde nos embebemos no salso elemento durante quarenta e oito horas. Mas acabamos com saudade das águas disciplinadas da piscina do clube, onde o venerando Gu se equilibrava sobre bichos pneumáticos.

Na volta, fiz projetos:

– Se eu receber o dinheiro, quero ao menos comprar o terreno para um hospital para pobres, o Santa Antonieta, em homenagem à minha tia e protetora.

– Que coração você tem!

– Por isso que Deus me ajuda!

No próximo encontro de amor entre a minha noiva e o amante, os detalhes foram acertados. Sim, eles se casariam e eu receberia a bolada. Mas o velho estava cheio de problemas íntimos. Gostava de mim, queria-me como um parente e não pretendia chocar-me. Seu desejo era contar-me tudo, ele próprio, com sua voz molhada e envelhecida.

– Ele quer conversar com você.

– Certo.

– Vá amanhã à casa dele.

– Irei.

18 – Mais uma vitória do capitalismo!

O velho Gu, que se parecia incrivelmente com D. João VI, mas que possuía o espírito de seu filho D. Pedro I, recebeu-me em seu amplo escritório, tomando refresco de tamarindo – um dos prazeres nacionais que os americanos nos impediram – e vestindo seu robe cor de chocolate. Ao ver-me entrar apertou-me entre os braços e chamou-me de filho. Fez com que eu me sentasse num pufe oriental e pôs-se a andar como se fosse iniciar um longo discurso sobre as vantagens alimentícias da soja. A cena tinha muito de ridículo, porém a emoção que eu sentia, de caráter financeiro, fazia meu coração disparar.

Afinal, estávamos um diante do outro. Eu e o velho Gu. O menino das sarjetas e o nababo indiano, fina flor do subdesenvolvimento, dono de palácios, escravos, bigas luxuosas a motor de explosão, terras sem fim e assentos estofados.

– Olhe para mim – rogou o velho, parando.
– Olho.
– O que está vendo?
– Meu melhor amigo.
– Olhe melhor. O que está vendo?
– Meu pai.

O velho sacudiu a cabeça e informou:
– Está vendo um canalha.

— O senhor é o melhor homem do Brasil, sempre digo isso à minha noivinha.

— Criança ingênua e meiga...

— Por que o senhor diz isso?

Ele baixou a cabeça.

— Cuspa-me na cara.

— O quê?

— Vamos, cuspa.

— Por favor...

— Cuspa.

Vocês já se viram em situação igual? Aposto que não.

— Nunca faria isso.

— Então me dê um soco. Aqui, na cara. Reconheço que é mais digno.

— O senhor é um santo homem — repliquei.

O ancião largou-se no divã e começou a chorar.

— Sou um canalha — gemia.

— Por que diz isso? E logo a mim?

Ele saltou de pé, teatralmente. Também tinha os seus truques.

— Vou me casar com sua noiva.

Levantei-me e corri para a janela aberta. Ia lançar-me pelo espaço vazio e espatifar-me na rua. O velho (como era de se esperar) conseguiu deter meu tresloucado gesto.

— Quero matar-me — anunciei no peitoril.

— Não faça isso, jovem.

— Faço.

— Quem vai morrer sou eu.

— Sua vida é mais preciosa do que a minha. Sou um joão--ninguém. Só tenho Lu, mais nada. Largue-me. Vou arrebentar-me lá embaixo.

Para refrear meu entusiasmo, ele usou de um forte argumento.

— Estamos no térreo.

Eu sabia.

— Tem um revólver?

— Tenho.

— Empreste-me.

— Não.

— Vou jogar-me do viaduto do Chá.

— Irei junto. Chofer! Chofer! Chofer!

O chofer tinha ido almoçar. Desistimos do suicídio. Sentamo-nos juntos, ele com o braço ao redor dos meus ombros. Comecei a balbuciar coisas sobre minha infância e sobre Lu. Havíamos planejado casar em Aparecida do Norte.

— Mais um sonho que se desfaz.
— O que pretende fazer, jovem?
— Meter-me num convento. Sempre quis ser padre. Acho bonito.
— Não permito.
— Sou dono dos meus atos.
— Padre, não.
— O país precisa de padres.

Ele veio com uma ideia milionária e colorida. Ah, os ricos, que prodigiosa imaginação possuem!

— O que me diz de uma volta ao mundo?
— Onde?
— Ao mundo.

Larguei os braços.

— Não tenho dinheiro.
— Quinhentos contos chegam?
— Quero ser padre.
— Vá conhecer Paris, vá.

Advertiu-me que fosse depressa. Havia o perigo de uma nova guerra. De fato, ouvira falar nisso. Apanhei a mão do venerando e beijei-a. Ser turista é a maior ambição de um vagabundo. Ele não precisa explicar o que faz. Como é lindo ver a mala coberta de rótulos e timbres de hotéis.

— Quando o senhor tenciona casar-se com minha noiva?
— Primeiro, telegrafarei aos meus filhos.
— Ah!

O ancião conduziu-me até a porta, indagando se já superara a crise suicida. Respondi que não se preocupasse. Iria para Paris ver os museus. Ele abraçou-me comovido.

Quando me soltou e entrou em sua mansão, saí correndo pelas ruas, a gritar de alegria, e só parei no meu quarto, onde Lu, completamente despida e fosforescente, esperava-me, ansiosa.

Vi no caderno elegante e domingueiro de um jornal a foto dos filhos do velho Gu, regressando, às pressas, da Europa. Não quero iludi-los. Minha satisfação total foi curta. Os rebentos do nababo estavam felizes na Riviera, atrás de vedetes e ricaças, mas, Hitler, que nada sabia a meu respeito, começou a confusão. Os meninos pegaram o primeiro avião e desembarcaram aqui, carregando troféus esportivos e vestindo afrescalhados blusões. Imaginem o meu choque e a dificuldade que tive para explicar a Lu o que se passava no cenário mundial. Ela era candidamente analfabeta em assuntos políticos, geográficos, astronômicos, históricos, linguísticos, arqueológicos e psicanalíticos.

— Mas você não pode ir para a Europa?
— Como posso ir, se lá arrebentou uma guerra?
— Espere um pouco, ela acaba.

Os ricos são boa gente, mas seus filhos são intoleráveis. Confesso que tremi ao ver a foto nos jornais, prevendo um grande risco para mim e minha maruja. Tentei, inclusive, alertá-la. Todavia, a fortuna do velho Gu já contagiara Lu daquela doença que a ciência moderna chama de "apoteose mental". Imaginou a fascinante ex-bailarina que os filhos do tubarão receberiam a notícia do casamento batendo palmas e atirando arroz. A boba não entendia uma coisa: se o velhote se casasse, os filhos ficariam sem tostão após o seu esperado passamento. E, verdade se diga, não fazia parte dos nossos planos dividir nosso dinheiro gordo com os ávidos filhotes do venerando Gu. Posso fazer tudo neste mundo, menos sustentar indigentes ou vagabundos.

— O que devo fazer, Tumache?
— Não faça nada por enquanto.
— Nada mesmo?
— Bem, trate de ir depenando o velho.

Ao voltar ao clube, após o regresso dos odientos turistas, senti ainda maior a resistência dos associados aos meus encantos pessoais. Quando eu passava, alguns riam. Ouvi comentários grosseiros relativos a certa mamata que ia acabar. Eu agia com toda naturalidade. À beira da piscina, tomava os meus gins, mordia as azeitonas dos martínis, testava pelo cheiro a procedência do uísque, lia jornais e revistas, sem demonstrar medo, indecisão, fraqueza ou depressão. Com os garçons era o mesmo moço simpático que dizia piadas. Brincava com as crianças e continuava pondo todas as minhas despesas na conta do meu protetor.

Certo domingo de muito sol e grã-finagem, vi os peçonhentos passeando de short pelo clube. Desviei o olhar, fingindo interesse num quebra-cabeça.

O garçom foi de uma ironia besta:

– Conhece os filhos do Gumercindo?

– Não tive o prazer.

– Boa gente.

– Agradeço a informação.

Com o canto dos olhos, vi os infames atletas subirem o trampolim. Mergulhavam com elegância olímpica, furando a água do retângulo sem respingos. Apenas algumas braçadas já estavam na outra ponta, familiarizados com o cloro, seguros, metálicos e ágeis. No mesmo dia, o Pirata da Perna de Pau, complexado e maldoso, incumbiu-se de contar-lhes a história toda dos amores paternos. Apontou-me com o dedo. Através do copo do meu gim, vi ambos: oblongos, irados e decididos. Abandonaram no mesmo instante o clube, pisando o acelerador de um carro europeu.

No apartamento, eu disse a Lupe:

– Estamos fritos.

Ela não se impressionava.

– Sossegue, Tumache, o velho está apaixonado.

– Precisava ver a cara dos filhos dele.

– Quem manda é o pai.

– Duvido, o velho Gu é um gagá.

– Venha aqui, Tumache. Vamos brincar de papai e mamãe.

– Não, Lu, estou vazio. Pessimista.

Lu evidentemente nada sabia sobre as classes dominantes, como demonstrou no dia em que me disse, pasmada:

– Com essa não contava. Bandidos!

– O que foi?

– Roberto e Adalberto.

– Quem são esses?

– Os filhos do Gumercindo... Proibiram o pai de encontrar-se comigo. Você tinha razão. Não querem o casamento. Estão possessos! O que devo fazer?

— Lutar.

Gu e Lu passaram a encontrar-se em parques solitários, restaurantes longínquos e dentro de igrejas, uma delas ortodoxa. Podia ser muito romântico, shakespeariano como em *Romeu e Julieta*, mas não para mim, que temia a interrupção do meu aburguesamento. Perigosa situação! Se Lu saía, eu ficava à espera dela e das novidades.

— Os filhos deram de seguir-nos de automóvel.
— Malditos!
— Tivemos que nos esconder num cinema.
— Ele ainda fala em casamento?
— Tem esperança de dobrar os dois.

Dolorosa tensão. Soubemos que até as despesas do venerando estavam sob controle. No aniversário de Lu, ele apenas pôde lhe dar um reloginho mixo. Não suportávamos aquilo! Mas a indignação era maior da parte de Lu. Que moça briosa! Resolveu: ou vai ou racha. Ia ela, em pessoa, à casa de Gu para pôr as coisas em pratos limpos. Ponderei que era um tanto insensato.

— Não se acovarde, Tumache.
— Lu, não faz mal que não saia casamento. Contentemo-nos com as migalhas.
— Esmeraldo não diria isso.
— Não diga o nome desse homem.
— Ou vai ou racha.

Linda como uma princesa dos contos de fada, Lu alugou um táxi e desceu à porta da mansão. Passou pela ponte levadiça e entrou no grande living, onde o prisioneiro tomava refresco de tamarindo. Felizmente Roberto e Adalberto não se achavam ali. Lu avançou sobre o venerando de dedo em riste.

— Quero uma resposta.
— Lu, eles podem chegar.
— Não tenho medo. Responda.

O velhote começou a gaguejar.

— Eu... Lu... os meninos... a herança... (coisas assim).
— Então, adeus!

Vendo a deusa branca afastar-se, o venerando Gu atirou-se ao chão e começou a beijar os lugares onde ela pisara. Até hoje lamento ter perdido esta cena, tão humilhante ao capitalismo indígena.

— Volte, volte, volte!

Lu voltou.

— Levante-se.

O venerando levantou-se, segurando-se numa cortina.

— Lu, sem você eu morro.

— Vamos casar?

— Vamos.

Deve ter sido lindo!

— Está brincando?

— Hoje falarei com eles... Tenho setenta anos. Posso fazer o que quero. Vou expulsá-los desta casa.

— Gu, querido...

— Minha Lu...

Tivemos alguns dias de refrescante euforia. Mas o telefone da pensão não tocava, chamando Lu. Tive um pesadelo: eu e ela num bote, no meio do oceano, sacudidos por ondas de vinte metros. Dois tubarões, com as respectivas caras de Roberto e Adalberto, seguiam o bote. Às vezes mergulhavam, depois voltavam à tona mais famintos e cheios de ódio. Tentei travar um diálogo com os tubarões. Sou homem do diálogo e dos acordos. Ambos, porém, eram mudos e funestos. Só queriam a nossa carne. Acordei molhado de suor.

No dia seguinte, ficamos sabendo que o bilionário adoecera gravemente; no clube nos disseram que houvera uma correria em sua casa. Vários especialistas em moléstias do coração foram chamados às pressas. Lu, em desespero telefonou querendo notícias. O mordomo respondeu que estava proibido de dar informações a estranhos.

— Vou lá — decidiu a maruja. — Tenho que vê-lo.

Dito e feito: foi. Mas não permitiram sua entrada. Ela ameaçou fazer escândalo no momento em que chegava um balão de oxigênio. A moça, que jamais vira aquele tubo, correu para casa com uma pergunta:

— O que quer dizer enfarte? É o que meu noivo tem.

Eu e Lu fizemos uma promessa: iríamos à Penha, a pé, descalços, com um turbante como o de Carmen Miranda, se o noivo se recuperasse. Mas, para reforçar o setor espiritual, corremos a um centro espírita e falamos com um tal Pai Jacó, que nos animou muito. Fiz uso também do meu baralho, mas quem aparecia era o Valete de Espadas. Não entendia nada.

Certa tarde, fomos ao clube, mas ninguém nos olhou na cara. Como eu estava cagado naquele verão! O gerente do bar chamou-me em particular e disse que não poderia mais usar a conta do velho Gu. Ela estava cortada para nós. O maître do restaurante veio com a mesma conversa antipática. Os sócios não queriam conversa conosco. Valentino torceu o nariz ao ver-nos. O Pirata da Perna de Pau divertia-se. O mais humano foi o dr. Babosa, que, tendo obtido nova alta, tentava uma reaproximação, oferecendo-nos algodão-doce.

Lemos no jornal a notícia da morte do venerando. Não morreu de enfarte, como imaginaram os médicos, morreu de amor. Seu coração foi partido pela ambição desmedida de seus filhos. Eu não quis, mas Lu insistiu para que fôssemos ao cemitério. Fomos, sim. Nossa presença na Consolação causou estranheza, repulsa, temores, ódios e nenhuma simpatia.

– Meu Gu... meu pobre Gu... – chorava a minha maruja, chamando a atenção de todos.

Na realidade, era ela quem mais lamentava a morte.

Às pessoas que de nada sabiam, eu explicava no ouvido:

– Era a noiva do sr. Gumercindo...

Voltamos para casa mudos, eu doido para beber, mas restava apenas uma dose de Cavalo Branco. Tive que alimentá-la com muito gelo. Na mesma semana, fazendo uma visita ao clube, na esperança de apanharmos o dr. Barbosa, vi o excepcional cercado e protegido por toda a família. O vice-presidente chamou-nos à diretoria e disse-nos que estávamos expulsos do clube, que se arrogava o direito de nos devolver o dinheiro das joias. Levado por humana curiosidade, quis saber por que tomavam aquela atitude. Afinal, do que nos acusavam?

Ele assim se expressou:

– Imoralidade, extorsão, ofensa ao pudor, falta de caráter e (alusão aos maiôs de Lu) exibicionismo sexual.

Isto posto, retiramo-nos.

19 – A volta da BM: o pão de cada dia

Para esquecer a morte do santo magnata, eu e Lu fomos para a praia, necessitados de ar puro, iodo, repouso e meditação. Felizmente, restavam uns vinte contos da fase rósea, e a suave criatura que me acompanhava não diria não à venda de suas joias, presenteadas pelo venerando. Já acostumados ao conforto da classe A e a seus privilégios, hospedamo-nos num dos mais caros hotéis da orla e elegemos o coquetel de camarão nosso prato favorito e diário. Com o estômago cheio, pensa-se melhor, e eu insistia em criar um clima de otimismo naqueles dias amargos. Lembro-me de ter feito uma vã tentativa para impressionar uma viúva rica e namorado a gerente de uma casa de sortimentos praianos. Mas Lu não queria que me afastasse dela, muito agarrada a mim, precisando de carinho e realmente chorosa com a perda do noivo. Lu era assim, gostava das pessoas. Muito diferente, leitor, de você, por exemplo, que só gosta dos familiares e pensa que já faz muito. Lu amava o próximo, nutria imensa simpatia pelas criaturas humanas, sem a menor distinção de classe social, raça, cor ou credo. Até hoje, pensando nela, considero-a uma das poucas criaturas realmente democráticas que me foi dado conhecer.

No fim do mês, ao chegar a conta do hotel, ri com tristeza. Só doidos gastariam vinte contos num mês naquele ano de 1940. As merecidas férias acabaram-se. Tínhamos que pensar no futuro e tomar decisões sem perda de tempo. Regressamos à metrópole bronzeados e cabisbaixos. Certo dia comprei o *Diário Popular*, mas não tive disposição para lê-lo. Pensei vagamente em suicídio e ainda mais vagamente em assaltar um banco.

– Vendo uma das joias, Tumache.
– Não permito.
– Vendo, sim.
– Jamais.

Naquele mesmo dia vendi um anel de Lupe, um bonito anelão, mas que rendeu uma miséria. O defunto também fizera das suas: dera muita fantasia como coisa autêntica. Jogara com nossa ignorância em matéria de pedraria. Fiquei por conta.

– Coma um bombom, Tumache.
– Meu estômago enjoa.
– Calma, Tumache. Você sabe que eu resolvo.

Em dois meses foram-se as joias. Ficamos na lona. Lu planejava atrair alguns estudantes ricos do bairro, mas me deu uma crise de puritanismo e reagi. Não a queria envolvida com a turminha da faculdade. Eu ia trabalhar, sim, eu. E fui. Caixa de uma mercearia. Ordenado curto, porém com uma bela vantagem. Pondo o pudor de lado, conto tudo. Sempre que Lu ia à mercearia levava uma sacola. Então, distraidamente, eu largava dentro da sacola salame, queijo, latas de conserva e mesmo um litro de uísque. Por favor, não chamem isso de roubo, pois o estoque da mercearia era enorme. Mas não me demorei ali. No dia em que os nazistas entraram em Paris, deprimido e em sinal de protesto contra a violência e a barbárie, abandonei o emprego. Ainda hoje me orgulho dessa atitude.

Chegávamos aos últimos mil-réis quando, numa tarde vazia, remexendo objetos antigos, letras de samba, livros e retratos, Lu encontrou sua máscara de bailarina e colocou-a graciosamente no lindo rosto. Estremeci, feliz.

– Estamos salvos!
– Salvos?
– Sim, salvos pela Bailarina Mascarada!

Lu não aceitou logo a ideia: lembrou-se de Esmeraldo, o criador da BM. Escrupulosa, não queria viver às custas de uma ideia alheia. Evidentemente eu tinha menos escrúpulos.

– Esmeraldo deve estar bem longe.
– Se não estiver?
– Pode estar morto.
– Oh, não diga isso!
– Por quê? Gosta dele?
– Não gosto, Tumache, mas não quero saber de mortes.

Não insisti, não devia insistir. Mas Lu, no dia seguinte, colocou a máscara de novo. Era o mistério que voltava. Talvez não fosse o dinheiro. O que eu queria, juro, era a sensação declarada de ser o dono da BM. Queria ser invejado, vendo os alemães obesos delirarem. Oh, maldita e exibicionista paixão da propriedade!

No mesmo dia corri os cabarés exibindo retratos da Bailarina Mascarada. Foi fácil contratá-la para shows em duas casas onde a BM já dançara. Apenas quiseram saber onde ela estivera todo aquele tempo, obrigando-me a mentir que Lu circulara com sucesso pela América Latina e que os mexicanos a haviam adorado. Sugeri, inclusive, que a BM fosse apresentada como atração internacional, para justificar a cobrança de um couvert artístico. A sugestão foi bem recebida e imediatamente tratei da confecção dos cartazes. Quinze dias depois, ainda com roupas antigas e com a mesma máscara, Lu fazia sua sensacional e esperada *rentrée*.

Foi com orgulho que a vi dançar no Lido, no O.K. e no Império para um público ruidoso e entusiasmado. Lu não perdera a graça nem a agilidade de movimentos. Voltara ainda mais lépida, volátil e sensual. E para atender aos meus conselhos, mostrava com maior frequência as pernas torneadas a cada movimento rápido.

A profissão de empresário caiu-me como uma luva. E é com efeito uma profissão belíssima. Eu fechava contratos, colava selos, cuidava da publicidade, recortava retratos, alugava homens-sanduíches, e estava sempre inventando truques para impedir que os espetáculos caíssem na rotina. À tarde, obrigava Lu a ensaiar novos números, a decorar as músicas da moda, realçando seu poder hipnótico sobre a freguesia noturna. Um cronista escreveu uma dúzia de linhas a respeito dela e eu lhe prometi pagar suas despesas de bebida se escrevesse semanalmente endeusando a deusa. Deu resultado, e quê!

Esmerando-me cada vez mais, tive o cuidado de estudar o jogo de luzes. Fui um dos primeiros diretores artísticos deste hemisfério a comandar tecnicamente o uso dos holofotes. Antes do início dos shows, um garoto afeminado pulverizava perfume no ambiente, requinte digno de uma espelunca francesa. Queria que a BM fosse mais símbolo do que gente, algo que arrasasse os corações e deixasse à sua passagem a depressão, o despeito, o ciúme, o recalque, o delírio, o vazio, a solidão e o ódio às autoridades constituídas.

– Lu, seja um tufão. Entre no cabaré com ar sanguinário. A mola do mundo é o masoquismo! Só ficarei satisfeito no dia em que alguém morrer do coração à sua entrada.

– Você é doido, Tumache.

– O sucesso me enlouquece!

Exijo, reclamo também o título de criador do suspense pornográfico. Fui eu quem lançou em São Paulo o "E agora, meu Deus!" em relação ao nu feminino. O striptease é coisa minha, porém feito com espírito de novela policial. Em dado momento, as calcinhas rendadas de Lu surgiam e o elástico rompia-se... Mas, debaixo delas, havia outras, que também desabavam. No *end* do número, as luzes se apagavam e, quando acendiam, no lugar da Bailarina estava a valiosa peça, a última da série, que era imediatamente leiloada. Aí, eu, com ar conspícuo, entrava em cena com banqueta e martelo: "Façam seus lances!". Acreditem em mim, chegava a vender a prenda por uma quantia que daria para fornecer calças a todas as normalistas da cidade. Cheguei a provar em números, para Lu, que vender calças dava mais lucro do que os shows.

Naquela afortunada fase da minha vida, entrei em lojas para comprar um carro melhor do que o de Esmeraldo. Lu, porém, teve mais juízo: preferiu geladeira, tapetes, cortinas, passadeiras e outros objetos de uso caseiro, pois alugamos uma bela casinha, burguesamente instalados. Quando não estava nos palcos, a maruja era perfeita dona de casa; revelou-se inclusive boa cozinheira, o que me encheu de receios. Dizia estar pensando em adotar uma criança japonesa. Essas tendências preocupavam-me, mas ia tocando o barco e enchendo-me de dinheiro. Sempre tinha meu uísque escocês, vinhos estrangeiros, ternos de fazenda inglesa, meus equipamentos todos. Das personagens da noite, a única que nos visitava era o cabeleireiro Albertinho, que praticamente vivia às nossas custas. Um gênio para inventar penteados exóticos, fazer intrigas e aconselhar reguladores para Lu. Certa vez, surpreendi-o, em minha casa, passando um bilhete para minha senhora.

— Me passe pra cá esse bilhete — exigi.
— Bobagem, Tumache.
— Quem mandou? Me deixe ver!

Sabem o que Lu fez? Engoliu o bilhete. Irritado, apliquei um forte tapa no rosto de Albertinho, que se pôs a chorar e a chamar-me de selvagem. A maruja fechou a cara e ameaçou não dançar aquela noite. Fiz o que tinha a fazer: pedi desculpas a Albertinho e dei-lhe um tropical inglês.

— Não bata mais nele — disse Lu.
— Fiquei nervoso por causa do bilhete.
— Esqueça.
— Posso saber quem mandou?
— Não.

Esqueci o incidente, esqueci de verdade ao ver, naquela noite, os dois filhos do velho Gu aplaudindo freneticamente a Bailarina Mascarada. Depois, mandaram-lhe um cartão que ela mesma me mostrou: convite para sentar-se à mesa deles. Proibi-a, a não ser que os rapazes fizessem uma sólida proposta em dinheiro. Desapareceram para não mais voltar; logo, porém, surgiu novo conhecido, o dr. Babosa, que me reconheceu e pagou-me champanhe. Passara para o terceiro ano primário; dei-lhe meus sinceros parabéns.

— Gosta da Bailarina Mascarada?

Ele soltou uma risada siderúrgica.
— Não.
— Não? É o primeiro que diz isso.

O excepcional abriu-se:
— Gostava de Lu.
— Da minha Lu?
— Da sua Lu.

– Vou lhe fazer uma confissão: ela o amava. Devia tê-la atacado com energia.

Ele riu outra vez, um riso de turbina que chamou a atenção de todos. Não disse mais nada o resto da noite, feliz com minha inesperada revelação. Saiu do cabaré sorrindo e, ao chegar à porta, soltou outra risada de estremecer o edifício, no justo e exato momento em que a BM deixava cair sua última peça íntima para o início do leilão.

É curioso como passam depressa os tempos felizes. Por exemplo, aquele mês que estivemos no Rio em gozo de férias me ficou apenas como um fotograma colorido. Eu operando um siri com garfo e faca, e Lu sorrindo do meu sem-jeitamento, tendo ao fundo a cara oval de um turista norte-americano. Do nosso passeio a Poços de Caldas, restou o nosso retrato num cabriolé, indolentemente dirigido por um mameluco, a caminho inocente da Fonte dos Amores. E de Campos do Jordão um instantâneo em que eu e Lu aparecemos de blusas felpudas, sorriso turístico, diante de um hotel de telhado normando. A vida é assim, um álbum de sala de jantar para a gente mostrar às visitas e o tempo vira sanfona, vira leite condensado quando se transforma em memória.

Mas pouco me importava em capitalizar. Não guardava dinheiro, não comprava terrenos, não enfurnava dólares, não multiplicava nada. A máscara dava tudo, por que me preocupar? Sonhava, sim, com uma corrida pela América Latina, sonho modesto já que havia uma guerra do outro lado. Queria, também por vaidade, ver a BM abafar em Havana, em México City, em Buenos Aires, em Caracas e Bogotá. Ela, porém, não se interessava pela própria fama. Andava até cansada, com o pensamento não sei onde, e muito ligada ao Albertinho, que lhe trazia recados de admiradores.

Eu nasci, todavia, sob o signo do folhetim. Tia Antonieta ganhara três faqueiros colecionando fascículos de cor roxa, na década de 20. Algo havia que acontecer e aconteceu no próprio cenário abafado e penumbroso do cabaré, num sábado lotado de alemães obesos, caipiras ricos, sírios prósperos e muita alegria. A BM dançava sob os refletores, exibindo carnes amorenadas nas praias, sorrindo expansivamente ao seu público fiel, tendo no alto os penteados geniais do Albertinho, quando a porta se abriu tal e qual nos filmes de faroeste e alguém, do sexo masculino, puxou um revólver e disparou. A musa noturna dobrou suas pernas de borracha e foi ao chão num ambiente de gritaria, berros, palavrões, desmaios, alvoroço, surpresa e agonia. Não percam o próximo capítulo.

20 – A voz do Estado Novo

Mais de uma vez, suponho, reafirmei nestas memórias minha aversão pela violência. Com as pernas bambas e os pulmões vazios, não podia mesmo ser o primeiro a socorrer a BM. Larguei-me numa cadeira, como um trapo, cor de cera, e só pude erguer-me quando me juraram que a moça estava viva, embora ferida e sem sentidos. A bala raspara-lhe a perna, nada grave. Quanto ao agressor, escapara, derrubando o leão de chácara na fuga, sem deixar vestígios, impressões, rastros e sem conceder entrevistas.

O resto, naquela noite abismal, foi uma corrida de ambulância, eu ao lado do motorista, até um hospital. Lá, a jovem bailarina adormeceu com a mão entre as minhas. Realmente seu estado não inspirava cuidados, se bem que eu receasse qualquer lesão nas suas pernas belas e valiosas.

Voltei ao cabaré, onde os comentários eram muitos e variados. Havia uma consternação geral, e uma peruana que se meteu a substituir a BM levou um pedaço de gelo na testa. No dia seguinte, os jornais noticiavam. Sempre tive grande apreço pelos jornalistas da imprensa marrom. Literariamente, agradam-me. Senão, vejamos estas manchetes: "Cortina de sangue encerra o show da Bailarina"; "A máscara inspirava mórbidos amores"; "O tango foi o culpado"; "Tragédia passional na casa do vício".

Já na segunda, corria para o hospital, como um marido que espera o nascimento de seu primeiro filho. Com que emoção a vi,

sentada na cama, lendo uma revista e comendo frutas. Recebeu-me com um sorriso amigável, mas não se interessou pelos jornais.
— Você está bem, Tumache?
— Eu que pergunto: está bem?
— Não foi nada.
— Bianca mandou perguntar se atingiu os tendões.
— Sei lá, Tumache.
Houve um silêncio e depois a pergunta.
— Quem foi?
— Quem foi o quê?
— Que deu o tiro?
— Sei lá, Tumache.
— O jeito dele.
— Sei lá, Tumache.
Comecei a irritar-me com os "Sei lá, Tumache".
— Acho que sei quem foi.
— Quem?
— O Valete de Espadas.
— Quem?
— Esmeraldo.
— Não é só ele que me ama, Tumache.
Ajoelhei-me aos pés da cama, comovido. Como seria trágico perdê-la.
— Lu, você não vai dançar mais.
— Por quê?
— Tenho medo.
— De quê?
— Outro atentado.
— Faço o que manda, Tumache.
— Eu vou trabalhar.
Lu riu:
— Coitadinho!
— Não quero que a matem.
— Ninguém quer me matar, Tumache.
— Tem certeza de que não foi Esmeraldo?
Aquela noite, ao entrar em casa, vi tia Antonieta, que veio me fazer uma visita. Trazia o seu velho xale ramado, seus brincos,

seus sapatões, seus dentes de ouro. Tomava chá e olhava-me com piedade. Minha querida buena-dicha, duvido que lá no céu os profetas todos não estejam despeitados. Ela foi a única que conheceu o futuro dos humanos, a única que recebeu o verdadeiro dom divino. Cheguei mesmo a apertar sua mão ressecada, com veias pretas, dedos longos que tanta miséria tatearam.

– Meu pobre garoto...
– Por que tem pena de mim, querida tia?
– O Valete, sobrinho, o Valete.
– Então foi ele? O de Espadas?
– Eu lhe preveni que tomasse cuidado.
– Mas tudo acabou bem. A bala apenas raspou.
– Meu pobre garoto...
– Não se compadeça, tia, tenho vivido bem. Comprei um aquecedor de banhos. A senhora sempre quis ter um, nas noites frias, lembra-se?
– Você não sabe de nada, não sabe de nada...
– O que não sei?
– Ignora os mistérios.
– Ainda tenho o baralho.
– Não sabe interpretá-lo.
– Mas sei rezar.
– Meu pobre garoto, é preciso adivinhar. Desconfie das pessoas. A humanidade não presta. Cuide dos doentes e dos velhinhos. Mas abra o olho com os outros.
– Vai me acontecer algum mal?
– Há mistérios, meu filho. Ninguém é de ninguém. Este é um planeta podre. Deus está arrependido. Afaste-se de todos, esconda-se, não estenda a sua mão a qualquer um.
– Tia Antonieta!
– Meu pobre garoto!

Os espíritos estão sempre com pressa. Titia foi embora, deixando-me só. Passeei pelo meu novo lar beneficiado pelo aquecedor. Eu era um homem que tinha geladeira, o que podia desejar. Fui para a cama, mas quem já dormiu com a BM nunca mais volta a dormir o sono da paz. A cama cresceu, grande para mim; acordei na cozinha tomando conhaque.

Na quarta, comprei um coelhinho de pelúcia e rumei ao hospital com aquela alegria. Há dois dias vinha meditando; decidira retirar a BM dos palcos e mudar-me para o litoral.

Andava tendo alucinações, a buena-dicha a andar pelos corredores da casa. Subi a escada do hospital. Parei na portaria.

Um moço de óculos:

— O senhor?

— A conta do quarto 32.

Outro moço de óculos:

— Está paga.

— Não, ainda não paguei.

O primeiro moço de óculos:

— Foi paga às oito horas.

— Impossível. Vou subir.

O primeiro moço de óculos:

— A moça já foi embora.

— Está equivocado.

Corri para o quarto 32. Não bati na porta, fui entrando. Meu Deus, que quadro horroroso: uma anciã estava sentada num penico. Bati a porta e desci à portaria, desarvorado, não entendendo nada, querendo explicações, mas ainda revendo a cena anterior de desagradável memória.

— Onde está a jovem?

O segundo moço de óculos:

— Já foi embora.

— Foi embora, como?

O segundo moço de óculos:

— Um cavalheiro veio buscá-la.

— Quem?

O segundo moço de óculos:

— O marido dela.

— O marido sou eu.

Ambos os moços de óculos:

— O marido é o que paga as contas.

Dei um soco na cara do moço de óculos número 1. O número 1 bateu no número 2 e este foi encaçapado dentro de um armário. Constatando que ainda estava em forma na sinuca, deixei o nosocômio como um raio e fui chorar as pitangas em todas as casas noturnas da cidade.

Durante três meses fui um inválido; não ganhei um tostão, mas gastei tudo o que tinha em bebidas. Deixei minha casa, com o referido aquecedor e tomei uma vaga na alameda Barão de Limeira. Fiquei mais dois meses largado numa cama, só dela me levantando para vender meus ternos ingleses. Não comemorei a vitória de Stalingrado nem a de El-Alamein. Perdera a minha guerra.

Voltei a vender rifas. Rifas de um relógio. É comovente a crença que os bêbados têm na loteria, pois a estes vendia meus cartões. Nessa época conheci um japonês que me passou retratos pornográficos pertencentes à série O Padre e a Freira. Comecei a vendê-los à saída dos colégios. Tive sorte. A rapaziada conhecia-me à distância e comprava-os. Depois, encorajei-me a frequentar escritórios. Apenas em três proibiram minha entrada. Tinha também êxito nos salões de barbeiro e em certas rodinhas que se formavam na praça da Sé. Foi uma das profissões que mais levei a sério. Mas a abandonei quando encanaram o japonês, que, sem favor, era um fotógrafo de mão-cheia, um artista incompreendido, um gênio oculto.

Terminada essa experiência, iniciei outra. Vendia estatuetas obscenas, feitas de barro, em forma de cinzeiro e peso para papel. Tiveram feliz aceitação nos prostíbulos, bares noturnos, certos escritórios, mas a saída foi momentânea. Em seguida, criei uma biblioteca circulante de livros pornográficos, que alugava a bom preço. Esse mister permitiu-me viver com dignidade uns seis meses. Mas a literatura fescenina é muito pobre neste país; faltam bons autores, ilustradores, tradutores e os editores preferem exploração gangsterina dos livros didáticos. Resultado: fui acabar retornando ao posto de garçom no Império. Eu, o príncipe da noite, o Edgard Wallace das roupas íntimas, voltara à posição mais humilde e cansativa, e sofrendo, ainda, a gozação permanente dos antigos colegas.

– A BM telefonou pra você.

– Acabou o conto da mascarada, não?

– Bons tempos em que você era o gigolô da BM.

Depois de algumas semanas de servir bêbados no Império, jurei abandonar a profissão para exercer não sabia qual outra. A escolha da nova foi por acaso, quando eu tomava banho de chuveiro. Estava cantando um velho samba que desfechou o nascimento da genial ideia. Raciocínio simples: muita gente fez sucesso na música sem possuir um pingo de voz, fatos comprovados por Maurice Chevalier, Al Jolson e Araci de Almeida. Basta um jeito especial, uma desafinação, uma micagem para abrir as portas do êxito. O próprio Jolson deveu tudo o que foi a uma terrível bronquite crônica. Pensando assim, resolvi tentar. O Império me daria a oportunidade. Eu apareceria de macacão de operário e com a cara pintada de preto, como fizera o grande cartaz norte-americano. Fiz a experiência diante do espelho, sozinho no quarto. Depois, convidei a dona da pensão para ver-me. Ela bateu palmas. Alguns pensionistas apareceram. Acharam-me ótimo. Naquela noite e nas noites posteriores lutei para convencer o pessoal do cabaré de que eu era cantor. Mas, como sempre sói acontecer, a chance surgiu do lugar-comum que faz o artista: um cantor adoeceu e fui convocado para substituí-lo.

 É evidente que ninguém esperava nada de mim, menos os fregueses, que não podiam me identificar com o macacão e o piche na cara. Para aumentar o nervosismo da estreia, a casa estava lotada, o que me obrigou a engolir meia dúzia de conhaques em quinze minutos. Na hora certa, saltei para o palco, ágil, exultante, vitorioso, dentro do próprio clima da música. A escolha do número foi de rara felicidade, a razão-mor do contato imediato que estabeleci com o público. A letra era toda uma badalação ao Estado Novo, um hino ao trabalhador, ao homem do macacão e às conquistas sociais.

> *Vejam só a minha vida como está mudada:*
> *(Abria os braços enérgico e explicativo.)*
> *não sou mais aquele*
> *que fica na rua até de madrugada.*
> *(Vinha aí o conselho, baseado em experiência pessoal.)*
> *Façam o que eu fiz;*
> *porque é a vida do trabalhador.*
> *Tenho um roseiral e sou feliz com meu amor.*
> *(Ajoelhava-me, braços para o alto, patriótico.)*

Estado Novo veio para me ajudar.
No Brasil não falta nada,
mas é preciso trabalhar...
(Saltava de pé a sorrir, saracoteando.)
E quem for pai de muitos filhos
o sindicato vai sustentar.
É negócio casar...

O público aplaudiu com entusiasmo, muita gente de pé, pedindo bis, querendo mais. Alguém que discordava do Estado Novo me atirou uma pedra de gelo, mas levou certeira bofetada e teve que entrar na linha. O pequeno incidente consolidou meu sucesso; até o pessoal da casa, surpreso, apoiava-me, certo de que, depois da conquista da MB, eu realizara mais um milagre.

– Bis! Bis! Bis!

Não me fiz de rogado nem podia; fiz sinal para o conjunto e bisei o número, desinibido, saltitante, exagerado. O êxito subia-me à cabeça, melhorava meu ânimo, dava-me confiança. A voz saía da garganta mais forte, sonora e envolvente.

A dona da casa abraçou-me e incluiu-me definitivamente no elenco, encerrando assim a carreira de garçom; o cachê seria de trinta cruzeiros por noite e de sessenta aos sábados, quando havia dois shows. Na mesma semana, tratei de enriquecer meu repertório, já resolvido a manter o macacão, o piche na cara e as músicas pró-trabalhismo.

O segundo número era assim:

Deixa passar o trabalhador
eh, eh, eh,
deixa passar o trabalhador.
O senhor, o senhor que não trabalha,
só atrapalha, só atrapalha.

Pus o privilegiado cérebro a trabalhar: quando o número se iniciava, descia no fundo um vasto retrato do presidente Vargas, no final os holofotes iluminavam uma bandeira do Brasil à qual o operário fazia respeitosa continência.

– Mais um! Mais um! Mais um!

Os Mexicanitos, decadentes, superados, marginalizados pelos seus hábitos anormais, olhavam-me com inveja. A época dos tangos morria de vez. A nova onda pertencia à música sindical, aos palanques, aos comícios, aos ritmos fabris.

Certa noite, um figurão, dr. Laércio, apreciou tanto os meus números que me convidou para beber em sua companhia, rodeado de bailarinas interessadas em aumentar a despesa. Além de uma nota de mil, deu-me também um cartão com seu nome e endereço do qual um dia fiz uso salvador.

No mês seguinte meu cachê foi dobrado; mesmo com gripe e febre tive que cantar uma noite, tão insistente era a exigência do público. Meus retratos apareceram na porta do cabaré e meu nome passou a figurar nos anúncios estampados nos jornais. Minha grande satisfação foi a de ver um homem-linguiça, com suas pernas de pau, levando um placar onde se lia o meu nome. Segui o pernudo, pela avenida, orgulhoso. Passeava a tarde inteira, já com roupas novas, parando nos bares, e à noite pintava a cara de preto e agredia o pessoal das mesas de pista cantando:

Ó, abre alas que eu quero passar
sou um marmiteiro não posso me atrasar.
Sai da frente,
sai da frente, seu Tomás,
que a mamata vai se acabar...

21 – A missão secreta: subornado

Minha carreira de cantor sindical terminou coincidentemente com a queda do Estado Novo em 1945. Eu, que jamais nada entendi de política, fiquei deveras surpreendido com a alteração que verifiquei nas reações do público. As mesmas pessoas que vibravam com meu repertório passaram a detestá-lo duma noite para a outra. Recebi vaias, apupos, pedaços de gelo, cusparadas, xingos, uvas geladas e outras formas de protestos abstratos e concretos. Por fim, levei um pontapé de um simpático paulista de quatrocentos anos que usava um cravo na lapela. A própria dona do estabelecimento aconselhou-me a tirar férias ou mudar urgentemente de repertório.

Preferi a última solução, tendo que, às pressas, aprender os últimos tangos e os primeiros boleros para cantá-los, não de macacão mas de smoking branco e sapato bicolor. Tudo, porém, tem sua época, sua voga, seu tempo certo. Estava diante de novo fracasso, nova queda e sem dinheiro no bolso.

Não havia outro remédio, tive que voltar a ser garçom, mas desta vez como profissional desatento, irritado, antipático e cheio de ódio pela freguesia que me recusara aplausos. Mais bebia do que servia, chegando a liquidar um litro de conhaque ou bíter por noite, o que nem sempre suportava a contento. Embriagado, brigava com os fregueses, negava-me a servir este ou aquele, fazia cara feia às gorjetas mirradas e procurava roubar nas contas para pôr no bolso a diferença. O final desta fase foi um choque violento com três indivíduos mal-encarados, um deles faixa-preta não sei de quê, perito na prática de fraturar braços. Fui expulso da casa na madrugada paulistana, com o saco cheio, os olhos inchados e um braço, o direito, deslocado. Fiquei quinze dias sem poder vestir-me, o que me impediu de procurar emprego e ocasionou meu bota-fora da pensão.

É duro ser posto na rua, sem roupa, sem dinheiro e ainda por cima com um braço deslocado. Fiz de um banco de jardim a minha cama e pelo espaço de vinte dias ou mais conheci na pele e na carne e nos ossos os efeitos da decantada garoa paulistana. Ainda hoje, quando leio os líricos poetas da garoa, sinto um frio imenso, espirro, apanho o lenço e mando essa musa catarral à puta que a pariu. Não tem graça alguma, nem poesia nem beleza não ter onde dormir. A miséria é feia, cruel, maldita, imbecil e apavorante. Para arranjar algum dinheiro, fui carregar cestas nas feiras, engraxar sapatos na praça da República, vender bolinhas de vidro nas portas dos colégios e ser homem-sanduíche anunciando um espetáculo de anões.

Um dia, pus a mão no bolso (nunca punha as mãos no bolso, já que o gesto não tinha sentido) e dele retirei o velho cartão do dr. Laércio, meu admirador na fase do menestrel sindicalizado. Ele, que tanto apreciava o cunho trabalhista das minhas canções, não deixaria de ajudar-me. Segui o endereço, num bairro distante, fui dar numa vasta fábrica, onde só se podia entrar com objetivo certo.

– O dr. Laércio, faz favor.
– O senhor conhece o presidente?
– O dr. Laércio é o presidente?

Era. Fui conduzido a uma sala de espera com a advertência de que o dr. Laércio não me atenderia logo. Esperei horas. Finalmente, um contínuo fez sinal para que entrasse e pisei uma luxuosa sala atapetada, cujo único habitante, solitário e poderoso, era o meu amigo dr. Laércio. Confuso, sem jeito, pensei até em voltar, mas lancei uma pergunta:

– O senhor se lembra de mim?
– Claro que lembro, camarada.

– Obrigado.
– Sente-se, fique à vontade. Quer um cigarro?
Aceitei o cigarro, entrando de imediato no assunto.
– Dr. Laércio, a vida é dura.
– É o que sempre digo, a vida é dura.
– Estou na lona.
– Na lona, você disse?
– Desempregado.
– Não canta mais?
– Não me deixam, doutor.
– Você cantava muito bem.
– O senhor gostava, não?
– Era o meu favorito.
– Mas agora preciso de um emprego.
– É triste, você, um homem como você, procurando emprego.
– Triste, mas é a verdade.
– Não se preocupe, já está empregado.
Viu como valem as boas amizades?
– Fazer o quê, doutor?
– Aparentemente, será operário. Entendeu?
– Não.
– Vai trabalhar na fábrica.
– Sei.
– Aparentemente.
– O que quer dizer "aparentemente"?
– Passe no Departamento de Pessoal, depois a gente conversa.
Cheguei a pensar que meu protetor houvesse se esquecido de mim. Fiquei um mês na fábrica, como operário, trabalhando diante de um forno horrível, até que me mandou chamar para nova conversa. Recebeu-me com cigarros, café e água gelada. Ligou o ventilador, deu-me um chiclete.
– Gosta do serviço?
– Não.
– Ótimo.
– O quê?
– Ótimo. Não estou precisando de mais um operário. Queria apenas que conhecesse o serviço e os colegas.

– O serviço já conheço, os colegas são muitos.
– Agora, vamos ao que interessa.
– Vamos.

O dr. Laércio encontrava dificuldade em comunicar-se. Escolhia as palavras. Que serviço seria o meu?

– Meu caro amigo, há trabalhadores e trabalhadores. Entende?
– Não.
– Não se aflija com isso. Entenderá devagar. Mais água gelada?
– Aceito.
– Sabe por que você está aqui, com o presidente, tomando água gelada? Deixe, eu respondo. Porque você me inspira confiança. Sei que é honesto. Já o conheço, mas não posso conhecer os mil homens que estão lá dentro. Compreende?
– Compreendo.
– Estupendo!

O que era estupendo?

– Não são registrados?
– Certamente, mas o que uma ficha profissional pode explicar? Quer que seja claro? (Quis.) Entre esses homens há muitos que não merecem estar sob este teto. Fazem greves, defendem doutrinas antidemocráticas, envenenam o ambiente, espalham impressos subversivos, trabalham lentamente para limitar meus lucros e fazem um mundo de exigências. Entendeu?
– Entendi.
– São os vermelhos.
– Ah!

Era gente perigosa; na aparência, iguais aos outros, mas alguns apenas bastavam para sabotar a produção de uma fábrica. O problema consistia em identificá-los, o que apenas um deles poderia fazer. Eu teria que conviver com eles, ganhar a confiança, beber junto nos bares, visitá-los em suas casas, puxar assuntos políticos, sondar suas ideias e, se necessário, pertencer aos seus movimentos.

– Um espião?
– Oh, por favor, não use esta palavra. Você será, isto sim, um funcionário de confiança. A prova disso é que receberá o dobro dos outros operários. Aceita?

— Aceito.

— Muito bem.

Aproveitando-me da intimidade com o presidente, pedi um vale para instalar-me numa pensão e comprar roupas. O emprego foi uma injeção de óleo canforado, mas não gostava dele devido à proximidade do forno e do relógio de ponto. A melhor coisa acontecia no fim da tarde, quando, disfarçadamente, ia ao escritório do dr. Laércio tomar água gelada, fumar cigarros americanos e ouvir suas longas arengas contra o comunismo.

— Como vai o serviço? — perguntava-me.

— É pesado, doutor.

— Refiro-me às suas pesquisas.

— Agora que estou conhecendo o pessoal.

— Solte a língua, faça amigos. Logo que tiver o primeiro nome, venha aqui. Não tenha pudores, amigo. Você, mais tarde, sentirá orgulho do seu serviço.

A profissão de dedo-duro, embora não regulamentada, é muito comum neste hemisfério. Eu não era o único; havia outros, noutras fábricas, em número suficiente para a formação de um sindicato. Um deles foi avisado de minhas funções e apresentou-me aos seus companheiros, que se reuniam num botequim para tomar cerveja e comer queijo. Gente pacata, ordeira, muito amiga do jogo de damas e do dominó, os DDs eram, no geral, excelentes pais de família, maridos amantíssimos, frequentadores da missa dominical, e não discutiam a excepcionalidade do seu trabalho. Não haviam nascido DDs; o endurecimento das falanges, na maioria dos casos, foi lento, imperceptível e confundido com o reumatismo. Tornando-se o dedo um cabo ou promontório, surge o hábito de apontar, indicar ou simplesmente dedar. É a bússola do mau-caráter, o Cruzeiro do Sul do lúmpen.

— Vamos dar um passeio esta noite? — convidava-me o dr. Laércio.

Lá ia eu, com o bilionário, mostrando-lhe os mistérios da grande cidade e bebendo de graça. Ele costumava incumbir-me dos serviços mais sujos: reunir prostitutas em seu apartamento particular era um deles. Para bajulá-lo, aprendera a guiar carro, porque seu estado de embriaguez nem sempre permitia; tornei-

-me exímio em trocar pedras de isqueiro no escuro dos cabarés e ele se servia da minha memória para cantarolar velhos sambas nos fins de noite. Mas, em matéria de música, justiça lhe seja feita, preferia as de caráter político e trabalhista.
– Cante aquela.
E eu:

*Deixa passar o trabalhador,
eh, eh, eh...
O senhor, o senhor que não trabalha,
só atrapalha, só atrapalha.*

Aperfeiçoando-me como puxa-saco, passei a levar um vidro de benzina no bolso, para tirar manchas da roupa, útil quando se bebe demais e os copos caem; entendi que certos objetos são indispensáveis e os levava comigo: corta-unhas, calçadeira, canivete, além de comprimidos para dores de cabeça, doença que torturava o meu dono. Assim, tornava-me necessário, útil, simpático e confidente. Ganhei o privilégio de chegar tarde ao serviço, e, se o patrão arranjava uma mulher para seu prazer vespertino, eu ia ao seu apartamento privado ver se tudo estava em ordem. Se a conquista fosse de categoria, eu comprava flores e novos discos, licores, doces e vaporizava o ar com perfume. Pequenas atenções que faziam de mim um valete incomparável.

Mais de uma vez, eu dirigindo seu Lincoln, descemos para Santos, ele atrás com uma de suas odaliscas. Cego, surdo e mudo, apenas me concentrava no meu trabalho; mas, na praia, matava velhas saudades aprofundando-me no salso elemento. Depois, íamos os três comer camarões e tomar vinho branco no balneário.

Esta fase, das mais pacíficas de minha vida, e que durou cerca de um ano, teve, contudo, um final algo dramático e nada heroico. Refiro-me a uma greve, em cadeia, que atingiu todas as fábricas daquela região. Meu dono era um boêmio à noite, principalmente aos sábados, mas tinha a cabeça fria, lúcida e eficiente durante o dia, quando seus interesses estavam em jogo. Formaram-se piquetes diante das fábricas. Os vermelhos queriam dez por cento de aumento no salário, o que faria cair inevitavelmente a rentabilidade do homem-hora. Eu e os demais dedos-duros fomos convocados no galpão de uma fábrica vazia. Todos com os indicadores em riste e unha comprida.

Meu patrão tomou a palavra:
— Se vocês não tivessem brincado em serviço, isso não aconteceria...

Baixei a cabeça.
— Nós vamos remediar a situação — disse um dos nossos.
— Como?
— Podemos furar a greve.
— Aí está uma ideia.

O patrão olhou para mim:
— Você fura?
— Furo.

Tremia. Furar greve não é sopa. Eu ficaria marcado. Mas o assunto já não estava em discussão, estava em execução. Na manhã seguinte, teríamos que nos colocar diante de um dos portões e berrar: "Acabemos com a greve! Precisamos dar de comer aos nossos filhos!". Ensaiamos, em coro, as duas frases. Ficava bonito, mesmo porque havia muita variedade vocal.

Amanheceu.

Eu e os demais surgimos na rua e atravessamos a massa vermelha. Postamo-nos diante do portão. A um sinal, rompemos em coro, eu com voz de barítono.

— Acabemos com a greve! Precisamos dar de comer aos nossos filhos!

Em seguida, saltamos o alto portão.

Contar é pouco. Ajudem-me com a imaginação.

Começaram as pedras.

Uma, dez, cem, mil pedras.

Um dos dedos-duros caiu do alto do portão. Vi sangue na cabeça dele. Eu, que não posso ver sangue. Saltei do outro lado do portão, torcendo o pé. Disparei pelo pátio, passando diante do meu patrão, mas não parei. Queria encontrar uma saída, não uma saída honrosa, refiro-me a uma saída desonrosa. Encontrei: um buraco na cerca da fábrica, que tomava meio quarteirão. Alcancei a rua e já me julgava em segurança quando um pequeno grupo de piqueteiros me identificou. Tive que correr como uma lebre até uma feira livre. No meu alvoroço derrubei uma barraca de ovos frescos de granja, levantei-me do chão, brilhando ao sol como uma estátua de ouro, e prossegui na fuga feito uma gemada volante até subir num ônibus de gasogênio. Mas não fui bem recebido no ônibus, repleto, acusado de enlambuzar os passageiros; tive que descer e continuar minha fuga a pé.

Foi uma das mais estranhas sensações que já tive em minha vida; a surpresa que eu despertava nos outros era enorme. Crianças e desocupados acompanhavam-me. Quem me via não tirava mais os olhos de mim. Até hoje os ovos não fazem parte do meu cardápio. Ao entrar na pensão, todos me cercaram, fazendo perguntas.

– Sou calouro de direito – respondi. – Acabo de sofrer um trote.

Fui para a cama e dormi. Sonhei que operários me massacravam. Jurei nunca mais envolver-me com esse tipo de gente. O trabalho brutaliza, destrói sentimentos, endurece os corações e impede o congraçamento universal. O mundo será muito melhor na época dos robôs; quando o ser humano com sua mania de grandeza e taras sexuais for completamente dispensável.

22 – O dia da salvação está próximo: o *Brado de guerra*

Claro, claríssimo que perdi a tensão e minhas roupas. Derivei para a vagabundagem aberta e sem complexos. Foi aí que fiz um estudo sobre novas praças e os pássaros que nela habitam. Conheci a eficiência do papel de imprensa como lençol e cobertor. Travei contato com os náufragos noturnos e com policiais. Hoje sei quais são os recantos mais gelados e mais quentes da capital. Não aconselho ninguém a dormir nos degraus da catedral por causa do vento que assovia. Podia até escrever um guia para vagabundos com a indicação dos melhores pontos para passar a noite. Que época de submersão e tristeza! E o pior era a incapacidade para reação. Não sabia reagir sem Lu, sempre foi ela que me tirou do lodo com sua mão de fada. Quantas vezes, sonhando, sobre o mármore dos bancos públicos, acreditei estar sendo acordado por ela. Mas na verdade não podia imaginar onde se encontrava a estimulante criatura. Prosseguindo, descobri depois os albergues, que me davam a impressão de desconforto infeccioso e obrigavam-me ao convívio de gentalha desdentada e suja. Mesmo assim, por causa do frio, tive que recorrer a eles, sempre tendo que explicar na portaria que era mais uma vítima ressequida das secas nordestinas. O pior é isso, ter que justificar a miséria, explicá-la, catalogá-la e depois pedir desculpas. Odiei o albergue com seu cheiro de mofo, seu ar podre e o chiar dos brônquios catarrentos. Não se assustem, porém: não vou deitar literatura socialista na descrição miúda desse pré-cemitério de marginais. Passarei por cima dessas e doutras misérias, já que vivemos no maior e mais belo país do mundo, já que Cristo é brasileiro e que temos uma baía tal como é a da Guanabara.

Vamos adiante, com sapatos rotos e olhar ávido, à espera do inesperado. Na verdade, foi com fome e um começo de vazio e desmaio que me vi diante da porta do Exército da Salvação. Fizeram-me entrar, com a alegria de quem topa mais uma alma para ser recondicionada e salva. Veio o prato de sopa, fraco, mas quente; enquanto tomava a sopa, lia o *Brado de guerra*, leitura amena, informativa, coloquial e entusiasmada. Pedi mais um prato e reli o artigo de fundo com simpatia e coração aberto.

– O senhor crê em Deus?

Era o major James, oficial norte-americano que, com sua fé gigantesca, catequizara índios, delinquentes e comunistas. Tinha um olhar cinzento e uma disposição inquebrantável.

– Creio – respondi.

– O que faz na vida?

– Nada, mas estou disposto a lutar.

Deram-me uma cama para dormir; no dia seguinte, não saí à rua, quis ler uma coleção do *Brado de guerra*. Lia e aprendia. Veio, depois, São Mateus. O Novo Testamento foi devorado com interesse e sem nenhuma resistência. Quis ser sabatinado. Pedi ao major que o fizesse.

– Pergunte, eu respondo.

Errei algumas respostas, mas demonstrei minha capacidade de assimilação. Resolvi contar minha vida ao oficial, que ouviu a princípio com perplexidade. Lá estava, porém, um exemplo vivo do poder da conversão.

– Que número você veste?

Arranjaram-me um uniforme usado, mas limpo. Na mesma semana comecei a distribuir o *Brado* no setor de restaurantes, bares, cantinas e boates. É conhecida a generosidade dos boêmios, e pude confirmá-la in loco; são, com efeito, as melhores pessoas do mundo, as únicas que não levam a sério as diferenças de raça e de religião. Pais de família não compram o *Brado*, não ajudam mães solteiras, não praticam nenhuma forma de caridade que não seja ostensiva, publicitária e humilhante para quem recebe. Os pequenos burgueses são pequenos e burgueses. Vivem num mundo feito de material isolante, mármore e excrementos. Os bêbados não pediam troco. Eu era muito bem recebido e ficava orgulhoso das férias que levava à sede. Vi logo a possibilidade de fazer carreira e ser transferido para a África.

Cansei-me, no entanto, de apenas difundir o jornal. Quis fazer mais, comunicar-me com maior eloquência e proximidade. Em conversa com o major, sugeri que eu fizesse depoimentos públicos, que contasse minha vida às massas. Ele concordou, embora me solicitando alguma reserva nessas confissões. Estreei numa praça de bairro diante de pequena, porém atenta plateia.

– Eu era um caso perdido. Vivi na senda do pecado e da perdição. (O povo demonstrava maior interesse quando eu confessava que tinha chegado a ser um explorador de mulheres.) Não tenho vergonha de dizer isso. O Diabo estava sempre do meu lado. Eu era uma vítima de Satanás.

O realismo de certas passagens atraía o público.

– Morei anos num bordel. Eu não sabia o que era o bem e o que era o mal. Estava cego.

Os transeuntes paravam. Terminado o depoimento, cantávamos hinos, fazíamos a coleta e rezávamos em conjunto.

No domingo seguinte, eu voltava a dar meu testemunho público, sempre com novos e sensacionais lances de minha vida. Raras vezes fui tão bem-sucedido num trabalho. Um público certo, atento e emocionado ouvia minhas palavras, que aos poucos iam ganhando mais calor, autenticidade e desembaraço. Falar em público é realmente uma arte, um dom, mas é também algo que se aprende e desenvolve. É evidente que não cheguei a ser um gênio da oratória, porém fiz sucesso, criei um estilo atraente e, ainda mais, consegui converter pessoas. Bem, aqui há um exagero. Na verdade, lembro-me de apenas uma, um mulato mal-encarado, camisa aberta, ar imbecil e um enorme dente de ouro.

Ouviu meu sermão, penetrou na multidão (outro exagero) e mostrou o desejo de falar comigo.

– Eu também explorei mulheres – disse o pecador.
– Onde?
– Na zona.
– E agora, o que faz?
– Exploro mulheres.
– Onde?
– Na zona.

Após esse interessante diálogo, ele confessou sua intenção de regenerar-se. Demos-lhe o *Brado de guerra* e os Evangelhos. Foram milagrosos. O crioulo arranjou uma vaga de carregador na estação da Luz, passou a vestir-se decentemente e acabou casando-se com uma cozinheira, também crioula, também salvacionista, e acredito que até hoje vivam felizes.

O major James assistiu a todos os capítulos dessa conversão e redobrou sua confiança em mim. Estava quase com as malas prontas para a África e queria minha companhia. Durante alguns dias, estive para lhe dizer sim, mas minha simpatia por este país, o nosso, é indestrutível. Não sei imaginar-me fora daqui, a não ser como turista. Recusei o convite, porém com orgulho de tê-lo merecido. Falo com toda franqueza: dava-me bem no Exército, jamais tirei um tostão das coletas e acariciei mesmo a ideia de chegar a general. Suponho que teria galgado alguns postos, feito uma bela carreira, se não fosse o imprevisto encontro que tive numa noite serena de domingo, justamente quando terminava meu testemunho e vendia o *Brado*.

Uma voz feminina, voz argentina, como dizem os romances antigos, ecoou nos meus ouvidos:

– Meu Deus! Será você mesmo?

Parei, olhei, tremi.

– Madame Iara?
– Em pessoa.
– O que faz aqui?
– Eu que pergunto, meu filho: o que faz aqui?
– Leva um exemplar?
– Que pena tenho de você!

Olhei melhor: devia ter ultrapassado havia muito a casa dos cinquenta, mas estava elegante, pintada, com um círculo de perfume a seu redor, olhos brilhantes, toda chique, simpática, materna e salvadora.

— Vou ser promovido a sargento.
— Como você me lembra o passado, menino.
— Não sou mais menino, quase trinta.
— Você está engraçado de uniforme. Lembra-se de quando o pus no escotismo?
— O que fazia aqui?
— Vim comprar perfume naquela drogaria, quando ouvi uma voz conhecida. Um belo sermão, meu filho.

Fiz perguntas:
— Como vai a vida?
— Melhorando, graças a Deus.
— Melhorando?
— Dia a dia.
— O que a senhora faz?
— O mesmo de sempre.
— Algum dia eu...

A capitã – novamente – estendeu-me sua mão firme, a mão que puxa, que orienta, que conforta. Junto com o gesto, um sorriso maravilhoso que incutia confiança e crença total no futuro.

— Venha... meu carro está aí.
— Mas, dona Iara...
— Venha. Assim mesmo. Uniformizado.
— Com os jornaizinhos?
— Distribuiremos aos meus fregueses; eles apreciarão.

Fechei os olhos, deixei que ela me puxasse e guiasse. Quando reabri os olhos, estava no interior de um carro aconchegante, ocasionalmente habitado por três marujas do transatlântico. A capitã sentou-se ao volante, divertindo-se com a surpresa que minha figura causara naquela tripulação. Não explicou nada, ligou a chave e pôs o carro em movimento, sorrindo, feliz.

23 – A ave que volta ao ninho antigo

Nos primeiros dias movimentei-me no apartamento da capitã fardado mesmo. Quando surgia um freguês, escondia-me, para não impor demasiado respeito. Fiquei mais de uma semana preso entre quatro paredes, até que minha protetora pôde comprar-me o primeiro terno. Aí, mais à vontade, abençoei o conforto que me cercava, a geladeira, a vitrola, as boas roupas de cama e, sobretudo, a comida sólida, apimentada e revigorante. Ao contrário de seu primeiro estabelecimento, este não possuía grande número de mulheres. As funcionárias entravam e saíam, discretamente e também discretamente vestidas, para atender a pedidos telefônicos. A capitã agia com um caderninho de endereços, fazendo conexões. Tudo sem ruídos nem problemas. Iam de fato longe os tempos antigos, quando não havia discrição nem o uso correto do telefone.

Nada posso contar do que fiz nos primeiros dias, já que madame estava ansiosa por ouvir minhas histórias. Quanto às suas, soube que, durante um período, abrira um ateliê de costura, mas dera com os burros n'água. Vivera, inclusive, em cidades do interior, dedicada ao seu comércio, no que se saiu mal, pois era uma mulher da cidade grande. A volta da democracia, no entanto, deu nova vida ao seu negócio. Resolveu abrir um apartamento na Consolação para aproveitar a nova safra de mocinhas ambiciosas, desiludidas ou transviadas. Boa safra, bem alimentada e com a garantia científica dos antibióticos. Imediatamente o comércio começou a render, e ela instalou-se até com certo luxo, tendo como aquisição mais ostensiva o automóvel.

Quando o livro das recordações se fechou, ela me deu o primeiro serviço: escrever uma carta a um parente, o que fiz em estilo caprichado e letras redondas, mas nada desejoso de voltar à profissão de escriba. Depois, passei a ajudar dona Iara nas compras, na limpeza do apartamento, que eu mesmo pintei num fim de semana. Afinal, comecei a dar palpites em sua vida financeira, aconselhando-a a empregar seu capital com melhores juros. Fui muito útil.

No íntimo, porém, eu sonhava alto, recuperava-me, e, sempre que punha um cálice de qualquer coisa na boca, ficava otimista e erguia castelos. Naquela ocasião, lembro que uma das bonecas da capitã, uma tal de Rosângela, presenteou-me com uma gravata bordô. Não sei por quê, mas o bordô tem sido muito estimulante em minha vida, uma cor que me empurra para a frente e alarga a faixa da simpatia. A primeira vítima do bordô ou o primeiro alvo foi justamente a trintona loira e maquilada que fez o presente. Fomos ao cinema e na saída entramos num bar, já que ela me oferecia um martíni favorecido por uma azeitona. Ficamos amigos e logo em seguida mais do que isso. Havia, porém, algo que atrapalhava: eu não tinha dinheiro. Confessei-o.

– Não se preocupe, estou de maré.

Sempre ostentando a gravata bordô, passei a receber de Rosângela, semanalmente, uma importância razoável. Fiz mais: orientei-a nos caminhos do mundo. Numa boate, dei-lhe a pista de um contrabandista gordo demais para ter sorte nos amores. Ela caiu em cima do dito-cujo, pediu joias, relógios, dinheiro dado e dinheiro emprestado. O contrabandista tinha medo de ser apanhado com a grana no bolso e ia dando. A este, Rosângela acrescentou outra caça feliz: um fazendeiro matuto, interessado em inseticidas e implementos agrícolas, a quem fui apresentado como chofer de trator. Fizemos amizade, bebemos juntos e um dia vendi-lhe algumas cabeças de gado, para desintegrar-me após no vácuo. Não amava Rosângela, mas lhe devia meu sustento e em paga levava muito a sério minha posição de diretor artístico.

Quem estranhava, mirava-me dos pés à cabeça, era a capitã:
– Onde está Rosângela, sumiu?

Eu não queria desgostar madame, não queria que pressentisse minha próxima libertação. O fato é que era bom mas retrógrado ter que depender dela para tudo, embora isso lhe desse satisfação. É que a noite voltava a atrair-me, com suas novidades. Com efeito, os cabarés desapareciam, substituídos pelos taxi-girls, versão higiênica do nightclub protestante, cheio de proibições e sem poesia. Surgiam, porém, as boates, frequentadas pela nova geração e por gente que jamais saíra à noite. Até as músicas mudavam; o tango ficara ridículo, superado pelo bolero, a nova voga do subdesenvolvimento latino, menos esportivo, mais concentrado, muito aconselhável ao tratamento das dores de cotovelo. Veio também o baião, com seu ufanismo cretino das misérias nordestinas. Aceitei as transformações, aceitei até os preços, já que Rosângela pagava tudo. O que eu não podia era ficar por fora, virar saudosista e inadaptado. E reafirmei minha personalidade, corneando a amada com uma zabaneira de Londrina, também hipnotizada pela minha marcante gravata bordô. Seguiu-se uma uruguaia dadivosa que me deu presentes, dinheiro miúdo e pacotes de cigarros americanos. Uma cantora de bolero das mais persistentes e roucas ofereceu-me um isqueiro estrangeiro, um relógio de pulso e óculos ray-ban. Assim, eu voltava a equipar-me. O que eu precisava eram os meus equipamentos, meus apetrechos e de alguém que me passasse a gravata bordô.

Não é para contar garganta, mas esta fase acontecia bem: eu tinha pontos em diversas boates, amigo de porteiros e de regentes de regionais, com porta livre e uma ou outra dose para pagar no dia de são Nunca. Algumas mariposas eu controlava apenas com olhares oblíquos, contundentes e imperativos. Bastava toparem com minha gravata bordô, displicente e viva, para que me fizessem convites. Na pior das hipóteses, pagavam-me uma dose de qualquer coisa. Meus deveres, porém, com Rosângela eram obedecidos, e ela dispunha de mim, a seu bel-prazer, no mínimo duas vezes por semana.

Rosângela só me trouxe benefícios: vários quilos acusados por diversas balanças: dois dentes obturados e um curto tratamento de alergia. Voltei a comprar roupas e a usar camisas sob medida. Madame Iara arregalava os olhos quando eu calçava meus sapatos bicudos ou ostentava minha piteira comprida. A roupa faz o monge; tive a impressão de que vivera nu durante muito tempo. Mas a grande tacada da ocasião foi uma viúva, Ismênia, que torrou todo o dinheiro deixado pelo falecido apenas para me ser agradável.

Não sei quem me chamou primeiro de Mon Gigolo; quem ouviu foi um garçom, que o repetiu por brincadeira. O apelido espalhou, colou, deu sorte. A mulherada viu nele mais um título, uma comenda, do que um mero cognome. Nenhum bola-murcha merecia ser chamado assim, convenhamos. Acabei me acostumando com a denominação, tão expressiva. Vi minha fama crescer, mas vi também Rosângela morrer de ciúme. A princípio, ela reclamou exclusividade. Me daria tanto por mês. Achei pouco. Depois, a moça tentou subornar-me com presentes caros e diários. Aceitava-os, porém não cumpria o prometido. Finalmente, tornou-se minha inimiga e tentou intrigar-me em todos os meus ambientes. Um corcunda, que trabalhava de mascote num inferninho, assoprou-me no ouvido que a ex tinha posto um tira no meu encalço, acusando-me de lhe ter roubado uma joia. Por previdência, mudei de pouso. Mon Gigolo dava sorte em qualquer lugar, sempre havia uma boca atraída pela fama. Foi nesse tempo que conheci o Mandril, imponente e maciça mulata considerada uma das rainhas da noite. Fiz-lhe ver que eu era branco e letrado, podia ser seu amante, mas custaria caro.

– Não interessa – bazofiou o Mandril.
Mas aí ela viu a gravata bordô.
– O que você disse?
– Gravata bonita, essa.
– Gosta de bordô?

O ser humano é um escravo da cor. O Mandril mirou o bordô e sorriu. Desse momento para a frente, nasceu uma grande amizade. O Mandril tinha em sua cola muitos alemães, suecos e desbotados. O elemento loiro não suportava aquele impacto de cor escura, sempre a cor. Em suma, o Mandril faturava numa noite o que muitos pais de família não percebiam num mês. Parte desse faturamento tinha encanamento direto para meu bolso.

Rosângela soube disso; soube, não: o Mandril fez questão de contar-lhe. Entendem, não? A mulata queria fazer jogo de personalidade com a loira e deu de gargantear.

Na noite da vitória pigmentar, Mandril me disse:
— Encontrei Rosângela.
— Falou de mim?
— Disse que você está comigo.
— E ela?
— Virou onça.
— Você fez mal, muito mal. Rosângela anda me citando para um tira...

Andava mesmo; um tira pestanudo, enorme, gamadão por ela. Vi o cara uma ou duas vezes e desguiei. Mas continuei firme com o Mandril, que vivia a sua fase de ouro e estava na moda.

Uma noite, mal saía do apartamento asséptico de madame Iara, fui abordado na rua por uma mancha dourada: era Rosângela.
— Vamos comigo ao meu apartamento.
— Não posso.
— Vai encontrar aquela mulata suja?
— Se fosse suja não faturava o máximo.
— Um minuto só.
— Meio.

Rosângela ficou fula:
— O que houve com você?
— Estou com o cartaz pego.
— Cuidado comigo.
— Rosângela, não posso ser mais exclusivo. Minha hora está muito cara.
— Quanto a mulata lhe dá?
— Um Cabral por dia.
— Mentira!
— Outro Cabral arranjo por aí.

Ela largou a bofetada. Baixei, mas senti o deslocamento da massa gasosa.
— Bandido!
— Não faça cena – protestei. – Onde está seu pedigree?
— Isso não passa em brancas nuvens!

Fui esperar o Mandril na boate Hugo, onde ela fazia alguns números divinos e depois ia arrecadar na plateia. Havia lá michês de quinhentos, trêmulos e recalcados. Em minha mesa de pista, bebia Grant's e olhava o vulgo com superioridade. Lá para as duas ou três, recebia a minha diária quente e íamos para o Morais deglutir um suculento bife. Ao nosso lado, gigolôs pés de chinelo, homossexuais, dançarinas e o rebotalho noturno. Não pensem que me misturava; quem tinha o Mandril na mesa, com seus setenta quilos parcimoniosamente distribuídos, podia montar banca.

— Aquele tipo está encarando você.

Não era um tipo, era um arquétipo: o tira mixuruca de Rosângela, tomando uma Brahma e comendo batatinha.

— É um fracassado.
— Tem jeito de ser da polícia.
— E é.

O tira de Rosângela vivia em minha sola, a mando dela, com toda certeza. Minha sombra. Já não sabia se o enfrentava ou se o evitava. Tentei esquecê-lo, porém o Mandril vivia com a pulga atrás da orelha. Chegou a sugerir que nos mudássemos para o Rio, pois um dos seus sonhos desde a meninice era ser puta de Copacabana.

— Esqueça-o.
— Tem cara de mau.
— Um otário.

O desastre aconteceria semanas depois; eu saía do Refúgio quando três indivíduos mal-encarados me interceptaram. Cheirei logo a polícia, mas não me alterei.

— Queira nos acompanhar.
— Por quê?
— Há uma queixa contra o senhor.
— Que fiz eu?
— Não sabemos.

Pareciam polidos; não tive outro remédio senão segui-los. Fomos de táxi, eu querendo saber coisas.

— Aposto que é troço de Rosângela.
— Obedecemos ordens.
— Sei.

Na polícia, um delegado fez perguntas rotineiras. Logo matei a charada; sim, Rosângela denunciara-me como explorador do lenocínio. Fiquei de cabeça baixa, solícito, algo ingênuo.
— Tem carteira de trabalho?
— Tenho.
Tinha mesmo. Não trabalhara numa fábrica?
— Ainda trabalha aí?
— Não, houve uma greve e perdi o emprego.
— Onde mora?
— No apartamento de uma amiga.
— O que faz essa amiga?
— É aposentada.
— No que trabalha agora?
— Procuro emprego.
— O que sabe fazer?
— Sou escritor.
— Já publicou alguma coisa?
— Não, mas estou escrevendo minha autobiografia.

O delegado riu e os tiras também. Realmente, ser escritor num país de analfabetos é engraçado. Em todo caso, criou-se um clima de bom humor e senti que nada me aconteceria. Talvez dormisse no xadrez aquela noite, nada mais do que isso. Já readquirira o equilíbrio e a confiança quando outro inspetor entrou na sala. Vi-o com o rabo dos olhos. Ele observava-me com curiosidade e quase alegria. Estava a dois palmos do meu ombro esquerdo.

Sentado, o delegado mostrava-se camarada.
— Arranje um emprego, rapaz, e nada de escrever. Isso não dá futuro.
— Sim, senhor.
— O país precisa de técnicos.
— Sim, senhor.
— Especialmente de médicos.
— Sim, senhor.
— Pode ir.
— Sim, senhor.
O homem ao meu lado interveio:

– Ele não pode sair.

Chamou a atenção de todos.

O delegado:

– Por quê?

– Eu digo que não pode ir. Soltá-lo, depois de tê-lo apanhado? É o cúmulo!

Também voltei-me, tremi todo, os pulmões sem ar, o chão sem consistência. Sabem quem era? Quem era o tira ao meu lado? Quem impedia minha soltura? Sabem quem?

– Fale, Esmeraldo – exigiu o delegado.

O Valete de Espadas passou a mão pelo meu rosto, aquela mão delicada de vagabundo, cheirosa e com unhas bem tratadas.

– Olhem bem para ele! Será que não o reconhecem?

– Não – disse o delegado.

– É um vagabundo, um pé de chinelo – acrescentou um dos tiras, praticamente em minha defesa.

– Diz que é escritor – brincou o formado.

Esmeraldo estava diante de mim, reclamando um exame atento: traço por traço. Os olhos, o nariz, a boca, os cabelos, eu todinho.

– Que falta de memória!

– Afinal, quem é ele?

O Valete tinha uma quadra:

– Meus senhores, este não é outro senão o famoso e procurado PEIXE ENSABOADO!

Exclamação ainda em caixa-alta:

– O PEIXE ENSABOADO!

– Só mesmo por acaso poderíamos apanhá-lo, só assim.

Agora, muitos me examinavam.

– Não o conhecíamos.

– Mas eu, sim – garantiu o Valete.

Chegou minha vez de falar. Podia continuar mudo? Reagi, certo de que o delegado estaria comigo. Não devia gostar de Esmeraldo, aliás como todos.

– Eu não sou o Peixe Ensaboado.

– Esperavam que confessasse? – indagou Esmeraldo.

– Este homem está mentindo.

– Fala assim de um membro da polícia?
Aproximei-me do formado:
– Ele é meu inimigo pessoal. Quer apenas vingar-se. Não sou o Peixe Ensaboado e nunca ouvi falar dele.

O delegado mandou vir uma ficha. Enquanto isso, eu olhava aos outros pedindo clemência. O Valete sempre tivera dois sonhos na vida: ser empresário e tira. A polícia era seu refúgio ideal, a segurança para todos os seus lances. Alcançara o objetivo – mas estranho! A presença de Esmeraldo quase me agradava, lançando a pergunta: onde anda Lu, que fim teve a Virgem de Guadalupe? Estaria, ainda, com o Valete? Ia saber.

Veio a ficha. Incompleta. Não se sabia o nome verdadeiro do Peixe, mas, fisicamente, ele se parecia comigo: como eu, tinha cabeça, duas pernas, dois braços, tronco e – vinte! – dedos. Coincidência demais. Fiquei arrasado.

– Não sou quem vocês procuram.
– Abra-se – pediu o delega.
– Não sei quem é esse cara!
O Valete:
– No pau de arara ele conta.

Eu ia ser levado para a sala dos horrores. O formado pediu que não me torturasse muito, para não dar bode com a imprensa. Tinha, porém, que sair. Os tiras fariam o interrogatório, comandados pelo Valete.

Mudamos de sala. Esmeraldo olhou na minha cara e sorriu.
– Que trabalhão você me deu!
– Não sou o Peixe.
– Você é o Peixe.
– O que vão fazer comigo?
– Nada, se confessar.

Resolvi bancar o durão. As primeiras torturas suportei com bravura. No pau de arara fingi desmaiar. Água no rosto. Acordei. Voltei à incômoda posição. Novo desmaio. Os robôs obedeciam Esmeraldo cegamente.

– Confesse!
– Não sou o Peixe. Estou aqui por outra razão.
– Que razão?

– Roubei a mulher desse tipo.

Não me acreditaram. Mais tortura. Um pé no estômago. Palavrões. Dores lombares. Minha gravata bordô arrancada... Não podia suportar: quem era eu sem a bordô configurando minha personalidade? Caí no chão. Um chute no rabo.

– Confesse.

Resisti ainda. Pisão na mão. Cuspida no rosto. Cigarro aceso rondando. Puxão de cabelo. Quiseram desabotoar minhas calças, vingança pessoal do Valete.

– Confesso.

24 – Memórias do cárcere: o Peixe Ensaboado

Os jornais estamparam as manchetes. Afinal, a polícia apanhava o famigerado Peixe Ensaboado. Só então surgiu a biografia do dito-cujo, um ser escorregadio, viscoso, algo parecido com jiló, fugidio. Escapara de muitas garras e muitas celas. Li com curiosidade e simpatia: um homem digno de respeito em virtude do seu grande amor à liberdade. Sobre, ou ao lado, meu retrato, com meu nome por extenso, e mais informações. Havia também elogios à atuação do investigador Esmeraldo, um dos mais profissionalizados conhecedores do baixo mundo, sempre atento aos vaivéns da Esquina do Pecado, ativíssimo na luta contra o crime. Percebi logo que o Valete conversara os repórteres; deu até umas entrevistas no rádio, dizendo que havia meses andava na minha pista. Recebeu parabéns.

Atrás das grades, recebi a visita de um advogado, que madame Iara e o Mandril haviam pago. Mas o causídico não se mostrava entusiasmado: a folha do Peixe era negra; sacudiu a cabeça. Falou baixo, deu-me conselhos.

– Mas, doutor, eu não sou o Peixe Ensaboado.

Pensam que acreditou? Para ele também eu era o procurado, o próprio, o marginal temido. Mandei o tal plantar batatas; apenas lhe pedi que entregasse ao Mandril um recado de amor e à capitã, palavras que eu decorara em minha passagem pelo Exército de Salvação. Já me dispunha a chorar quando a cela se abriu e recebi uma inesperada visita: o Valete.

— Está bem aqui?
— O que quer agora?

Estava perfumado; batia um lenço no rosto; acendeu um cigarro, boa marca. Sapatos bem engraxados. Camisa de colarinho duro, e algo no peito que me surpreendeu: uma gravata bordô. Seria a minha, a que dava sorte?

— Vim ver se precisa de alguma coisa.
— Não.
— Como se sente como Peixe Ensaboado?
— Eu escapo daqui.
— O verdadeiro faria isso, você não.
— Tenho cabeça.
— Tem escamas, nada mais.
— Peço que se retire.
— Pois não. — Abriu a porta, olhou-me, sorriu. Tinha algo mais a dizer, o mais importante, o mais cruel, o mais sádico, a razão da insólita visita. — Tem saudade de Lu? Ou já a esqueceu?
— Ela está com você?
— E muito feliz; engordou, está roliça. Mais moça, até. Hoje iremos ao teatro de revistas; depois, jantar, depois... Como está linda, Tumache! Não era assim que ela o chamava? Não me deseja bom divertimento?

Cuspi.

Lu ainda existia e estava com ele. Era um estímulo, um empurrão, um desejo a mais para lutar. Comecei a bradar: "Não sou o Peixe Ensaboado! Não sou o Peixe!". Ouvi risadas vindo das outras celas. Um guarda veio me acalmar.

— Quer parar com isso, escamoso?

Larguei-me na cama.

Naquela semana fiquei sabendo que o sumário de culpa do Peixe era do tamanho da lista telefônica. Um jornal informou que talvez eu tivesse que ficar preso durante cento e dez anos. Um, mais otimista, falava em oitenta. O que faria nesse tempo? Resolvi ler. Encontrei almanaques na secretaria, e tornei-me um grande leitor do gênero, o que ajudou muito a formação de meu estilo literário.

Graças a Deus, o diretor do presídio foi com minha cara. Passei a trabalhar na secretaria: batia oito horas de máquina por dia, não me dava com os outros presos, a não ser com aqueles que tinham se convertido às mais variadas crenças. Um dia, o diretor apareceu com dois garotos, seus filhos.

O menorzinho indagou:

— Papai, qual é o Peixe Ensabuado?

Apresentei-me:

— Sou eu.

O menino ficou com medo, mas depois sorriu:

— Que sabonete o senhor usa?

Fiquei grande amigo da família do diretor e seu mais cortês, eficiente e diuturno puxa-saco. Engraxava-lhe os sapatos e estava sempre descaspando seus ternos escuros. Serviçal e amigo. Toquei-lhe o coração.

Visitas, poucas recebia. Veio o Mandril, fabulosa mulata de um metro e oitenta de altura, sem sapatos. Causou sensação e o próprio diretor quis detalhes sobre sua estrutura física. Noutro dia, a visita foi da capitã. Notei que envelhecia; não se conformava com minha injusta prisão e deu-me um bom dinheiro. Fiquei comovido.

Mas a grande nota da temporada foi uma carta. Uma carta escrita com batom e que só dizia: "Coragem". Conhecia aquela cor de batom. Cheirei a carta: que perfume! Foi fácil adivinhar quem era a missivista. Lu, só podia ser Lu. Durante uns vinte dias ou mais fiquei a ver e a cheirar a carta, até que minha privilegiada cabeça se pôs a funcionar.

"Vou estrepar o Valete."

Falei com o diretor:

— Vendem maconha aqui no presídio!

— Que ideia!

— Vendem, doutor.

— Como sabe?

— Vou lhe mostrar a erva e dizer quem vende.

— Faça isso e presta-te um grande serviço.

Com o dinheiro dado pela capitã, tratei logo de adquirir a coisa. Nisso, o Mandril foi de grande utilidade. Comprou os baseados na Esquina do Pecado e conseguiu passar-me a muamba. Tinha que escondê-la bem até que surgisse a ocasião.

Foi também ela, a Vênus Crioula, quem telefonou para o Esmeraldo. Pediu-lhe que me visitasse. O cafiola caiu no conto. Apareceu para visitar-me.

– O que quer, escamoso?
– Nada.
– Nada? Mandou me telefonar?
– Não.
– Que brincadeira foi essa?
– Deixe-me em paz.
– Escamoso.

Saiu, elegante, perfumado e superior.
No mesmo dia, procurei o diretor meu amigo.
– Veja isto! – mostrei-lhe os cigarros.
– Maconha?
– Maconha.
– Como conseguiu?
– Há um tira que vende.
– Aqui dentro?
– Aqui dentro.

O diretor, estupefato:
– Foi ele quem lhe vendeu?
– Foi.
– Quem é ele?
– Não posso dizer.
– Por quê?
– Represálias. Ele vende para todo o presídio.
– O nome.
– Serei protegido?
– Será.
– Pois bem, o tal se chama Esmeraldo.

Esmeraldo foi apanhado. Esperneou, gritou, protestou. Foi jogado à minha presença para acareação. Ele, despenteado, a camisa fora do lugar e a gravata bordô girando no pescoço fino. Queria matar-me a dentadas, mas num segundo em que nos deparamos fez uma proposta. Assim:

— Diga que não fui eu e eu direi que você não é o Peixe Ensaboado.
— Mas comece você primeiro.
— Começo.
Esmeraldo estava no mato sem cachorro. Desconversando, disse ao delegado que se enganara: eu não era o Peixe Ensaboado, ele estava agindo no Paraná. Assim me livrava a cara. Houvera um engano muito comum na polícia. Chegou minha vez.
Olhei ao redor com um jeito George Raft.
— É verdade... nunca fui Peixe Ensaboado! Estou aqui há dez meses e não tentei a fuga... O Peixe está livre da silva em Curitiba.
— O negócio é sobre a maconha. Este homem vendeu-lhe ou não a erva?
Olhei para Esmeraldo; tinha-o sob o meu domínio, o velho inimigo, o Valete de Espadas do baralho de tia Antonieta.
— Vendeu. Vendeu, sim. Obrigou-me a comprar...
Esmeraldo saltou:
— Canalha! É mentira! Ele me aprontou um anzol! Tudo é falso!
Baixei a cabeça, senti uma cuspida de Esmeraldo na testa.
— Perguntem para os outros — arrisquei. — Perguntem.
Ora, raro é o detento que ama os investigadores. Uns dois confirmaram espontaneamente minhas palavras. Ou realmente Esmeraldo vendia maconha no presídio? Isso nunca pude saber, nunca. O que houve foi uma inspiração divina, através da carta de Lu, a miraculosa.
O cafiola foi trancafiado aos berros, ofendendo Deus e todo mundo. Que espetáculo deprimente. Fiz o sinal da cruz! Gritou horas a fio.
Semanas depois, chegava um informe de Curitiba: o Peixe Ensaboado realmente agia na cidade e divertia-se com o fato de estar outro detido em seu lugar. O diretor, por sua vez, atestou meu bom comportamento e meus sentimentos religiosos, já que no Natal eu armara um belo presépio para o entretenimento dos encarcerados. E provando, inclusive, que eu trabalhara para reprimir a onda vermelha nas fábricas do ABC, frui posto em liberdade.

25 – Interlúdio praiano

Ao chegar à rua dei a maior respirada de minha vida e senti toda a capacidade de armazenamento dos meus pulmões. Quase um ano ficara atrás das grades! Mas saíra, colocando, em meu lugar, justamente aquele que me prendera. Nem quis saber do que aconteceria ao Valete de Espadas. Fui andando devagar pela rua, depois comecei a correr. Parei, feliz, entrei num bar e tomei água. No segundo quarteirão, porém, lembrei-me de que não teria onde passar a noite, completamente jogado às baratas. Apenas no terceiro quarteirão sobreveio a explosão da memória: a Virgem de Guadalupe. Precisava encontrar Lu, segurar-me nela e segurá-la. Precisava descobrir onde morava Esmeraldo, só isso. Horas depois, um telefonema à polícia fornecia-me o endereço do Valete. Corri para lá.

Batidas na porta.
Uma mulata atende.
– Dona Lupe?
– Mudou.
– O quê?
– Mudou.
– Não é possível.
– Ontem.
– Para onde?

— Não sei.
— Quero ver o quarto dela.
— Para quê?
— Alugo ele.

Sem ter o que fazer e precisando fazer algo, fui ser porteiro de uma boate. Um dia, Lu poderia passar por aquela porta. Vestiram-me uma farda de cossaco. Pergunto se vocês já se vestiram de cossaco, ao menos no carnaval. Realmente, é uma vestimenta estimulante e funciona bem no inverno. Mas um cossaco é obrigado a ser altivo, glacial, impassível e ter ódio dos turcos. O pior, todavia, é ter que ouvir dos fregueses sempre a mesma piada: "Ficou um cossaco de fora". Durante noventa dias fui um cossaco quase perfeito, embora abusasse da vodca que serviam num bar ao lado. Foi nessa época que li Tolstói e outros russos saudáveis e enérgicos. Aprendi algumas palavras russas e as letras de uma velha canção.

Cansei-me, todavia, de ser cossaco e de esperar por Lu, que não chegava nunca. Talvez ignorasse a existência daquela boate; resolvi transferir-me para outra, não muito distante, tipicamente nordestina, necessitada de um cangaceiro na porta. Gostaram de minha cara e deram-me o uniforme de Lampião, com a exigência de que eu dissesse "oxente" pelo menos três vezes por noite. A mudança de cossaco para cangaceiro provocou-me alterações psicológicas. Passei a ter algum medo da polícia e pesadelos nos quais o Valete de Espadas era o personagem central. Sonhei que estava cercado numa gruta: eu, o Valete e Lu, vestida de Maria Bonita. O pessoal da volante disparava. No fotograma seguinte, minha cabeça estava exposta no Museu Nina Rodrigues, na Bahia, reduzida e escurecida, sob a observação curiosa de estudantes. Na mesma prateleira, Lu e o Valete. Que sonho horrível, meu Deus! Fiquei tão impressionado que resolvi não mais voltar àquela boate.

Fui ser porteiro de uma boate decorada com motivos africanos. Pintaram-me de preto, pele de onça, turbante e um enorme facão à cintura. É muito divertido vestir-se assim, uma vez ou talvez duas, mas, ao transformar-me pela centésima vez em congolês, comecei a sofrer terrível complexo de inferioridade e um medo de levar uma flechada nas costas.

Foi uma insignificante mariposa, que batia as asas perto da boate, a pessoa que informou: Lu fora vista em Santos, devia estar em Santos, morar lá. Imediatamente fui à pensão, dei adeus à mulata, porém deixei com ela algumas roupas, prometendo voltar outro dia para apanhá-las. No dia seguinte, tomei um ônibus rumo ao litoral.

Foi o sol, suponho, com seus estímulos, que me projetou aos braços de uma loira sardenta, pesada e imbecil, proprietária de uma espelunca chamada O Farol. Érika era dona de um corredor comprido e escuro onde se vendiam chopes, linguiça, provolone e salsicha. Ela, com um sorriso monstruoso, ficava na caixa, contando o dinheiro que entrava. Três ou quatro zabaneiras paravam nesse corredor sentadas em mesinhas de ferro, à espera de fregueses incautos. Felizmente, Érika deu-me a mão e mostrou-me um quarto dos fundos onde eu e ela nos amaríamos. Minha situação não favorecia escolhas. Iniciei um romance hipócrita e dramático que convenceu a rotunda teutônica da sinceridade em que me imbuía. Assim, passei de servidor a patrão, o que me permitiu mais horas de vagabundagem pelas ruas imprevistas do cais. Tudo é uma questão de ambiente e atmosfera. Creio que minha personalidade alterou-se: perdi muito da velha classe, sempre em companhia de negrinhas que falavam inglês, marinheiros bêbados, vendedores de tóxicos, vagabundos sem eira nem beira, valentões praianos e habitantes de muquifos e favelas. Sabia que tinha cama e comida garantidas. Aliás, Érika possuía admirável resistência no trabalho. Permanecia no seu posto durante as dezesseis horas em que o bar ficava aberto. Enquanto houvesse a possibilidade de arrancar um tostão a mais de alguém, não ia dormir. Na verdade, não me dava muito dinheiro, pagando-me apenas com segurança e tranquilidade. No Natal, deu-me uma roupa nova, no que fez muito mal. Eu, com um terno novo, sou um perigo e venço qualquer preconceito. Com um vinco perfeito, meto a cara, falo grosso, convenço, conquisto corações, conto mentiras, exibo a cultura dos almanaques e perco o medo do mundo.

Assim que vesti o belo tropical que Érika me deu, saí como uma bala pela rua e só fui parar num parque de diversões, girando na roda gigante com uma mulata, a Santa, respeitada pelo seu faturamento noturno. Consegui envolvê-la e, toda vez que ameaçava voltar para a capital, recebia dela um adiantamento pela renovação de contrato. Com Érika e Santa, senti que poderia reviver, reencontrar o passado, embora ainda desse tudo o que tinha e que poderia ter para reencontrar Lu. Às vezes, sofria crises de tristeza; aí, então, ia beber sozinho em bares longínquos e cantarolar boleros.

Seis meses depois, chegava à conclusão de que Lu não se encontrava na cidade e pensei em voltar. Mas lá eu tinha segurança e não precisava trabalhar. Principalmente esta última razão forçou-me a ficar mais seis meses na areia, enquanto Érika embebedava seus fregueses e Santa atraía marinheiros e turistas. Porém, não sou com efeito um bicho marinho; sol e mar fazem de qualquer ser civilizado um animal sem ambições, ora úmido demais, ora seco demais. Mas a verdade é que eu queria prosseguir na procura, um tanto por necessidade, outro tanto por vício. Mentiria, contudo, se dissesse que deixei o porto por livre e espontânea vontade. Uma tarde, Santa apareceu no corredor de Érika. Vi as duas, uma diante da outra: a teuta e a crioula. O ódio racial nasceu entre as duas. O choque foi violento, ruidoso, demorado, com curtos intervalos para exercícios respiratórios. Eu fiquei num canto, assistindo à pugna, juntamente com duzentos fregueses. As garrafas explodiam de encontro às paredes, um queijo voou pelos ares, um bêbado caiu e vários vidros se quebraram. Quando chegou a polícia, ocorreu-me que eu seria chamado para prestar declarações, para exibir documentos e então descobririam minha passagem pelo presídio. Fui ligeiro, inteligente e precavido. Comecei a caminhar para a porta e atingi a rua. Meia hora depois, estava dentro de um ônibus confortável, rumo à capital, depois de um ano de ausência. Sabia que a volta seria dura, mas eu andava cheio de esperanças de reencontrar Lu, se ainda viva estivesse.

Reapareci na pensão, onde deixara roupas. Lá, alugaria um quarto, de preferência o mesmo.

A mulata:

– Que deseja?

– Não se lembra de mim?

– Ah, o senhor...

– Tem quarto vago?
– Não.
Já ia embora.
– É pena.
– Espere... Seu quarto está alugado para uma amiga do senhor.
– Amiga minha?
O coração bateu.
– Ela está morando aqui... desde que o senhor foi embora.
Empurrei a mulata e entrei. Fiquei diante da porta, trêmulo, boca seca, ansioso, feliz. Bati. Batida fraca. Nova batida.
Uma voz. Feminina.
– Quem é?
Era dela? Mais uma batida.
– Já vai.
A porta abriu.
Lu!
Perplexa!
Morta de surpresa!
Como eu!
– Não é possível, não, não é possível... – foi recuando. – Há um ano que o espero!
Resolvi não abrir outro capítulo. Não se podem fracionar emoções Parem vocês. Peço um minuto de imaginação com os olhos no vazio. Lá estava Lu, um sorriso que balançava nos lábios. Mais velha? Sei lá! Eu queria falar, fazer perguntas... Um vestido simples, caseiro. Os cabelos presos atrás, espichados. Os belos dentes à mostra, publicitários. As mãos agitando-se no ar. A mulata, atrás, fotografava. Entrei no quarto, fui à pia e bebi água nas conchas das mãos. Lu correu e pegou um copo: também bebeu. Que sede imensa!
– O senhor vai ficar? – Era a dona.
Fechei a porta; a janela estava aberta e dava para um quintal amplo com galinhas e pássaros. Um sol forte iluminava o quarto todo, ou não, havia luz – que confusão!; nem a beijava, queria olhá-la e manter de pé aquele sorriso.
– Um ano... ela murmurou.

– Estive um ano à sua procura...
– E eu à sua espera...
Abracei-a enfim:
– E o Valete?
– O que é isso?
– Esmeraldo?
– Foi preso... Condenado.
Empurrei Lu para a cama e fiquei a olhá-la de cima para baixo; o sorriso não caiu.
– O que tem feito?
– Nada.
– Fui indiscreto?
– Sabe que trabalhei três meses numa fábrica? É horrível.
– Fez mal, Lu. Você podia se machucar.
– Três meses, eu disse.
– E depois?
Ela levantou-se:
– O de sempre.
– Como está a praça?
– Fraca.
– Como deve ter sofrido...
– Acha que estou velha?
– Quem disse isso?
– Pintei os cabelos.
– Todas pintam.
– Não tenho rugas?
– Claro que não.
Lu começou a preparar uma pequena refeição. Fui arrumar a mesa, pôr a toalha, os pratos e talheres. Que beleza os serviços caseiros e o cheiro da comida simples, pois Lu sabia cozinhar bem.
– Tumache!
– Que é?
– Nada, me lembrei. Lembra do apelido?
– Só você me chama assim, nunca mais o ouvi. Sabe, arranjaram-me outro apelido: Mon Gigolo.
Lu começou a rir:
– Por quê?

— Tive uma temporada de sorte, antes de ser preso.
— Teremos sorte outra vez?
— Não tenho dúvida.
Ela abraçou-me:
— Vou ajudá-lo.
— Não falemos nisso por enquanto. Vamos ao cinema hoje à noite?
— Boa ideia.
— Depois, iremos tomar algo.
— Gostaria de me embriagar um pouco.
— Eu também.
— Estou com fome.
— Já vamos comer.
Tudo isso aconteceu mesmo: o reencontro sensacional. Assim como contei. Apenas fui um pouco fraco na descrição das batidas do coração, porque não encontrei palavras, embora desejasse acentuar bem esse detalhe importante, que me pareceu coisa de um telegrafista que tivesse enlouquecido.

26 – Desocupados em férias

Quando me afligi pata arranjar dinheiro, a bondosa maruja tranquilizou-me e advertiu:
– Estamos em lua de mel.
Queria que ficássemos algum tempo sem problemas, apenas nos amando. Fomos à Brasiliense e compramos livros de poesia e também alguns discos românticos para girarem na portátil de Lu. Durante uma semana permanecemos a nos olhar, um para o outro, como visitantes de uma exposição.
A gaita acabou num sábado e no mesmo sábado, após rápido passeio, a miraculosa voltou com algum dinheiro. Tivemos um domingo burguês, mãos dadas na praça e um almoço farto no Cacciatore. Depois, cinema, e à saída, sorvete.
Tentei contar:
– Imagina o que passei na cadeia? Então, ouça.
– Não, por favor.
– Quero que saiba o que Esmeraldo me fez.
– Você vingou-se: não está satisfeito?
Engraçado! Lu não suportava referência a Esmeraldo, não me permitia falar mal dele. O que era o passado para ela? Mas sua atitude era tão definida e definitiva que não podia insistir. Bom, até. Gostava de Lupe com seus mistérios, silêncios e perdões. Para mim, tudo isso lhe dava a configuração de um ente sobrena-

tural, o que me ligava, de certa forma, à tia Antonieta. Era uma carta do baralho, assim como o Valete de Espadas era outra.
— Toque o disco outra vez
— Mil vezes, se quiser.

Um, dois, três meses e eu contemplando a musa, ela muito doméstica, embora banhada em perfumes excitantes. Não havia domingos nem feriados, apenas semanas inteiriças, dedicadas ao amor, às laranjas, à leitura de jornais e a passeios de curto voo.

Certa tarde, a Virgem entrou no quarto com um sorriso espalhafatoso e saudosista.
— Sabe quem acabei de encontrar?
— Diga.
— O dr. Babosa.

Vocês devem estar lembrados: o excepcional que se apaixonara por Lu, juntamente com o Valentino e o Pirata da Perna de Pau. Personagens de dias mais felizes, ao sol e ao cloro da piscina do clube, quando me foi dada a oportunidade de conhecer a alta sociedade.
— Como ele está?
— Terminou o ginasial.
— Vocês conversaram?
— Hora e meia.

O dr. Babosa, um homem imenso, com um sorriso cretino pregado numa cara estúpida. Dentes entreabertos, saliva solta e abundante, olhos redondos e fixos no psicanalista. Sua falta de inteligência era em parte compensada por uma fortuna consanguínea, que vinha resistindo bem aos primeiros sintomas da inflação galopante.
— Como ele está?
— O mesmo de sempre.
— Apaixonado?
— Convidou-me para tomar garapa.
— Deu-lhe o telefone?
— Anotei, está aqui.
— Usemo-lo.

Dias depois, eu telefonava para o dr. Babosa, marcando encontro a três num fino restaurante. Quando chegamos, já estava à nossa espera, rotundo e infantil. Apertei-o num abraço sem fim, cheio de tapas e diminutivos. Voltou a antiga amizade. Ele pediu para todos camarão à grega e vinho estrangeiro dos mais caros. Fazia tempo que eu e Lu não jantávamos tão bem.

À saída, entramos no seu carrão, guiado por um chofer japonês, pois o dr. Babosa jamais conseguira atinar com esse negócio de marchas. Levou-nos para uma boate perto do aeroporto, onde continuamos a beber e a comemorar o reencontro. A certa altura, solicitou minha licença para dançar com Lu, obtendo-a imediatamente. Dançou várias vezes com ela e no fim da noite já se mostrava encantado, a ponto de não estranhar a enormidade da nota.

Passamos, os três, a sair com muita frequência, ele sempre pagando tudo: restaurante, teatro, cinema, boate e conduzindo-nos em seu carro recém-chegado zero-quilômetro. No verão, improvisamos um descanso no Guarujá, que ele patrocinou e ainda conseguiu a lancha da família para a devida exploração da orla. Nessa ocasião, deu caros presentes a Lu e alguns para mim (para disfarçar, entendem?). Na verdade, não era uma companhia divertida, mas, nos limites de seu raciocínio nos proporcionava bem-estar e horas saudáveis. Foi a ele que vendi por alguns milhares de cruzeiros um quadro imbecil de um pintor pretensioso e faminto. Na transação, ganhei cinco vezes mais que o artista e garantimos o sustento de todo um mês. No aniversário de Lu, com relutância, ela recebeu do excepcional um brilhante, imediatamente vendido e substituído por uma fantasia idêntica. Em compensação dávamos ao dr. Babosa alegria, boa prosa, movimento e Lu as mais fugazes esperanças. Essa amizade prolongou-se por uns seis meses ou mais, até o dia em que ele se mostrou demasiadamente indócil.

– Ele quer fugir comigo – disse-me Lu.
– Propôs?
– Com todas as palavras.
– Faça o que lhe aprouver, ele é rico.
– Acha que o deixaria, Tumache? Onde tem a cabeça?

Dr. Babosa voltou a insistir, a pedir, a suplicar e a traçar ousados planos de fuga. Queria Lu a qualquer preço, enfrentando todas as barreiras familiares. Soubemos que sua família andava preocupada e que seu pai teve uma crise em consequência, coisa do coração.

Com efeito, o excepcional andava ainda mais atrapalhado na forma de falar e agir. Se antes trocava o *r* pelo *l*, passou a eliminar de vez essas duas letras do abecedário. Não havia mais o que fazer, e a coerência mandava-nos pôr fim imediato no romance. Depois, Lu não queria mais despertar novos amores.

– Vamos desligá-lo.

– Certo – concordei.

– Mudemos de pensão, amanhã.

A pobre criatura deu com o nariz na porta. Soubemos, logo em seguida, que voltara ao eletrochoque, à fisioterapia e que haviam lhe recomendado a ioga. Quanto aos resultados, não tivemos notícia, nem procuramos obtê-las. A vida exigia de nós novos sacrifícios e não podíamos parar.

Novamente bem-vestido, comprei numa casa de primeira classe uma gravata bordô. Fui exibi-la em alguns lugares bem frequentados, na esperança de ajudar Lu no sustento da casa. Não tardou a que uma ceramista mordesse a isca. Não sei se já falei do fascínio da cor; se não o fiz, faço-o agora. Até o touro, um dos menos cultos dos animais, ama a cor: o vermelho. Usam-na para atraí-lo e matá-lo. Os imperadores, tiranos, ditadores e reis coloriam seus domínios com cores fortes, berrantes e agressivas. Foram as cores que tornaram vitoriosa a indústria automobilística. O arco-íris, como todos sabem, tem sete cores. O céu é azul, a floresta é verde e a virtude é branca. Tudo tem cor ou muitas cores. As fábricas de tinta prosperam. Os negros sofrem os complexos da cor. Quando se quer dizer que uma pessoa se anulou, dizem que ela perdeu a cor, ficou pálida. Gagárin, há não muitos anos, contaria: a Terra é azul. Daí o sortilégio, o impacto e o deslumbramento da minha gravata bordô.

A ceramista, evidentemente uma apaixonada da cor, viu minha gravata brilhar em sua loja no Arouche. Comecei a apreciar os objetos: cinzeiros, estátuas, santos, castiçais e outras besteiras. Dona Arminda veio dar-me informações; ela era a artista, a criadora daquilo tudo. Comprei um cinzeiro e disse-lhe que a cerâmica era minha arte predileta: a música imóvel. Eu a entendia (a ceramista) e ela (a ceramista) entendeu-me. Ficamos amigos e passei a visitar sua loja com minha gravata bordô, passada, lisa e provocante.

Dona Arminda passara dos quarenta e ainda não fora amada por um verdadeiro apreciador da arte, por uma criatura sensível. E lá estava eu para preencher essa lacuna. Instalei-me em seu estabelecimento, fornecendo-lhe boas ideias: vender uísque aos intelectuais que aparecessem, cigarros, fluido de isqueiro, patuás e mais coisas da Bahia que davam sorte, livros picantes, secretamente, para não pagar impostos, litografias de nus e cartões de Natal obscenos. Desejava apenas ampliar o seu comércio para ampliar seus lucros. Mas o que deu melhor resultado foi vender cerâmicas feitas na hora como se fossem trabalhos mineiros do século XVIII. Alguns, ensinei, deviam ser apresentados como supostas obras do Aleijadinho. Lemos juntos livros sobre o barroco mineiro e ela partiu, decidida, para as falsificações. Aí, sim, o dinheiro começou a entrar. Aceitei a comissão que ela me propôs e aceitei também seu amor recolhido e impetuoso.

Que grande comerciante eu teria sido! Fiz da loja de dona Arminda um lugar quase sagrado para os fanáticos do barroco. Sempre havia uma raridade para vender, algo sem preço, que só podíamos oferecer a entendidos. Fizemos, por minha inspiração, uma reportagem sobre a loja e distribuímos volantes aos prováveis interessados nas centenárias peças de cerâmica. Em consequência, eu e Lupe nos mudamos para um apartamento quase suntuoso, com móveis novos e telefone. Mas a ceramista queria-me todo, exigia minha presença aos sábados e domingos em seu apartamento, lá nas vizinhanças. Notando minha resistência, começou a investigar, a seguir-me, a fazer perguntas, até que soube da existência de Lu.

Mesmo assim, tentei evitar a catástrofe: disse que a maruja era minha irmã. Não pegou. Uma peça de cerâmica (provavelmente um sino com lantejoulas) descreveu uma parábola no ar e estourou na caixa registradora. Corri a fechar a porta do estabelecimento. Arminda apanhou outra peça, não sei que santo. Uma explosão a um palmo de minha cabeça
– Calma! Calma!

– E eu lhe dando tanto dinheiro...
– Quando a conheci, isto aqui estava morto...
– Vai me pagar!

Ela lançou-me outras peças, inclusive algumas das grandes, muito caras. O chão ia ficando coberto de pequenos pedaços de barro colorido. Percebi, então, que se tratava de um bombardeio, um alvejamento sistemático, uma guerra. Nunca me julgara tão ágil: saltava de um lado para o outro, com certo ritmo e graça, para evitar os obuses. Um deles me acertou o braço. Assediado, subi uma raquítica escada de madeira, refugiando-me na parte superior da pequena loja, ainda menor e mais acanhada.

Arminda continuou atirando. Uma obra de arte me acertou a orelha. Gritei de dor. Olhei de lado e vi uma infinidade de peças, algumas embrulhadas em papel para presente, outras ainda secando. A melhor defesa é o ataque. Passei a mão naqueles trabalhos e comecei a atirá-los sobre minha ex-amante. Tantas eram as estatuetas que subiam e desciam que muitas vezes se encontravam no meio do caminho. Eu não fechara bem a porta, mal encostara, e de lá de cima, da minha fortaleza, vi que a empurravam: duas elegantes freguesas entravam abstraídas e frescas quando presenciaram a batalha. Uma delas levou um são Pedro no cocuruto e outra desandou para a rua a gritar. Arminda não estava pensando no escândalo; cuidava, sim, de que eu não descesse as escadas ileso. Para minha sorte, descobri um sortimento de pratos com rosas e marinhas; funcionavam melhor como projéteis que as outras formas, mais rápidos nas viagens aéreas. Os marcianos têm razão. O disco é o melhor veículo. De doze lindos e artísticos pratos, acertei cinco no corpo de Arminda, sendo dois na cabeça. A coitada via que perdia a parada naquele mano a mano e usou a técnica de atirar muitos objetos ao mesmo tempo. Eu já estava no meio da escada, ainda com munição nos braços, quando três (não sei o quê) estouraram ao mesmo tempo em minha testa. Voltei, mais depressa, a lançar os pratos, até o último, que bateu no peito de um guarda-civil que entrava, atendendo aos gritos das duas freguesas.

Arminda terminava seu estoque, atirando tudo o que via por perto; escondi-me atrás do representante da lei, imobilizando-o com facilidade. Bela barreira. O guarda aparava tudo na cabeça e já devia estar tonto. Fiz meia-volta e ganhei a rua, não sem antes lançar um último olhar para o interior da loja, na agonia do barroco mineiro após sua melhor fase neste planalto.

Esse *unhappy end* traumatizou-me. Larguei-me na cama, sem vontade de fazer nada, apenas consolado por Lu, que me convenceu estar eu ainda em forma. Jurou que reagiria, tomaria conta da casa. Não permiti, lembrando-me do Mandril, tão útil no verão, quando se punha à inteira disposição dos cavalheiros solitários. Fui procurá-la na Boca do Lixo, onde ela não parava, mas costumava passar, sempre seguida por homens anêmicos, baixinhos, calvos ou prematuramente envelhecidos. O Mandril exercia notável influência nos homens depauperados ou pouco dotados, além de ser a preferida dos intelectuais e prefeitos do interior. O que atraía no Mandril era sua saúde esplendorosa, seu recheio carnal com camadas superpostas e o molejo de seu andar, se não superior, igual ao obtido pelos engenheiros da Mercedes Benz. Como já falei de cores, falo de novo, pois o Mandril conhecia o seu fascínio e selecionava as mais berrantes, múltiplas, contrastantes e chamativas. Apenas nas portas das tinturarias o Mandril encontrava forte concorrência. Sobressaía-se ainda pelos detalhes: seus lábios eram um coração exposto, seus olhos, dois grandes círculos brilhantes e seus cabelos, uma selva espessa, vasta, perfumada e colante. Quanto aos vestidos, cortados pelo Miss América, revelavam quilômetros quadrados de sensualidade e malícia, ondulantes, lisos e curvos. Mas creiam que falei pouco do Mandril, pois dela falavam horas inteiras, a princípio a dois, e depois em rodas de dez, doze ou quinze. Muitos candidatos a vereador e a deputado da UDN invejariam esses aglomerados falantes, essa unanimidade de pontos de vista, esse apoio total e incondicional dos admiradores do Mandril. Não era, todavia, uma conquista fácil, já que tinha o destino das máquinas registradoras e uma sede saárica de faturamento. Eu tive sorte da primeira vez e não menos da segunda em relação a essa Vênus de chocolate, que, sem atar-me propriamente, ajudou-me nas situações difíceis e conservou-me como objeto de sua vaidade. Na verdade, sabia lidar com o Mandril e logo descobri que apreciava conversas sobre astrologia, os versos de J. G. de Araújo Jorge e não resistia ao oferecimento de um cigarro de ponta de cortiça. A grande descoberta, porém, decidiu a parada. Ela tinha (em segredo) um filho de oito anos, mantido num colégio caro da capital e que passava as férias com ela. Fiz-me o titio ideal desse garoto, o Papai Noel que lhe comprava trenzinhos, bolas de futebol, velocípedes, jogos de mesa e piões de corda. As crianças são apenas maliciosas e desconfiadas nos livros, filmes e radionovelas. O petiz não poderia ver mal quem tanto o agradava. Bastava ver-me para fazer festas, subir nas minhas pernas e pedir-me presentes.

– Gozado, ele não gosta de ninguém – estranhava o Mandril.
– Somos carne e unha.
– Titio, tem bala?

O Mandril não podia ser inimiga ou indiferente ao melhor amigo de seu filho. Fiz a ponte entre os corações do filho e da mãe e sobre ela transportei o dinheiro necessário ao meu sustento e ao de Lu. Não era um sacrifício, mas, sim, um trabalho levado a sério e bastante meditado. Esse segundo encontro com o Mandril durou poucos meses, que propiciaram bom descanso a Lu, muito inclinada, na ocasião, à vida burguesa. Mas quando menos eu esperava, a deusa da noite, com os olhos cheios de lágrimas, partiu para uma viagem aos países da América Central, conduzida por um empresário cubano que se dizia sê-lo também de Miguelito Valdez. Foi-se o Mandril; despedi-me dela no aeroporto, ela falando de seus contratos e de cidades que não sabia bem onde ficavam. Perdia minha fonte de renda, porém, de certa forma, estava alegre: o Mandril exauria minhas energias, dava-me sensação de morte, ao contrário de Lu, que era a vida.

Eu e Lupe certamente lamentamos a partida do Mandril, mas a maruja disse que agora era sua vez e que eu merecia um bom descanso. Voltou a sair de tarde e durante uns pares de semana foi a companheira de um paraplégico rico e muito móvel, capitão que era de um quadro de bola ao cesto. Fazendo o papel de irmão de Lu, recém-chegado do interior, fomos vê-lo jogar. Bate-0mos palmas frenéticas a todas as suas piruetas na cadeira de rodas e, assim que seu *five* fez a última cesta, invadi a quadra para abraçar o atleta.

Curto, porém ótimo período. Meu único trabalho era empurrar a cadeira de Brotero através de boates, restaurantes e inferninhos. Depois o guiava à sua perna, com um banco a menos para dar espaço à cadeira. Justiça lhe seja feita, o homem era incansável, desinibido e consumidor de distâncias. Eu e Lu nos cansávamos mais do que ele, invejosos de sua vitalidade. Não dedicava a Lu o amor mórbido que esperávamos, mas um sentimento sadio e esportivo, alegre e explosivo. Tanta satisfação lhe dava a companhia de Lupe que a elegeu madrinha de seu time, formado de paraplégicos ricos e folgazões. Ao ter notícia de que todos desfrutavam de boa conta bancária, sugeri:

– Veja se todos se apaixonam...
– Todos?
– Por que não? Todos.

Não sei se Lu me obedeceu, mas o fato é que passamos a ser perseguidos por inúmeras cadeiras de roda, novinhas em folha, azeitadas, brilhantes. Houve, inclusive, uma festinha num apartamento na qual fiquei deslocado e imóvel num canto. Lu, que abusou do champanhe, sentava-se nas pernas de um e de outro, deslizando nas ágeis cadeiras. Depois, chegou o time derrotado, cada jogador com uma garrafa. A festa começou a pegar fogo. Eu não podia ficar mais ali, estava demais, sobrando. Escapei, sem despedir-me, deixando a reunião crescer. Vi Lu perseguida pelas cadeiras e correndo pelo corredor. Soube que os paraplégicos ficaram assanhados e muitas cadeiras se chocaram violentamente. Quem não gostou da coisa, agora enciumado, foi o capitão do time, o Brotero, que passou a atirar sua cadeira contra as outras. Lu, ao ver uma roda soltar-se, apavorou-se e abandonou o apartamento, perseguida no corredor pelos dois times. Salvou-a, contudo, a escada.

Embaixo, eu a esperava.

– Nunca mais – disse Lu –, nunca mais. Os paraplégicos enlouqueceram.

Fomos pela rua, de braço dado, pensando num retorno aos alemães obesos, gente tranquila que odeia complicações. Mas eu estava interessado em algo mais ousado, mais vantajoso e quiçá definitivo. Precisava aproveitar os últimos anos de mocidade de Lu, no que ela estava de acordo.

Nosso horóscopo, porém, andava desfavorável. A situação piorou naquele ano, a ponto de eu ter que trabalhar três meses como vendedor de terrenos e apartamentos. Não era mau o emprego, mas não era a espécie de negócio que me agradava. Chegava em casa suado e com a roupa amarrotada, deprimido.

– Vamos de mal a pior – eu lamentava.
– Confie em mim, Tumache, dou um jeito.
– Que jeito?
– Viração.
– Não, eu não quero.
– Por quê? Estou velha?

Nem eu sabia dizer. Que idade tinha Lu? Há quantos anos a conhecia? Tentei fazer as contas: uns quinze anos. Ela passara dos trinta, mas não parecia.

– Você estaria melhor com o Esmeraldo.
– Não me fale dele.
– Esqueceu o Esmeraldo?
– Não sei.

Era o mistério que voltava. Por que me abandonara mais de uma vez pelo Esmeraldo?

– Me conte uma coisa...
– Depende.
– Então não pergunto.
– Faz bem.

Engraçado: ciúme do passado. Desconfiei de que estava envelhecendo, eu, envelhecendo. Ciúme com efeito retroativo não é coisa saudável nem é correto para os moços. Preferia vê-la perseguida por mil paraplégicos audazes a vê-la ao lado do Valete.

Puxei o baralho, puxei o de Espadas.
– Conhece essa figura?
– Conheço.
– De onde?

Lu estranhou, riu:
– Está louco?
– Acho que sim.

Olhei de novo o Valete em seu retângulo de cartolina. Tive a impressão de vê-lo de sapato de duas cores. Sabem o que eram essas coisas, digo, esse namoro com o baralho, essa conversa mole sobre o Valete? O dom da profecia, que herdei de tia Antonieta, e que está dentro de mim.

Vi Lu lendo um jornal da tarde. Aproximei-me e tive a impressão de que ela retraía o jornal, querendo diminuí-lo, encurtá-lo para não despertar a curiosidade. Saltei ao lado dela e arranquei o caderno que ela lia.

– Que brutalidade!
– O que está lendo?
– Nada.
– Deixe ver.

Sou mesmo um profeta, lá estava a notícia: o Esmeraldo saíra da cadeia, acabara de cumprir boa parte da pena. Amargara cinco anos no xilindró. Não levem a sério os números... Não sei se cinco ou muito menos.

Lu colou a cara na minha cara.

– O que está lendo?
– Esmeraldo está livre.
– E daí?
– Você estava lendo.
– Não estava.
– Estava.
– Não estava.

A primeira bofetada, a tal ponto uma surpresa para mim e para ela que ficamos nos olhando em silêncio, interrogativamente.

Lu levantou-se, sem ouvir as desculpas que eu pedia.

Reli a notícia, apavorado.

– Desta vez ele não leva você – disse. – Se se aproximar mato-o. Vou comprar um revólver.

A maruja olhou-me com pena.

– Nada de medo, eu não o deixaria numa fase má.
– E numa fase boa, deixaria?
– Eu falei numa fase má.

Quem poderia entender uma mulher como Lu? Ou eu a divinizara demais, a ponto de já não entendê-la. Rasguei o recorte. Fui à banca e comprei outros jornais, ansioso por detalhes. Mas o Valete não era muito conhecido da imprensa, jamais merecera o destaque do Peixe Ensaboado. Mesmo assim me inquietava, fazia-me perder a paz e o sono. Num dia, vendo Lu contra o sol tive a impressão de que se desmaterializava. Havia, sim, o perigo de seu desaparecimento, sabia. À força, porém, arrancada de casa com ameaças. Teria sido sempre assim nas duzentas vezes do verso e reverso da moeda? Fui ao armeiro e comprei uma Beretta. Nunca dera um tiro, passei a praticar num campo de várzea. Acertei cinco vezes num arvoredo raquítico e voltei para casa mais confiante.

Lu soube do revólver, viu o revólver.
– Para que isso?
– Para mim, na cabeça, se as coisas continuarem ruins.
– Dê o revólver.
– O quê?
– O revólver.

Dei e vi Lu sair com ele. Vendeu-o e trouxe o dinheiro de volta. Fiquei satisfeito com a atitude dela, aliviado.
– Não se preocupe comigo, estou matusquela.
– Por quê?
– Não sei, um medo gozado. Matusquela.

Lu levou-me pela mão, num passeio pela cidade. No caminho, eu dizia que o mundo estava ficando muito brutal, que eu começava a perder a bossa da conquista. Paramos diante de uma agência de turismo, atraídos por cartazes, cores e slogans. Não há nada mais que me atraia e vença que uma agência de turismo. Lu também encantava-se com a possibilidade, mais distante que fosse, de viajar.
– Sabe que vendi o solitário...
– Não devia.
– Vendi.
– Por quê?
– Pra viajar.
– Viajar?

Ela adorava fazer fúteis surpresas. Ouvira falar de uma viagem Santos-Manaus num pequeno e encantado navio. E até já estava a par de preços e descontos. Puxou-me para o interior da loja, sorrindo e divertindo-se com minha perplexidade.

Peguei as passagens, gratíssimo.

– Vamos reunir o útil ao agradável.

– Como?

– Muita gente boa deve viajar nesse navio. Falo de capitalistas, eles não resistem à ação nasal do iodo.

– Quero é me divertir, só isso.

Mas eu estava sonhador, vendo um milionário em nosso destino. Nos dias antecedentes fizemos um ensaio geral. Fui exigente: corrigi o andar de Lu, agora um tanto desleixado. Ensinei-lhe um jeito de olhar o mundo por cima do nariz. E obtive dela o distinto deslumbramento de quem entra num ambiente inédito. Fomos juntos a um bom cabeleireiro para a atualização dos contornos. Fiz mais: obriguei-a a decorar uma vintena de palavras de bom efeito, em moda e inteligentes. Até algumas em inglês. Sobrou, inclusive, tempo e um dinheirinho para um tratamento de pele, pouco urgente, aliás, pois a de Lu era brilhante, sedosa, transparente e viva. Já na véspera da viagem, Lu era o Dorian Gray de saias, quinze anos mais moça, a mesma do primeiro encontro no casarão de dona Iara, quando eu vivia de correspondência.

– Puxa, Lu, o que você fez com o tempo?

– Estou bem assim?

– Um estouro!

Mas não era uma renovação apenas aparente, coisa de dentro para fora: Lu adorava viajar. Eu também, embora pensasse na volta, no que nos reservaria o destino, meio nublado no baralho de tia Antonieta. Chegou o dia, a manhã da partida, marco indestrutível em minha lembrança, um rumo que alteraria toda a rotina de uns anos paradões e vazios.

Vocês já subiram as escadas de um navio, de braço dado com a mulher amada, ao sol da manhã?

– Vai ser bom – disse Lu infantilmente.

– Vai – concordei, com os olhos noutras pessoas que subiam.

Lá em cima, tive a impressão de ver uma pessoa, uma velha mulher, malvestida, que me sorria, encorajadora. Um susto: não era tia Antonieta?

27 – Uma aventura aquática

Sei convencer. Lu concordou. O ataque seria desfechado contra o marido da mulher mais feia, certamente um gentleman sexualmente insatisfeito. Entre risinhos, martínis e camarões elegemos Lola Franco a mulher mais horrorosa a bordo. Nossa Miss Feiura. Descrição ou ficha técnica: sua pele lembrava a crosta lunar e tinha o nariz mais volumoso do mundo; o cabelo era cor de fogo e seus olhos, de um azul sujo e nostálgico. O queixo lançava-se rosto afora como um cabo ou promontório de mau resultado estético. Estava, porém, coberta de joias: bastava o tijolo luzente que lhe enfeitava um dos dedos para fazer mais um grupo escolar na Freguesia do Ó. Um colar realçava-lhe a monstruosidade do pescoço. Havia, ainda, um broche, no peito, que eu só poderia comprar em dez mil prestações sem juros.

Observamos o marido. Um simpático cavalheiro de sessenta, felicíssimo nos negócios, mas evidentemente complexado no amor. Olhando o gentil passageiro, fui dizendo:

– Não pense, amada criatura, que não sei quem é o esposo daquela megera ruiva. Os jornais têm falado dele. O sr. Franco pertencia, se não me engano, a uma aristocracia falida de fazendeiros, descuidados dândis que depositavam o lucro do café brasiliense nas vaginas francesas. Aos vinte e cinco anos, depois de percorrer o mundo para comprovar a observação geográfica de

Fernão de Magalhães – às expensas do papai –, começou a comer merda. Explico: é que seu "velho" se deu um tiro na cabeça num dos melhores puteiros do Rio ao ter notícia da perda de mais uma fazenda. Sua augusta mãe, por vergonha e medo de ser pobre, preferiu enlouquecer e o fez sem muita publicidade. Cheio de tradições, com uma bela árvore genealógica num vaso da sala de jantar, mas sem um tostão no bolso, o jovem Franco aproximou-se da cascavel que você está vendo. Lia era mais moça, certo, mas não mais bonita. Uma moça feia é um desastre maior do que uma velha feia. Lola acariciava até a ideia do suicídio quando lhe surgiu diante dos olhos o esbelto mancebo. Acrescento que Lola era filha única de um rico industrial, considerado por todos um gênio para lesar o fisco e um mago para arrancar empréstimo de bancos do governo. Não teve dúvidas nem restrições o jovem Franco: casou-se com Miss Feiura e foi gerenciar as indústrias do sogro. Este viveu mais alguns anos e acabou dando com o rabo na cerca. Bem feito: Franco herdou tudo e teve o juízo necessário para triplicar em pouco tempo a fortuna do falecido. Agora está fazendo essa verde-amarela viagem ao Amazonas, já farto de ir a Paris, Viena, Bagdá e Tóquio e de nadar em sua piscina olímpica, um dos orgulhos líquidos da alta burguesia paulistana.

– Você está inventando?

– Minha filha, já que não pude entrar na universidade, resolvi ler os jornais diariamente.

– É ele mesmo, não há engano?

– Seu retrato sai nos jornais pelo menos uma vez por semana e, como tenho ouvido, notei que o chamam de sr. Franco. É ele, estou certo.

No primeiro dia, segundo planos preestabelecidos, Lu não olhou para o bi, embora estivesse sempre em seu ângulo de visão. Eu caminhava ao seu lado, descuidado, aspirando o ar marinho, tostando-me ao sol atlântico.

Não pensem, leitores ávidos de imoralidades, que fiz um diário de bordo como foi de hábito no passado. Sei o perigo que representam as coisas postas no papel. Confio, porém, na memória. E ainda mais em sua imaginação pequeno-burguesa. De que saltos é ela capaz, longe do alvoroço dos filhos e netinhos!

Na altura do Rio (assinalado no mapa com uma cruzinha ou uma pequena maçã) atirei uma bola de tênis na direção do sr. Franco. Para apanhá-la, Lu teve que se abaixar tanto, de costas para ele, que até lhe revelou a cor de suas calcinhas. Lembram-se do que disse antes? Sobre a influência das cores? Quando o homem sabe de que cor são as calças que a mulher está usando naquele momento, sente em relação a ela um vago complexo de superioridade e aquela sensação enganosa de meio caminho andado. É como penetrar na intimidade de um confessionário e ouvir segredinhos estimulantes e profanos.

Providência número I: mostrar as calças ao sr. Franco. Missão cumprida.

No restaurante, pedi à minha amada que iniciasse um tostão de flerte com o sr. Franco, não declarado nem sorridente – apenas a constatação de sua presença. Algo para que ele observasse "Aquela moça está olhando para mim. Por quê?".

Que magnífica dosagem!

Lu assoprou:

– Ele está ensaiando um sorriso.

– Não lhe sorria nos próximos cem quilômetros de costa. Antes terei que calcular a velocidade em nós. Sejamos científicos, como a época exige.

Lu obteve sucesso em várias ocasiões porque era obediente. Acreditava na minha cabeça. Sabia-a privilegiada. Ia por mim, de olhos fechados. Se todas as esposas fizessem isso, o mundo seria bem outro e mataríamos o monstro do divórcio.

Diálogo de cabine:

Lu – Tentou sorrir seis vezes...

Eu – Sete, contei.

Lu – Só correspondi uma vez.

Eu – Agora pode lhe sorrir, mas diante de Vitória.

Lu – Acha que impressionei bem o sr. Franco?

Eu – A não ser que seja um cadáver.

Lu – Ele não é.

Eu – Assim espero.

De mãos dadas, eu e Lu passeávamos no convés. Mas eu não queria simular um casamento perfeito. Isso afasta os conquistadores. Quis que a alegria de Lu fosse maior do que a minha. Uma ou outra vez fazia-me triste. Um marido que ainda não conquistou totalmente a esposa... Entendem? Por favor, não se distraiam... Nada de leitura em diagonal. Vocês estão lendo um grande depoimento humano. Quem sabe um dia serei eu incluído na coleção As Grandes Vocações ou focalizado no programa *Esta é a sua vida*.

Fomos seguindo as costas, as maravilhosas costas brasileiras. Eu peguei uma onda de tomar martíni, mas não perdia o senso da realidade, pisquei para Lu, que estava uma garotona, com as pernas de fora, óculos pretos e saltinhos altos. Ela deu uma volta completa no convés, alheando-se, mascando vento, soprando as pontinhas dos cabelos na direção do sr. Franco. Esbarraram; Lu achou graça e puxou conversa, enquanto eu observava se Miss Feiura estava por perto. A maruja, todavia, acabou saindo-se melhor que o figurino. Não apenas fez amizade com o ricaço como insistiu em apresentar-lhe o marido.

– Muito prazer, sr. Franco...
– Minha senhora está logo ali.
– Ó, gostaria de conhecê-la.
Os quatro, juntos.
O seu Franco:
– Que tal se almoçássemos agora?

Que belo almoço! Veio vinho branco estrangeiro e comemos ostra. O mais feliz dos quatro era o nosso amigo, bolando de tudo para ser agradável, falandinho pelos cotovelos, até remoçando. Na segunda garrafa, combinamos nos juntar de novo, à noite.

No salão de baile, Lu surgiu deslumbrante, um vestido prateado que lhe dava corpo de sereia, nada mais apropriado numa viagem por mar. Sentamo-nos ao lado duma janela donde podíamos ver as estrelas. Uma delas riscou o espaço. Minha tia ensinou-me a acreditar no aviso feliz dos meteoritos e tive a certeza de que tudo daria certo. Ora, bastava olhar o rosto do sr. Franco, escanhoado, os olhos vivos e os cabelos dominados por vaselina. Sugeri que bebêssemos. Para mim, o álcool sempre foi o soro da verdade. Na terceira dose, o bilionário já se desinibira, e dona Lola, que acedera em tomar alguns tragos, sorria para todos os lados. O resultado foi o previsto: ele quis dançar.

– Dance, Lu, estou cansado... – disse eu.

O sr. Franco e Lu saíram pelo salão. Era a grande cartada, o momento do meteorito. Procurei distrair dona Lola, o que foi fácil pois a minha maruja exercitava um certo jogo de coxas capaz de enlouquecer a estátua do duque de Caxias. Ela era como ninguém para dançar. Esvaziava-se, ficava leve, só os pontos essenciais continuavam sólidos. E se a luz era fraca ou nada, então os seus olhos viravam fosforescentes, e aí quem poderia resistir-lhe? Sua boca, então, tomava as mais variadas e imprevistas formas, lânguida e sequiosa, algo infantil e freudiana, ligeiramente úmida, entreaberta, com ligação direta aos pulmões. Outro lance, também bom, consistia em dar mobilidade aos cabelos, esvoaçantes, mesmo sem vento, rebeldes e cheirosos, sempre roçando a pele do parceiro. O sr. Franco estava passando por um teste terrível nos seus sessenta anos, tanto que não falava muito, concentrado, tendo a impressão de que era observado por todos os seus clientes e gerentes de bancos. Nos piores momentos daquela dança macabra, Lu sorria-lhe, o seu sorriso que era luz, cascata e joalheria perturbando ao extremo o conspícuo ganhador de dinheiro. Da minha mesa, fingindo interesse humano e jovial por dona Lola, orgulhava-me da "minha senhora", a qual fitava, às vezes, com naturalidade.

Voltaram à mesa. O sr. Franco, já maroto, e sempre tentando fazer bons negócios, insistia em que eu dançasse com sua cara--metade, o que fiz com cortesia e diluído encanto. O que queríamos, eu e *my friend* era que ele tivesse mais uma oportunidade de abandonar-se à afrodisíaca contemplação da ninfa. Arrastei dona Lola para bem longe, fomos dançar na ala extrema, falseando sem certa curiosidade em torno dum casal de hindus. Consegui mantê-la afastada da mesa cerca de catorze minutos, cronometrados pelo meu coração, e quando voltei observei certas manchas de suor na camisa de seda do meu distinto companheiro de viagem. Franco estava hipnotizado, era o passarinho diante da serpente. Tive que jogar mais uma dose de não sei quê no cálice de dona Lola para que ela não percebesse o alvoroço que empolgara o seu marido. Nessa noite, Lu e ele dançaram mais duas vezes e, segundo ela me informou depois, Franco, na segunda, fez a clássica aproximação de rosto e falou de suas imensas posses em dinheiro, propriedades, ações, apólices e nas suas prósperas fábricas.

Em nossa cabine, nessa noite memorável, a primeira coisa que fiz foi beijar a testa de Lu, respeitosamente. Ela se saíra como uma atriz, perfeita em tudo, já que nem despertara ciúme na mulher de Franco. Mas não pensem que Lu estava só preocupada com o vil metal. Interessava-se pelo jogo, pela novidade da situação e, se desejava o dinheiro do sr. Franco, era apenas porque ele tinha demais. E era também evidente que simpatizava com o cavalheiro em foco, sendo de opinião de que ele merecia uma dose maior de prazer para distrair-se de seus complicados negócios. Porém, o mais importante para Lu estava na viagem. Por sinal, íamos deixando para trás as costas baianas, eu fumando indolentemente um cigarro, Lu desvestindo-se com um sorriso, com certeza a lembrar-se das fantasias que criara na imaginação do industrial.

Para que não nos distanciássemos da realidade, pus-me a falar da fortuna acumulada pelo sr. Franco, querendo despertar maior cobiça em Lu. Ela me ouvia, serena, fazendo sinais com a cabeça como garantia de que seguiria todos os meus conselhos e que entendia perfeitamente meus objetivos.

– Acho que ele está apaixonado – disse Lu.

– Amanhã teremos outro dia assim, os quatro juntos. Mas... – Vinha aí o plano. – Depois ele terá que sofrer, sofrer muito.

– Coitado.

– É necessário.

– Por quê?

– Antes de consegui-la, ele precisará ter medo de perdê-la.

– Ora, pense você nessas coisas...

Não era uma cerebral, mas se tivesse a oportunidade de dançar com o papa, Lu o convenceria a fugirem para Cuba ou para a China comunista. Tudo devido a certo balanço.

Via-a adormecer como uma criança e beijei-lhe os cabelos. Apanhei o baralho: uma senhora idosa veio espiar na vigia, tia Antonieta, com certeza. Consultei o horóscopo: favorável. Eu estava armado, com tudo, feliz e confiante.

No dia seguinte, os dois casais perfeitos divertiram-se a valer. O pobre sr. Franco não conseguia desviar os olhos da linda maruja e eu entretinha como podia sua enferrujada esposa. Almoçamos e jantamos juntos. Batemos papo até a madrugada, vendo o mar, as estrelas e costas nacionais. Foi um dia decisivo para a consolidação de uma amizade tão necessária. Falei da fortuna que tivera no passado, mas com certa dramaticidade ao fixar o presente e o futuro... O sr. Franco bateu-me no ombro, animando-me, e quis saber de minhas habilidades.

– Sou o maior relações-públicas deste mundo...
– Isso é ótimo.
– Não há barreira que me detenha.

Ele, ligeiramente embriagado, ponderou que um bom relações-públicas fazia falta às suas empresas. Lamentei com ele a lacuna, sacudindo a cabeça. Era a minha hora. O sr. Franco já conhecia bem a esposa, devia conhecer o marido. Passei a circundar com ele o tombadilho, de braço dado. Eu era todo atenção, ouvido e desejo de sorver a experiência dos mais velhos.

Nossos passeios sempre paravam no bar. Mal nos via, o garçom já ia servindo o soro da verdade. Estava mantendo o sr. Franco numa constante e doce embriaguez. Quando me cantarolou uma velha cantiga, abracei-o e curvei-me com ouvido aberto para ouvi-la. A palavra de ordem era intimidade.

– Já tive um caso – disse ele.
– Sim?
– Era a esposa de um amigo meu.
– Oh...

Quem não tem os seus casos, ainda mais com os bilhões do sr. Franco? Ouvi a lamurienta história. Ele não pudera evitar, a mulher insistira.

– O que o senhor faria no meu lugar?
– Exatamente o que fez – respondi.
– Não agi mal, então?
– Não.

Mais soro, mais intimidades. Se ele contava seus pecados, devia contar os meus, incluindo os dissabores. Resolvi representar, e juro que o fiz bem melhor do que esses moços que frequentam os cursinhos de arte dramática. Joguei com pausa, movimentos lentos e doses de olhos. Confessei ser muito infeliz.

Ele apanhou a bola:

– O senhor tem tudo o que podia desejar.

– Eu?

– Moço, uma boa aparência... e uma esposa encantadora.

Beiços moles, respiração depressiva e confidências:

– Sim, ela é uma deusa, mas...

– Mas?

– Não posso lhe dizer.

– Ah!

Segurei-o pelos ombros: pai e filho, filho e pai.

– Mas o senhor me merece confiança...

– Obrigado.

– Contarei tudo.

– Serei um túmulo.

Olhei nos olhos, sério:

– Uma vez, eu e Lu fizemos uma viagem por mar... Nessa viagem, Lu conheceu um cavalheiro, um senhor assim da sua idade... Mais tarde fiquei sabendo que ambos haviam praticado o ato.

– O ato?

– Sim, o ato.

Um silêncio de fogo para meu confidente. Continuei com a palavra, porém invadindo agora, com o devido respeito, o campo da ciência.

– Conhece Freud?

– Freud?

– Sigmund Freud.

Contei ao sr. Franco que tivera de perdoar Lu a pedido do psicanalista. Lupe sofria de uma doença chamada fixação paterna. Nunca ouvira isso, antes, o sr. Franco. Atraía-se irresistivelmente pelos homens mais velhos. A pobre não podia controlar, sr. Franco...

– Está curada, agora?

Como eu esperava por essa preciosa pergunta!

– Receio que não.

– Não?

— Tenho observado que ainda ela... Bem, o senhor está entendendo.

Ele pediu uma dose: *for pigs*.

— Lamento.

Resolvi passar à humilhação total:

— Por isso, sempre peço aos senhores mais velhos que a conhecem para não levá-la a mal... Há coisas estranhas dentro da cabeça de uma mulher, sr. Franco.

Demos outra volta pelo tombadilho, ele com o braço ao redor do meu pescoço. Ambos calados, tristes, pensativos. Subitamente, a deusa surgiu diante de nós, fresca como uma rosa matinal, sorrindo e dizendo infantilidades. O sr. Franco levou a mão ao coração e receei que sofresse um colapso. Lu era uma dose muito forte para um homem de sessenta.

Em seguida, arranjei pretexto para dizer à sra. Lola que Pernambuco é um estado dos mais interessantes. Ficamos a olhar suas costas, como se houvesse nelas uma atração inédita e definitiva. Mas eu sabia que, não nas costas de Pernambuco, mas nas minhas próprias, o sr. Franco tentava segurar a mão volátil e comunicativa de Lupe. Apontei para dona Lola um peixe que saltou à tona das águas. Disse-lhe tudo o que sabia sobre peixes, recifes, Olinda, cangaceiros e escritores da seca.

— O senhor sabe um mundo de coisas! — ela espantou-se.

— Sou um eterno estudante.

— É de gente assim que meu marido precisa, ele só lida com analfabetos.

Aquele jantar foi longo e todo jogado, com pequenos lances, olhares, chamas trêmulas de fósforos, vozes que desafinavam: Lu era a mais natural de todos nós, eternamente cortando o seu bolo de noiva, virginal, acesa e melodiosa.

Voltamos à nossa cabine, eu levando debaixo do braço uma garrafa de vinho branco que o sr. Franco me dera. Lu fechou a porta e sorriu com uma ponta de malícia.

— O sr. Franco está apaixonado.

— Não se iluda — berrei. — Quer apenas dormir com você.

— Como sabe?

— Por experiência.

– O que devo fazer? Pense por mim, Tumache.
– Já pensei.
A linda freudiana atirou-se nos meus braços.
– O velho quase chegou a... excitar-me.
– Porca.
– Sou humana, não?
Obriguei-a a sentar-se na cama:
– Você vai adoecer.
– O quê?
– Adoeça.
– Por quê?
– Vamos matá-lo de saudades.

Peguei um mapa. Nunca me interessara tanto pela geografia brasileira. Estávamos deixando Pernambuco. Ela teria que ficar uns três ou quatro dias sem aparecer.
– Presa, aqui?
– Ele precisa sentir a sua falta.
– Isso, garanto...
– Amanhã, descerei sozinho.

Dito e feito. Fui ao salão tomar café e, encontrando-me com o casal, disse-lhes que Lu se sentia indisposta. Almocei e jantei com ela na cabine. À tarde, não aparecemos. No dia seguinte, continuamos em nosso refúgio. Era um sacrifício que se impunha, valia a pena, ia dar lucro.

O sr. Franco segurou-me pelo braço:
– E sua esposa?
– Enjoo e... mau humor.
– Gostaríamos de visitá-la.

Cheguei ao ouvido aberto do bilionário.
– Ela está... o senhor entendeu?

Queria que o tigre que havia dentro dele sentisse o cheiro de sangue. Deu resultado: ao apertar-me a mão, despedindo-se, arranhou-me o polegar. Estava armando o seu bote. Fui dormir tranquilo. Ao meu lado, a garota dourada devia sonhar com os contos de fada. Bem ela merecia o destino da Gata Borralheira.

Obediente, boa menina, embora amuada, querendo ver o mar, Lu permaneceu em clausura. Eu levava-lhe revistas e dava-

-lhe notícias do sr. Franco. Com a ausência da minha senhora, ele tornou-se o maior casmurro a bordo. E também o maior engolidor de *whiskey sour*. A tal ponto que resolvi apelidá-lo de Dom Casmurro, em homenagem ao meu colega de letras Machado de Assis, escritor carioca, autor de vários e excelentes livros sobre a arte e prática da masturbação. Abrindo aqui um parêntese, digo que foi esse escritor, um falso vesgo, o pai espiritual de Nabokov, tão pecaminosos eram seus desejos em relação às petizes de Mata-Cavalos. Parece que é esse mesmo o mais evidente traço de união entre todos os homens de bom gosto. O que sempre apreciei e divinizei em minha Lu era a sua infância indestrutível. Para mim, foi sempre a normalista, a descobridora de sensações, com seu jeitinho obsceno e desconfiado de ver as coisas pela primeira vez, como se tudo nascesse para seu deleite e pesquisa.

Ela suplicou, a prisioneira:

– Me deixe sair, Tumache.

– Não.

– Quero ver o mar, Tumache.

– Você já viu o suficiente.

– Não me torture, Tumache.

Fiz uma promessa:

– Você vai ver um rio grande que é orgulho de milhões de brasileiros. Um rio imenso, pretensioso e bronco, com panca de oceano e uma irrefreável mania de grandeza.

Sempre ensino o que sei a quem quer saber e, diante de meu mapa, ia pregando bandeirinhas para assinalar os pontos de ataque ou de emboscada. Era batalha, a árdua luta pela vida, pelo pão. Implorava à minha Lu que não brincasse em serviço, que levasse tudo a sério pelo amor de Deus. Graças ao sr. Franco, poderíamos livrar-nos ela da prostituição, e eu da cafetinagem, coisas condenáveis pela sociedade e pela polícia. Já era hora de sermos pessoas decentes: o meu ponto de vista.

Ao penetrarmos no mar doce, Lu invadiu o tombadilho com um vestido mais transparente que um copo de água mineral. Os raios de sol penetravam-lhe pelos cabelos e saiam-lhe pelos pés. A sua boca móvel e vermelha era um escândalo e seus seios aerodinâmicos e maciços estavam indóceis na fita em dia de grande prêmio. Conduzia-a carinhosamente pelo braço como um empresário ladrão faz com seu boxer campeão. O sr. Franco ao vê-la correu ao nosso encontro, feliz, agitando os braços no ar, dissimulando mal seu criminoso interesse. Fomos os quatro, com dona Lola, por testemunha, percorrer o navio, agora na paisagem verde das florestas amazônicas, as mulheres com binóculos sequiosas por verem índios e onças. Acabamos o passeio no bar, sentados em banco alto, equilibrando nossa inquietação com movimentos constantes.

Não me perguntem nada sobre o Amazonas; nada sei de sua rica fauna e de sua flora exuberante. Confesso que não me ocorreu visitar o Serviço de Proteção aos Índios para reclamar mais humanidade com os nativos. Os meus eram problemas de um homem civilizado e ameaçado, um intelectual subdesenvolvido e sem o amparo das instituições oficiais. E estava na grande jogada, como um diretor de cena, atento na performance de minha primeira atriz.

– O Amazonas é lindo – exclamei.

Lu abraçou-me:

– Tumache, que bom que viemos!

Sussurrei nos ouvidos da sereia fluvial:

– Menos entusiasmo... Não me abrace assim. O que o Franco poderá pensar?

– Vou abraçá-lo também.

Em seu infantil arremesso, Lu abraçou e beijou o sr. Franco e sua dileta esposa. Dava graças a todos e a tudo por estar lá. Queria beijar o chão do barco. Essa espontaneidade empolgava a todos que estivessem num círculo de dez metros a seu redor.

Chegamos em Manaus num domingo e hospedamo-nos no interior de uma "Vitória-Régia". O hoteleiro forneceu-nos espingardas e fomos caçar. Claro que não cacei nada, mas o sr. Franco abateu uma ave cheia de cores e espanto, que nos inundou de penas caídas do céu e esmagou seu bico de encontro a uma pedra. Permanecemos três dias na cidade, eu bebendo o próprio rio, em copos e cálices, Lu em dias de festival, dona Lola tremulando os olhinhos e o marido tendo no coração a verde esperança das matas amazônicas.

Permitam-me não alongar muito essa parte. Os ébrios não têm memória. Recordo, sim, de aconselhar a minha Lu que não cedesse aos rogos e assédios do bilionário, até que ele estivesse em nosso bolso.

A viagem de volta foi uma loucura. Dançávamos a noite inteira e acordávamos na hora do almoço. O sexagenário recuperara energias e estímulos. Não dava sossego à minha companheira e, não sei em que cidade, resolveu tomar um porre homérico. Ficou dois dias no estaleiro, socorrido por dona Lola e por Lu.

Que feliz ressaca!

À altura de Vitória, pedi a Lu que começasse a retrair-se. Nada de danças e excessos. Queria que o sr. Franco sentisse a tristeza do fim do cruzeiro. Queria que o sr. Franco sentisse saudades antecipadas de Lu. Queria que o sr. Franco marcasse encontro em terra firme com a gente. É pouco ser companheiro de viagem de bilionários. Sonhava ser seu secretário, seu relações-públicas, ou o que ele quisesse que eu fosse. Tínhamos que nos grudar àquele senhor, segurá-lo pela manga e tornarmo-nos sua sombra.

O laborioso porto de Santos surgiu no foco de meu binóculo. Seria o fim da viagem ou o nosso fim, o meu e de minha encantadora odalisca? Olhei com tristeza e interrogação as últimas águas marinhas. Apertei, no bolso, o miraculoso baralho de tia Antonieta. Pisamos no cais, o mundo torpe da realidade. O motorista japonês (ou fizera plástica?) do sr. Franco nos esperava com seu automóvel preto. Subimos a serra juntos, relembrando os melhores momentos turísticos do roteiro. Notei que o sr. Franco, embora já preocupado com os negócios, era ferido por uma dor profunda e sangrenta. Dona Lola, alheia a tudo, falava de próximas viagens. Lu, com um lenço róseo na cabeça, apenas sorria, grata por tudo o que acontecera. E eu, às pressas, tratava de consolidar aquela amizade, através de números telefônicos e possibilidades de encontro.

28 – O conde de Monte Cristo

*T*enho poucos pontos de contato com o conde de Monte Cristo: não me chamo Edmundo, nunca estive num calabouço e não sou evidentemente um espadachim. Mas já sonhei ter encontrado um tesouro dentro de uma ou mais arcas. Joias, objetos de ouro e moedas. E o curioso é que também tenho uma pessoa de saias, um abade Faria, para fornecer-me o mapa da mina: minha própria mina.

Eu e Lu ficamos na pensão à espera de um chamado. O sr. Franco olhara-a, na despedida, com tanta paixão, com tão sofrido ardor que não podia esquecê-la. Foi a mais longa e tormentosa espera de minha vida. Uma semana após o nosso regresso, os ex-turistas começaram a passar fome. Sim, ladies and gentlemen; eu disse fome. Num dos maiores países do mundo, o país do futuro, no dizer de Stefan Zweig, onde plantando tudo dá. Minha revolta era imensa. Cheguei a pensar em colocar minha pena a serviço do comunismo, caso a Providência não viesse em nosso auxílio. Precisavam ver minha pesquisa pelo quarto, à procura de pontas de cigarro. Era de romper o coração! Lembro-me do último salame e da última Brahma que pude comprar. E guardava avaramente a derradeira lâmina de barbear, na expectativa de que Franco me chamasse.

Num sábado à tarde, vendo o meu desespero, Lu foi passar algumas horas na casa de uma nortista. Voltou com algum dinheiro, que só serviu para fazer amainar a cólera do senhorio. No domingo, planejei trabalhar, mas na segunda faltou-me coragem e tive uma crise nervosa. Estava no mato sem cachorro. Várias vezes fui à farmácia telefonar ao nosso companheiro de viagem, porém recuava. Medo de que ele tivesse se desinteressado ou esquecido. Quase não falava, e Lu, para não aumentar meu nervosismo, apenas lia revistas. Essa câmara lenta trágica e cínica prolongou-se por um mês e meio, justamente quando já desistíamos de aguardar o salvador.

Certa manhã, um boy surgiu na pensão. Um boy fardado, mulatinho, alegre e feito de chocolate Lacta. Mostrando seu único bem, a dentadura luzente e original, exibiu-nos um recado com o timbre de uma firma. Precipitei-me sobre o envelope como se quisesse comer o papel. As boas notícias são lacônicas: "Venha visitar-me hoje, às quatro. Seu amigo Franco". Sorri e puxei o boy de encontro ao meu peito, com tanta força, que entortei seu boné novinho. Depois, afastando-o de mim, mas segurando-o, com garras, perguntei-lhe dos estudos, da família e da saúde. Como não tinha dinheiro para dar-lhe, ofereci-lhe café com leite, que ele recusou, ressabiado, com certeza imaginando fosse eu homossexual. Despedi-me dele e corri a arrancar Lu da cama. Arranquei as cobertas e o lençol. Subi numa cadeira. Proclamei:

– Acaba de sair daqui o emissário da fortuna!
– Quê?
– Estamos ricos, Lu.
– O que aconteceu?
– Leia, leia.

Tomei o mais belo e longo banho de minha vida. Usei a lâmina de reserva. Pedi a Lu que lavasse minha melhor camisa e que a secasse com o ferro. Engraxei os sapatos, testei meu hálito e ensaiei poses diante de um espelho.

À tarde, entrava eu no escritório-boate do sr. Franco. Ele deixara uma reunião privada e urgente para receber-me. Foi dizendo que não tivera tempo de procurar-me devido ao excesso de trabalho.

– Lola está com saudades de vocês...
– Matemos as saudades.
– Apareça em casa hoje à noite.

— Sem falta.

— Agora, com licença. Preciso voltar à reunião.

Entrei em casa como um rojão, o próprio homem-bala. Lu ficou até espantada ao ver-me. Quis falar, não pude. Tive que tomar água. Depois, largado no divã, falei do compromisso agradável que assumira e implorei a Lu que se tornasse até à noite na mais linda de todas as mulheres. Linda e pecaminosa.

Dito e feito. Duas horas depois, Lu conseguia espantar seu mais velho amigo, remoçada, movimentando-se pela casa, como um avião a correr pela pista para o salto no espaço. Abri os braços e apertei-a como fizera com o mulatinho. Ela protestou, mostrando o vestido amassado.

— A roupa está boa, Lu. Tratemos do espírito. Não mostremos a menor inibição. Não se deslumbre com a casa genial que devem ter. Não faça elogios cretinos. Namore seu Franco discretamente. E lute por conquistar dona Lola, ela é a chave. Certo?

— Tumache, você é um amor.

— Você que é.

— Como está entusiasmado.

— Estou mesmo.

Lu quis fazer uma cena de amor. Sentou-se sobre minhas pernas Alisou meus cabelos.

— Gosta de mim, Tumache?

— Que pergunta!

— Responda.

— Eu que pergunto: você gosta?

— Dei uma prova ontem...

Não entendi. Vocês entenderam?

— Ontem?

— Um senhor, muito rico, talvez mais rico do que o sr. Franco, fez-me um convite.

Baixei a cabeça.

— Você é livre, Lu.

— Ficou triste?

— Pode ir com ele. É turco? Cuidado com os turcos.

— Não é turco.

— Então vá, não a seguro...

Lu beijou-me.

— Bobo. Seria capaz de abandoná-lo nessa jogada?

— Mas o outro também tem dinheiro... E não haveria eu como sanguessuga.

— Confesso que cheguei a pensar, mas... Não, Tumache. Você é o meu amor. E o sr. Franco, a nossa vítima. Não gosto de fazer essas coisas sozinha. Não tem graça.

Beijei-lhe as mãos.

— Guardemos o outro para uma emergência.

— Vai partir para a Europa.

— E você queria ir junto?

— Quis, por uma hora... Ia dizer-lhe isso, quando chegou o negrinho.

Ajoelhei-me e agradeci o milagre. Levantei com uma cara que eu devia usar nos tempos do clube, quando tudo corria bem.

— Vamos para a luta — bradei.

A mansão do sr. Franco era apenas três vezes maior do que a que imaginei. Pisávamos sobre tapetes felpudos. Por um instante senti o desequilíbrio dos miseráveis, mais seguros nas superfícies lisas, planas e sólidas. Amparei-me nos braços do meu amigo bilionário. Dona Lola beijava as faces de Lu. Os serviçais curvavam-se. Em pesadas poltronas, num recanto íntimo do grande living, começamos a reatar a intimidade de bordo. Os momentos iniciais foram difíceis. Aquilo não era um costeiro, era couraçado. Peguei com as duas mãos um copo de uísque. Oh, santificada bebida! Na terceira dose, descontraído, comecei a operação charme. Fiz o velho casal rir a valer, selecionando anedotas do meu repertório sujo. Inventei histórias e mentiras. Citei figurões que não conhecia e por fim pedi a dona Lola que me mostrasse certo móvel antigo que me chamara a atenção. Pretexto apenas para possibilitar ao sr. Franco momentos de livre contato com sua amada.

Soube depois, por Lu, que o nababo foi bastante positivo.

— Estava com saudades de você.

— E nós de vocês.

— Eu disse que estava com saudades de você.

— Por que não me procurou?

— Porque tentei esquecê-la.

– Mas, sr. Franco...
– Tenho pensado em você todos os dias.
– Exagero.
– Estou apaixonado. O que diz?
– Surpresa.
– Queria vê-la sempre.
– É fácil.
– Como assim?
– Meu marido quer trocar de emprego. Por que não o convida a trabalhar em sua indústria? Aposto que aceitará.
– É uma ideia.

Na mesma noite, o sr. Franco levou-me para o jardim. Assunto particular. Perguntou se queria ser conselheiro de sua empresa. Bom salário. Pouco trabalho. Secretária. Escritório luxuoso. Automóvel da firma. Não respondi logo, como se tivesse outras ofertas do mesmo tipo. Apenas por amizade, aquiesci, apertando a mão do meu dono para selar o compromisso. Mas faltava o champanhe. Veio.

Pela primeira vez em minha vida tive sala própria e birô de frente. A secretária, uma solteira desvirginada, ligou o condicionador de ar. Havia também uma geladeira pequena, dentro da qual descobri refrescos e frutas. Indaguei qual seria o serviço. A moça informou: estar atento a tudo. O conselheiro que me antecedera lia os jornais e revistas e me deixara como herança uma coleção de *Playboy*. Dona Jurema, a secretária, veio ver os nus por trás de meus ombros, respirando forte.

O presidente apresentou-me aos demais conselheiros; velhos, acomodados e ricos. Disse dona Jurema que há muitos anos nenhum deles cooperava com uma ideia nova. Por isso não havia vice-presidente na empresa. Não esqueci a informação.

Quero ser muito franco: gostei de ter escritório, secretária, ar condicionado, *Playboy* e um polpudo ordenado. Isso realmente é bom, meus amigos proletários. Era um prazer passear pelos corredores com uma pasta debaixo do braço, cumprimentando os funcionários menos favorecidos pela sorte. O ascensorista curvava-se para receber-me. Batia-lhe nas costas. Também já fui ascensorista.

Atirei-me nos braços de Lu.

– Querida, sou conselheiro.
– Vai trabalhar muito?
– Duas reuniões mensais!

Que alegria! Contei a Lu tudo o que acontecera naquele dia, descrevendo minha sala, os conselheiros e a secretária. Lu ouvia com interesse e deu-me conselhos: conselhos ao conselheiro.

– Vá sempre bem-arrumadinho.
– Viu o vinco das calças?
– Perfeito!
– Pois é, vou ser o homem do vinco perfeito.

Só no fim da conversa Lu segredou, soprando ar no meu ouvido:

– Ele telefonou.

O sr. Franco telefonara para estreitar relações. Fez programa para passeios, perguntou se Lu gostara da colher de chá e se eu desconfiava da verdadeira razão da referida. Terminara indagando o que ela achava de brilhantes do tamanho de um ovo. Lu respondera a tudo com monossílabos, forma de expressão que sempre usava nos assuntos de sexo. A minha Lu era genial nos "sim", "oh", "não", "é?", "ora", "eu?" quando pretendia ainda manter a vítima a certa distância. O fato é que ele já começava a cobrar.

– Espere, Lu, não vá abrindo as pernas.
– É cedo?
– Deixe-me receber o primeiro salário... Sabe o que estou ambicionando? A vice-presidência.
– Carreirista!
– Lu, sinto-me outra gente.

Aquele mês voou. Conheci toda a firma e fiquei querido dos subalternos, inclusive dos faxineiros. Intervim para que aumentassem o ordenado da telefonista. A pobre senhora me beijou o rosto. E Jurema, minha secretária, não tirava os olhos de mim um só minuto, extremamente atenciosa para que não me faltassem torradas, docinhos e frutas. Estava apaixonada por mim, o que era bom, pois me dava dicas.

– Cuidado com aquele vesgo... Está com receio de sua entrada aqui na firma.

Jurema conhecia a organização por dentro. Num fim de tarde, levou-me à sua quitinete, tomamos uísque e praticamos o coito. Mas eu estava interessado em penetrar na firma, solidificar minha posição e até em ser útil. A secretária prometeu ajudar-me. Mais do que isso: faria tudo o que me caberia fazer. E impulsionada pela paixão começou a trabalhar por mim.

No mês seguinte, eu e Lu mudamos para um bom apartamento. Dois meses depois, concluímos que ele não era tão bom assim, e alugamos um imenso, num dos melhores bairros da cidade. Como fazem bem certas extravagâncias! O grande living conjugado à sala de jantar oferecia espaço para portentosas reuniões. A cozinha era maior do que a casa onde eu morara com tia Antonieta. O banheiro, revestido de espelhos. Um escritório amplo, britânico e digno. Quarto para hóspedes. Dois jardins de inverno. E garagem, no subsolo, para dois carros.

Sim, dois carros. Um, da firma, à minha disposição, e o segundo, luxuoso, dei a Lu por sugestão e com o amparo financeiro de meu chefe. Aliás, o sr. Franco permitiu que mobiliássemos a casa com dinheiro que seria descontado de meu salário. E, para que não me afligisse, dobrou meu ordenado antes que eu completasse um ano de firma. Jurema segredou-me que de todos os conselheiros eu era o melhor pago. Apenas o Departamento de Pessoal sabia disso.

Quanto à Lu, era uma fiel cumpridora de suas obrigações.

– Agora, sim, Lu.

– Ainda bem, ele está insistindo demais.

– Já estou seguro na firma... Mas não seja fácil, dramatize, finja um grande peso de consciência...

O sr. Franco ficou muito mais macio ao conquistar sua primeira amante. Passou a sorrir mais. A tratar ainda melhor os funcionários e a demonstrar grande serenidade. Numa tarde, entrei tão subitamente em seu escritório que ele se assustou. Pensou que eu tivesse descoberto tudo. Empalideceu e avançou a mão para pegar os cigarros.

– Sr. Franco... esta firma está necessitando urgentemente de um vice-presidente, alguém que possa agir em sua ausência (Franco andava muito ausente, com Lu em seu apartamento particular).

Sugiro que se dê esse posto ao dr. Rebolo (que estava com câncer, para morrer).

— Mas ele está mal...

— Ah, é mesmo... Posso sugerir outro nome: o sr. Dagoberto.

— Também não pode... Não tem cabeça.

— Mas precisamos de um vice! Um vice para viajar, para representá-lo.

Franco refletiu depressa.

— Então, seja você o vice.

— Eu? Oh! Não...

— Sim, você... Por que não?

(Ele queria mandar-me viajar para ficar a sós com Lu.)

Humildemente, aceitei o posto. Logo depois, Rebolo morria e Dagoberto aposentava-se. O outro conselheiro, vesgo, foi transferido (manobras de Jurema) para o Rio Grande do Sul. Assim, dissolvi o conselho e passei a ser o segundo homem da grande empresa. Fui comemorar a conquista na quitinete de Jurema, já que Franco estava com a minha mulher. Rápida carreira! Em dois anos de leitura de *Playboy* e de comer a secretária, projetava-me no mundo dos negócios.

Lu não escondia suas joias e passou a frequentar a alta-costura. Como dona Lola andava sempre doente, as reuniões sociais foram programadas em nosso apartamento. Uma vez por semana, o elegante apartamento abria suas portas para uma fauna bem-vestida, acostumada ao uísque escocês e às fofocas da sociedade. Franco não apreciava muito esses encontros, mas os suportava para gozar a companhia de Lu e evitar que algum aventureiro tentasse conquistá-la. Melhor que essas festinhas, promotoras de ressacas, eram os fins de semana na orla, acelerando a lancha do nosso dono nas águas azuis do oceano.

Um conto de fadas!

Certa manhã, na lancha, muita luz e estonteante alegria, disse uma besteira:

— Quer casar-se comigo, Lu?

— Quero! — ela bradou.

— Quando?

— Quando quiser!

Quem leva a sério diálogos em lanchas? Fomos para a praia, onde o casal bendito nos esperava. Bebemos e comemos como lobos, Lu olhando-me enamoradamente. Mais tarde, na casa da praia dos nababos, ela voltou ao assunto, brincando com um leque.
— O que você disse?
— Onde?
— Na lancha.
Já havia esquecido, mas lembrei.
— Qualquer coisa sobre casamento.
— Brincadeira?
— Até que não... Pensei num casamento às ocultas... uma emoção particular... Ninguém ficaria sabendo porque nos supõem casados. Era isso...
Lu atirou-me um travesseiro.
— Topa mesmo?
— Topo.
— Repita.
— Topo.
Para mim era uma medida de segurança, além de uma originalidade. Que mal havia em casar-me com Lu? Eu, que levara uma vida tão imprevista. Ou era o tal negócio do aburguesamento?
Ficamos uns quinze dias sem reatar o fio. Aí ela o reatou, numa boate, num fim de noite.
— Quando casamos?
— Quando quiser.
— Mas tem uma coisa.
Ela olhou-me em desafio.
— Que coisa?
— Sumirmos de Franco.
— Por quê?
— A gente cansa de tudo.
— Agora, que sou o vice-presidente?
— Temos joias, dinheiro e roupa para alguns anos. Só nós dois. O que diz?
— Você está louca.
— Pode ser, devo estar...

Um mês depois, Lu aprontava-se para uma festa quando um botão caiu no chão e ela pediu para apanhá-lo debaixo de um móvel. Quando me abaixei, começou a rir.

– Como está gordo!

Olhei-me no espelho.

– E com os cabelos brancos.

– E eu, como estou?

– Linda como sempre.

Ela não estava com vontade de ir à festa. Segurou-me a mão. Tinha coisas importantes para dizer.

– Senhor vice-presidente... O sr. Franco me aborrece. Sua esposa me chateia. E essas festinhas começam a me enojar. Vamos tirar férias, nós dois?

– Não posso. Tenho que estimular as vendas. No mês passado o dono ganhou cem milhões a menos.

Lu não insistiu, mas ficou aborrecida; mesmo assim, porém, fomos à festa e aparentemente nos divertimos muito. Voltei para o apartamento meio balão e dormi como um justo.

Dias depois, pus a cabeça para fora da janela e vi na rua um indivíduo que...

29 – O valete

▪▪▪ me pareceu familiar, apesar de estar vestido como um espantalho e tão magro como um esqueleto. Desci para a rua e fui ao seu encontro, decidido. Passos de vice-presidente.

– À minha procura?

Esmeraldo saltou para trás.

– O senhor?

– Sabia que eu moro aqui?

Sua voz saiu fraca:

– Vi seu retrato nos jornais.

Que rebotalho! Que resto de gente! Que miséria!

– O que quer?

– Não sei.

– Vou mandar prendê-lo.

Esmeraldo não se moveu, como se lhe fosse indiferente estar preso ou não.

– Ao menos, terei o que comer.

– Tem ainda ilusões quanto a...

O Valete recuou.

– Não, não... Só queria que me dessem algum dinheiro. Há dias que não como. Estive preso. Fiquei seis anos... Acusado de uma porção de coisas... Prometo nunca mais aparecer diante do senhor.

Enfiei a mão no bolso.
– Não apareça mais aqui.
– Não.
Dei-lhe um dinheiro.
– Vá embora.
– Tudo isso?
– Eh... Por que não procura trabalho?
– Vou tentar. Há boates que precisam de porteiros.
– Suma.

Esmeraldo voltou as costas e pôs-se a andar o mais depressa que podia. Não representava mais perigo. Um velho alquebrado, com trapos velhos no lugar das vísceras, e olhos fundos. O meu tradicional inimigo, o meu folhetinesco rival alcançou a esquina sem olhar para trás ou para os lados. Notei que ainda usava sapatos de duas cores, símbolo de uma época superada.

Recolhi-me ao salão dos brinquedos, o cômodo mais agradável do apartamento. Lá estavam os meus brinquedos, o mais caro dos meus entretenimentos. Liguei o trenzinho, que logo ganhou boa velocidade. Possuía piões, carrinhos de corda, foguetes, aviões que voavam de verdade e um mundo de frágeis invenções. Lu gostava de ver-me brincar; aproximou-se.

– Com quem falava na rua?
– Adivinha?
– Um mendigo?
– Dei-lhe dinheiro. Para comer uma semana.

Lu furava-me com seus olhos cor de violeta.

– Quem era?
– O Valete de Espadas.
– Que Valete?

Peguei o velho baralho, tirei a carta ensebada e aproximei-a dos olhos de Lu.

– Este.
– Esmeraldo?
– Esmeraldo.

Lu foi sentar-se e placidamente pôs-se a fazer perguntas: como ele estava, onde morava, se estivera preso, se realmente passava fome, se havia perguntado dela, se de fato pedia esmolas. Não perguntas ansiosas, mas calmas, enfileiradas e com boa dicção.

— Chega de perguntas. É um cão! Nem posso lembrar... Quantas vezes me roubou você... Ele me obrigou a conhecer a solidão.

A maruja balançou a cabeça.

— Esmeraldo nunca me raptou...

— O que está dizendo?

— Ele precisava de mim. Como você também precisou de mim muitas vezes.

— Nunca a levou à força?

— Não foi preciso.

Desliguei o trem. Não estava com muita vontade de brincar, pelo contrário, sentia dor de estômago. Isto é, uma dor na alma, na altura do estômago. Fui ao espelho e passei a mão pelo rosto. Lentamente, sob o olhar verde da deusa.

— Ele está velho... Falo de Esmeraldo. Que idade deve ter? Uns cinquenta?

— Não sei.

— Preferia não tê-lo visto, ele me fez mal.

— Vamos sair hoje? Só nós?

Gostei do convite. Fomos a um teatro, depois ao restaurante e acabamos a noite num inferninho. Antes, voltei a falar no casamento, talvez por falta de assunto. Lu ouviu-me distraída, sem dar resposta. Insisti.

— Falemos nisso noutro dia.

— Por mim, amanhã iríamos ao cartório.

— Por que a pressa?

Achei gozado o desinteresse. Mas não me impliquei, esqueci a coisa, na verdade extravagante e desnecessária. Apenas me aborrecia o enjoo que o Franco lhe dava. Não sei se o Franco, propriamente, ou tudo, até o luxo em que a gente vivia. Apegou-se mais a mim, queria sair todas as noites, correr as boates e inferninhos. Eu, que já me afastara dessa vida, estranhava.

— É cedo, ainda – ela me dizia. – Vamos noutro lugar, tomar o último.

Às vezes, mal entrava numa dessas baiucas, Lu queria sair, já com outro endereço na cabeça. Num sábado, fomos a meia dúzia de bistrôs, um mais avacalhado que o outro, cheirando a mofo, cada um com suas mariposas à espera da freguesia e seus garçons querendo forçar o movimento. Podíamos visitar nossos amigos, fazer festinhas, estreitar relações, eu exibindo meu posto de vice, mas a maruja preferia a noite suja, como se ela voltasse a atraí-la ou como se estivesse procurando alguém.

Um dia dei a bronca:

– Não vamos sair, não. Franco vem aqui.

Notei que Lu saiu para telefonar.

Depois dessa fase circulatória, Lu deu para ficar calada, pensando em não sei quê, quase me evitando. O pior é que tratava Franco com frieza e não mostrava muita satisfação ao receber seus presentes.

– Por favor, dê mais atenção ao sexagenário – eu pedia. – Ele é nosso pai.

– Franco me enche.

– Por quê?

– Me irrita essa gente que tem de tudo.

Resolvi acabar com o gelo e bolei uma viagem ao Velho Mundo, uns trinta dias apenas para Lu ganhar novo ânimo. Iríamos os quatro. Falei com Franco. Topou. Com Lola. Adorou. Finalmente dei a notícia à maruja, exibindo um guia de turismo dos mais bacanas que já vi.

O normal seria Lu dar um pulo de alegria, mas:

– Não quero viajar.

– Para a Europa?

– Para lugar algum.

Já era de chatear.

– Afinal, o que há com você? Fica assim agora que viramos gente graúda? Não é possível.

Lupe deu-me as costas e foi para a sala de brinquedos. Com cara de besta, tive que procurar nosso protetor e dizer-lhe que minha senhora não queria viajar. É claro que a essa altura não havia mais segredos entre nós três. Apenas dona Lola continuava boiando, na santa ingenuidade.

Preocupava-me com Lu, porém me preocupava também com o posto. Gostava de ser rico. Não fazia nada, ganhava os tubos, andava com Jurema e já havia apanhado duas telefonistas. Quanto aos outros, coitados (falo dos conselheiros e chefetes), tinham inveja de mim, despeito e um pouco de medo. Jurema, fiel, sussurrou-me que diziam na empresa que Franco era amante de minha mulher.

— O mundo está cheio de más-línguas — repliquei.

— Então não é verdade?

Jamais dei ouvido a boatos e intrigas. Continuei firme, disposto e com o moral elevado. Sou homem de personalidade, nada me atinge quando o conforto está em jogo.

Franco sentia a frieza de Lu e começava a ficar assustado. Era um garoto, não queria perder o brinquedo, principalmente e com razão após tamanho investimento. Prometi-lhe chamar Lu às falas e até, se necessário, levá-la a um psicanalista. Mas o que fiz mesmo foi consultar o meu baralho. Foi através dele que fiquei sabendo, e depois busquei confirmação, da morte da capitã. Lembram-se da capitã, não? Morreu, algo parecido com câncer. Esparramei de novo as cartas.

— O Valete... — disse em voz alta. — O que faz o Valete nessa sequência?

No fim de semana fomos à praia, mas Lu não queria nada com o mar. Deu notas de dez, vinte e cem às crianças pobres que brincavam no cais. Obrigou-me a dar esmola a uns velhos, depois sentiu calor, quis voltar e voltamos. Na volta, começou a dizer que há muita gente sofrendo no mundo, e que ela gostaria de ser mãe de todos os garotos pobres do país.

Bem... foi no dia seguinte. Eu voltava da empresa, com minha cara de vice. Havia passado umas horas na sauna com clientes obesos e perspicazes. Dei relatório ao meu dono e depois peguei o carro e fui para casa.

A criada, uma negra, saiu de um pesadelo e informou:

— Doutor... doutor...

Era eu, o doutor. Gostava que me chamassem pelo diploma.

— Sim?

— Dona Lu... Ela foi embora.

— O quê?

— Saiu com uma porção de malas. Disse que não volta mais.

Corri para o quarto.

30 – Desfaz-se o vinco

Encontrei a carta. Lu tinha péssima caligrafia. Para ela as vírgulas e os acentos eram delicados ornamentos que distribuía generosamente pelas frases. Colocava os pronomes oblíquos nos verbos. Exemplo: falarlhe, contarme, mentirlhe ou desejalo, amalo, trailo. Cometia amiúde um erro ridículo: trocava o *j* pelo *x*. Exemplo: beixo. Analfabeta! Eu, não. Tenho um dicionário e procuro escrever certo. Embora, é verdade, adore a ortografia antiga: photographia, Nictheroy e cavallo.

Tudo isso, esses truques, é para não lhes mostrar a carta. Já devem ter entendido. A carta dizia apenas que a signatária estava me abandonando. Levava quatro malas com vestidos e objetos de uso pessoal. Joias, apenas algumas. Outras ficavam comigo. Dinheiro, só o que estava em seu poder e o que havia no banco em seu nome. Pedia para que não a procurasse, não perdesse tempo. Confessava seu amor por mim. Mas acontecia que... Esmeraldo necessitava de socorro. Fugia com ele. Havia um PS no qual me aconselhava a cuidar do fígado e diminuir a dosagem de uísque. Augurava-me um belo futuro como vice. De qualquer forma, dizia, eu estava protegido e com bom dinheiro em três bancos.

A criada negra chorava.

– Por favor, não chore. Os outros criados já sabem?

– Já.

— Peça-lhes que não espalhem.

Em três saltos, estava outra vez dentro do carro. Pensava em bloquear as saídas da cidade. Mas tudo não passou de uma corrida besta ao aeroporto. Voltei, almocei sozinho sob os olhares dos serviçais, a negra com lágrimas, dessas que escorregam. Não comi muito, já com medo da reação que teria o amante de minha senhora. Esperei anoitecer para iniciar pesquisa detetivesca. Corri as boates, os inferninhos, perguntando: "Tem aí um porteiro chamado Esmeraldo?".

Numa, o Puerta del Sol, havia, ou melhor, houvera. O proprietário, maconheiro que já comemorava seu jubileu de prata, deu-me todas as informações necessárias.

— Incrível! Uma senhora da sociedade ficou gostando dele... (Tínhamos estado umas três vezes ali e eu não manjara nada.) Como é possível? O homem era pele e osso.

— Para onde foram?

— Isso não sei.

Continuou falando da sorte que o porteiro tivera, mas não ouvi tudo. Tinha algo a fazer: percorrer todos os hotéis da cidade. Aproveitei o fim de semana e acabei emendando a segunda. Em três dias visitei dezenas de hotéis com o resultado que vocês adivinham. Na terça, apresentei-me na empresa exausto. Evitava ser visto; Jurema, porém, percebeu que eu estava arrasado. Por delicadeza não perguntou nada.

Na quinta, quando eu já pusera os pés em mais de cem hotéis, o meu dono me mandou chamar.

— E Lu? Onde está?

Tive que mentir.

— Estava cansada, foi para uma estância.

— Sem me avisar?

— Pediu-me que o avisasse, esqueci.

Continuei a procura: nada, nada, nada. Resolvi pôr anúncio nos jornais. Eis o texto: "Volte, minha maruja. O seu Tumache não sabe viver sem você". Saiu em quase todos os jornais, e com destaque. Como não respondesse ao meu apelo, enviei o texto às emissoras de rádio, dizendo ao departamento comercial que se tratava de campanha de lançamento de novo produto. Esta brincadeira custou-me uma pequena fortuna. Desisti.

O presidente andava indócil. Quis saber onde era a tal estância. Gaguejei, dando a entender que Lu não queria visitas, muito doente e nervosa. Esperava sua volta e precisava ganhar tempo. Mas toda mentira tem perna curta. O sexagenário desconfiado e procurando descobrir coisas através de Jurema. Puxa! Tremia imaginando a cena, eu contando tudo para o patrão.

Um mês depois da fuga de Lu, na mais completa fossa, entrei na sala. Tudo o que era meu, no chão: olhos, queixo, coração. O homem-cascata.

– Sabe o senhor o que aconteceu?
– Não.
– Sobre Lu.

Franco branqueou.

– Diga.

Nem fiz pausa.

– Fugiu.

O sexagenário saiu de sua escrivaninha, veio diante de mim, decidido, ereto, fuzilante. Olhar interrogativo e sem compaixão. Eu era o guarda e deixara a fera do circo escapar.

– Que história é essa?
– Faz um mês, não tive coragem de dizer.
– Por que fugiu?

Segunda e pior fase da confissão:

– Fugiu com um amante.

O sr. Franco recuou um passo e vibrou em meu rosto ágil, seca e elétrica bofetada. Depois, seus olhos se esfacelaram e ele foi se curvando. Um choro convulsivo, ruidoso e agônico encheu a sala. Só então senti a cola que o prendia à minha maruja. A mesma grudenta matéria que eu e o Valete conhecíamos. Mas é mesmo desagradável ver um homem chorar.

– Saia daqui – berrou o patrão. – Suma da minha vista! Desapareça!

Saí quase correndo do escritório. Fui para casa e lá fiquei oito dias à espera não sei de quê. No oitavo, recebi a visita de Jurema; não vinha saber como eu estava, era uma missão oficial. Comunicava-me que eu estava sendo chutado da empresa e que não receberia indenização alguma, pois retirara muito dinheiro adiantado. Vinha também buscar o carro (eu tinha dois, um da firma). Entreguei a chave. Ela pôs na bolsa e saiu. Não me amava. Se fizera aquelas farras, fora para ajudar a irmã doente, conseguindo comigo aumentos de ordenado. Como eu deixava de ser seu chefe, cessara o sacrifício.

Não pensem que me chateei com a perda do emprego. Precisava de tempo integral para reencontrar Lu. Mas o mais urgente era fazer economia: mandei duas empregadas embora. No dia seguinte, chegaram contas, prestações dos móveis e de um mundo de coisas mais ou menos inúteis. Resolvi devolver a maior parte delas e mudar-me para um apartamento bem menor. Daí em diante começaria a contrair meu espaço vital.

Não me deixem esquecer de dizer que, nessa pressa, vendi alguns troços de jacarandá e caviúna a preço de banana, já que não cabiam no novo apartamento. Afinal, eu e meu carro. Ia correr todas as estâncias de repouso do país. Pé no acelerador e o máximo de dinheiro no bolso. O vento das estradas de JK batendo em meu rosto. Blusa esporte, um litro de uísque junto ao breque de mão e fúria no olhar. Poderia escrever um livreco sobre as estâncias paulistas: seu estado, faturamento, frequência e dados climáticos, mas não estava a fim disso. Heroicamente, ultrapassei as fronteiras e fui às estâncias mineiras. Não pensem que seguia pista definida, era o palpite. Acreditava que Lu quisesse descansar e fazer com que o cafiola recuperasse alguns quilos. Tinha essa mania de fazer a gente engordar. Ora eu, ora o Valete, tínhamos sempre que engordar.

Respirei muito pó nessas magníficas estradas brasilienses. Dormi em hotéis, onde se comiam mortadela empretecida e queijos esverdeados. Conversei com motoristas de caminhões sonados pela imensidão do território. Gente que vendia e comprava pedras brasileiras, caixeiros-viajantes que comiam rapadura, indivíduos de botas que acenavam e muita miséria de ambos os lados do asfalto. Ao chegar numa estância, uma nova esperança. Que uma hora depois deixava de existir. Viajei milhares de quilômetros em sessenta dias. Voltei cansado. Uma semana depois, partia para o Rio para procurar Lu. Esquadrinhei a cidade toda em trinta dias e regressei. Podia se dar o mesmo que se dera da vez anterior: eu procurando Lu em Santos e ela à minha espera em minha casa.

À criada:

— Alguém me procurou?

— Sim, uns homens de prestação.

Coisas compradas nos bons tempos, quando toda despesa fascina. Recebi os cobradores e devolvi-lhes umas joias e paguei outras prestações vencidas. Queria vê-los à distância. Nessa época tive dores pelo corpo sem que os médicos dissessem por quê. Apenas se curaram após um mês num hospital, do qual me lembro da comida sem sal, colocado, por engano, no preço, extremamente salgado.

Meus amigos, nada entendo de finanças, porém sei agora que o dinheiro é uma substância volátil, de fácil evaporação, principalmente no calor. Seis meses após o desaparecimento da ninfa, eu só tinha uma coisa de valor: o carro. Se os gerentes dos bancos não me roubaram, gastei o dinheiro todo em gasolina, hotéis e uísque. Fui prático: despedi a criada e mudei-me para um apartamento de uma única peça. A venda dos móveis deu pouco dinheiro, mas deu. Uns três ou quatro meses depois, estava novamente na merda. Com o coração sangrando, fui a uma joalheria e vendi as últimas joias de Lu. Tive aí uma decepção: algumas eram bijuteria. Boa lição: um bom gigolô deve entender de joias. Outra precaução: troquei o carro por um pequeno, pouco afeito ao consumo de gasolina. E, naturalmente, não comprei mais ternos, nem sapatos, nem camisas. Um ano depois da tragédia, eu substituía o uísque pelo finalô, imediatamente substituído pelo gim e mesmo pela cachaça com limão.

Não imaginem, contudo, que eu vivia de braços cruzados. Trabalhava umas doze horas por dia, na procura de Lu. Frequentava feiras (Lu, mesmo quando rica, ia à feira), mercados, lojas, saídas de cinema e teatros, presente em todos os aglomerados humanos: mesmo nos feriados heroicos como o Sete de Setembro, ciente de que Lu os adorava. O meu carrinho conhecia a cidade como ninguém e ajudava. Um dia, porém, começou a encrencar: fervia, afogava, queimava óleo, tossia, perdia a força e num sábado de movimento desmaiou sobre a linha do bonde.

Tive que empurrá-lo até a guia e socorrê-lo com água fresca. Levantei o capô e pus-me a abaná-lo. Soprei uma borrachinha. Com dificuldade pude levá-lo para casa. Na manhã seguinte, a garagem estava molhada, sob o coitadinho. Entendi que estava velho, com o coração gasto e as veias esclerosadas. Aconselharam-me a vendê-lo. Vendi-o à vista por uma ninharia. Melhor assim: a procura a pé podia ser mais eficiente e aquele dinheiro daria para alguns meses.

Novos cortes orçamentários: mudei para uma pensão e em seguida para uma vaga na mesma pensão. Descobri que podia comer uma só vez por dia e continuar vivo. Reuni meus sapatos e mandei colocar neles meia-sola. Os sapateiros de banquinhos são amáveis e cheiram couro, cola e alho. Conhecem anedotas e árias de óperas. Foram para mim um degrau da descida.

Agora, uma advertência ao público masculino: é mentira isso dos frisos indestrutíveis, garantidos por vistosas campanhas publicitárias. O *nycron* está longe da perfeição. Pobre vinco das minhas calças, abauladas pela miséria, pelo uso constante e pelo desmazelo. Durante alguns anos foi símbolo de minha elegância e posição social. Era um homem que podia cruzar as pernas em qualquer ambiente, sem fraturar aquela linha reta que marcava minha personalidade. Até meus pijamas tinham friso, distintos, positivos, definidos. Quando notei que a linha curva os dominava, ponderei que havia caído muito. Fui então ao espelho e vi nele um velho de cabelos brancos e pele enrugada. Como é possível envelhecer tanto numa só volta da Terra ao redor do Sol? Apostei comigo mesmo que Lu continuava esplendorosa e jovem. Tentei fazer o cálculo impossível da sua idade. Fiquei atônito. Ela podia ser avó daquela que eu conhecera. Teriam passado mesmo tantos anos? Ou tudo, desde o início, ou a partir do fim, foi embuste de uma mórbida depressão? Conheci de verdade uma tal de Lu, com gola de marinheira, ou eu criara a imagem em dias de solidão e álcool? Essa interrogação cresceu muito, começou a pesar e a sair mesmo da área de minha cabeça a ponto de fazer sombra na rua e a chamar a atenção dos outros.

Um guarda-civil me olhou bem sério, implicado com a interrogação, e num cinema ela atrapalhou a visão dos que estavam sentados atrás. O remédio foi ir a um psicanalista. Ainda me restava dinheiro para a extravagância científica. O médico evidentemente ganhava bem, estava calmo, senhor de si e inclinado sem restrições a ajudar seu cliente.

– Concentre-se, por favor, e depois responda.

– Respondo.

– Essa moça ou senhora existe mesmo?

Disse que sim e comecei a esticar minha história.

– Tem um retrato dela?

Sacudi a cabeça, abobado.

– Não.

– Em tantos anos de convivência nunca tiraram...

– Ela levou os retratos, suponho.

O médico foi prático, com razões para isso.

– Poderia mencionar algumas pessoas que conheceram essa mulher?

– Posso, sim. O sr. Franco, sua esposa...

– Gostaria de conversar com elas.

– Isso é impossível. Cortamos relações.

– O senhor disse que ela aparenta ter vinte anos mas tem quarenta e poucos...

– Disse.

– Não podia, ao menos, trazer uma pessoa que a conhece?

– O senhor é que não existe – disse eu.

E não existia mesmo. Nunca fui a um psicanalista. Inventei essa história. Essa e outras, as outras vocês que adivinhem. Não gastaria o meu dinheiro, dos sapatos e do álcool, para divertir quem quer que fosse.

Comprei uma garrafa achatada de bíter e coloquei-a no bolso traseiro das calças. Queria atravessar a cidade de São Paulo em linha reta, depois no sentido do trópico de Capricórnio e finalmente circundá-la. Parti.

31 – O mendigo da Babilônia

Fiz apenas um esforço para trabalhar; foi num restaurante, onde faltava um auxiliar de cozinha. Impossível, tinha que ficar na rua, pois é por ela que passam as pessoas. Permaneci o maior tempo que podia ao ar livre, mesmo com chuva. Os pés inchados às vezes me obrigavam a deter-me em minha vaga, mas não por muito tempo. Acordava cedo, antes que a faxineira começasse sua faina. Não tomava café na hospedaria para não perder tempo. Ia para as ruas centrais, percorrendo-as de ponta a ponta, em ritmo lento, olhando os transeuntes. Pelo menos uma vez por dia entrava nas principais lojas de artigos femininos: Lu, mesmo sem dinheiro, frequentava as lojas. Parava de preferência na seção de pacotes. Gosto das jovens que fazem esse paciente e dinâmico serviço. Que senso de economia. Não gastam um centímetro de papel desnecessariamente. Quantos movimentos por segundo! Depois, parava nas esquinas. Rara era a hora em que não passava alguma mulher parecida com ela. Uma instantânea ilusão que se tornava um vício. Uma impressão de momento que compensava.

Hoje posso dizer que conheço esta cidade, eu que já fui guia de cegos. Não apenas suas ruas, praças e viadutos, mas também seus tipos habituais: aleijados, vigaristas, mendigos, bêbados e dementes. Somente agora é que posso calcular o número de pessoas que falam sozinhas pela rua. Muitas mulheres também e crianças ainda mais. Um mundo de gente que sobrou, não acompanhou o ritmo, ficou para trás, foi tapeada ou preferiu não lutar, isso sem falar nos doentes e acidentados. São mais de cem mil, no centro da cidade, bem entendido. Alguns desses marginalizados cumprimentavam-me, o que me enchia de vergonha. Não gostava que me julgassem pertencente ao seu grupo. É que minhas roupas estavam em franco período de ruptura, desfiamento e desintegração. Deixava fios, botões e fragmentos de tecidos em cada rua. Fiz a besteira de jogar um terno fora e fiquei só com um. Não sei se disse que me puseram para fora da cabeça de porco. Dormi algumas noites na hospedaria, outras em portas de cinema e em bancos da praça. Acabei preferindo as igrejas.

Mas nada disso foi insuportável até que chegou o inverno, o úmido e devastador inverno paulista, que já fabricou milhões de tuberculosos através dos anos. Tive que carregar cestas na feira para poder beber e queimar o frio. Às vezes, lavava carros. Com o dinheiro, jogava palitinho para comer um pouco e beber ainda mais. Emprego, como já disse, nunca. Precisava manter-me em movimento e encarar no mínimo cinquenta mil pessoas por dia. Referi-me a uma esquina? Esperava que Lu a dobrasse algum dia.

O mais curioso e excitante era um negócio chamado motomania: andar sempre, sem parar, sem roteiro nem desejo de voltar para trás. Pareciam pernas alheias, postiças ou mecânicas que me levavam para os lugares mais distantes, mesmo estradas rodeadas de favelas. Por isso os outros maltrapilhos me cumprimentavam, sabendo que estava de passagem, em viagem permanente, mais veículo do que gente.

Era perigoso parar. Duas vezes me prenderam por vadiagem nos exatos momentos em que estava parado. Não suportei as horas de cárcere e imobilidade, forçado a interromper a obrigatória procura. Precisava andar. Um pedaço de pão com mortadela fornece energia para dez quilômetros. Quando não se come, afinal entendemos o cálculo exato das calorias e o poder que elas têm de nos fazer andar.

Outro ponto dos meus favoritos foi o viaduto. Senti aquilo que chamam de atração da Terra, tão difícil de ser entendida no ginásio. Os guardas e os neuróticos me empurravam, temendo o voo.

Acabava obedecendo. Afinal, quero viver. A vida é um troço bem bolado; a morte não é apenas o fim da vida, não chega a ser coisa nenhuma. As outras formas de autoeliminação foram consideradas, principalmente o mergulho debaixo das rodas de um carro, o vulgar inseticida e a ponta de um velho e caseiro facão de uma casa de cômodos. Acordava-me ou simplesmente queria continuar.

Para chamar a atenção de Lu, imaginei muitas artimanhas: um roubo sensacional, a agressão de um guarda-civil e a criação de uma nova seita religiosa. Algo que facilitasse minha localização. Mas nunca fui homem de grandes iniciativas. Continuei a procura, ainda mais esfarrapado, como um verdadeiro mendigo. Muitas vezes, já nem sentia o que procurava pela cidade e mal lembrava que cidade era esta. Tinha visões e chegava a crer que estava em Nínive, Cartago ou na Babilônia. Penetrava entre mercadores, escravos, soldados, escribas e videntes. O passado encolhe e o futuro espicha. O tempo é uma sanfona tocada por um mendigo. Gostaria de poder transmitir tudo o que sinto. A noite (embora dormisse poucas horas) passou a ser mais real, porque os sonhos eram espessos, dialogados, agressivos e nunca sabia quando terminavam. Os pesadelos mais tormentosos eram os da cegueira. Aí eu perderia todas as pistas e a procura não teria mais sentido. Fui trabalhar num parque de diversões: havia uma abertura pela qual eu enfiava a cabeça. Os frequentadores atiravam maciças bolas de pano no alvo móvel de minha cabeça. Com o dinheiro de três dias de trabalho, fui ao oculista. Felizmente não havia perigo algum. Aquele parquinho de aparência simpática matava-me a fome; só lamentava a certeira pontaria de uns moleques prodígios de uma família síria. Ninguém aguenta mais do que vinte impactos daqueles por semana. Aguentei mais de trinta e desmaiei.

O patrão:

– Chega, você está ficando abobado.

– Estou na mais perfeita.

– Não parece. Descanse uma semana.

Certamente, férias sem remuneração.

Com o dinheiro do bobo do parque, pude comprar algumas garrafas de rum e bíter, além de dormir três noites numa hospedaria. Ganhei ânimo para empreender pequenas viagens aos bairros, nos dias de feira. Num desses, junto a uma pilha de latas de azeite, vi uma mulher que me pareceu ser Lu. Bem mais velha do que ela, é verdade, mas se Lu tivesse envelhecido, concluído seu período de Dorian Gray, poderia ser a mulher. Fui atrás, esperançoso, o sangue quente e com sede. Segui-a por uma rua estreita e a vi entrar num edifício de poucos andares. Passei, então, a viver naquele quarteirão, na expectativa. Apenas três dias depois consegui revê-la. Estava agora mais parecida com Lu, um pouco mais pesada e lenta, mas muito dela.

Apressei o passo, pus-me a seu lado.

— Por favor, minha senhora.

Ela parou, assustada, e olhou-me com olhos enormes.

— A senhora mora naquele prédio? Estou à procura de um homem. Chama-se Esmeraldo. Não é o seu marido?

— Não sou casada — respondeu a mulher e continuou o seu caminho, mais rápido.

A voz não me soou como a de Lu. Mas por que se chocou ao ouvir o nome de Esmeraldo? Continuei a viver no quarteirão. Apenas fui vê-la uma semana depois, empurrando uma cadeira de paralítico. Foi por um segundo apenas. Comecei a colher informações. O dono do empório não sabia dizer nada. O porteiro negou-se a dizer. E o farmacêutico olhou-me com desconfiança. Mas uma vizinha, espanhola, informou-me que a mulher procurada morava com um senhor paralítico; não trabalhavam, sustentados por pequena renda.

— Como se chama ela?

— Não sei, mas o tal homem chama-se...

— Como?

— Um nome gozado.

— Esmeraldo?

— É... parece ser esse.

Não havia mais dúvida e não tive nenhuma ao observar que uma meia cabeça estava num canto da janela, com olhos atentos. Eu ia pela calçada e quando voltava, traiçoeiramente, surpreendia a cabeça, que então sumia.

Virei na boca a garrafa de rum, encorajadora. Fui ao prédio, subi as escadas e fiquei junto à porta com o dedo mole na cam-

painha. Vencendo a indecisão, apertei o botão. Uma criada japonesa apareceu.
— A dona da casa.
A japonesa devia estar prevenida.
— Quem é o senhor?
— Quero falar com ela.
— Não pode atender.

Empurrei a criada e no segundo seguinte estava numa saleta revestida de papel rosa. Móveis baratos mas envernizadinhos, e, sobre esses, bibelôs, taças, talheres, tudo envolto numa paz doméstica e perfeita. Nem o desmazelo romântico do passado nem o luxo ostensivo dos tempos do sr. Franco. Não podia ser ela de forma alguma.

A japonesa:
— O que o senhor quer? Vou gritar...

Fixei os olhos na parede entre a saleta e o que devia ser um quarto, e lá vi, espantado, com toda nitidez, um cartaz de rua que sempre tivera espaço em minha memória: "A BAILARINA MASCARADA: A RAINHA DA NOITE NO IMPÉRIO". Caminhei pra o cartaz, querendo tocá-lo, mas detido pela maldita oriental que teimava em arrancar-me o braço.

Nisto, a porta do quarto se abriu e o paralítico apareceu em sua cadeira de rodas, tendo nas mãos uma grossa bengala que a marcha da enfermidade devia ter aposentado. Ainda lhe sobravam energias nos braços magros, o que provou com as vibrantes bengaladas que me acertaram a cabeça, o queixo e a clavícula. Apesar da fúria insaciável do agressor, a última imagem que vi antes do desmaio foi o cartaz: "A BAILARINA MAS..." e ela, estampada, em movimento, escandalosa, sorridente, dominadora e provocante. Perdi os sentidos. Caí num poço, de pernas para o ar, o vento frio entrando pela boca, até que mergulhei num mar de água salgada. Morri.

32 – Mariano

Acordei numa cama fofa, os lençóis lisos e frescos da casa da capitã, mas todo quebrado, doído, o queixo insensível e um olho totalmente fechado. Uma voz pediu que dormisse mais, afirmando que tudo estava bem. Voltei na escuridão e tentei mexer-me, mas um dos braços doía tanto que me pus a gemer. Um copo com um líquido doce foi encostado à minha boca. Resultado quase imediato: tornei a dormir. No dia seguinte, no mesmo estado miserável, vi a japonesa, a encarregada de minha recuperação. Serviu-me sopa com olhar assustado, evidentemente por fora, não entendendo nada. Era de fato difícil entender. Devo ter ficado uma semana na cama, sem trocar palavra com ninguém, até que numa tardinha, de céu baixo, já com o olho menos inchado graças às compressas, podendo respirar por inteiro, não mais por etapas, recebi a visita do casal, ele em sua cadeira de rodas. Foi uma visita para o exame do estado do objeto: ela puxou-me as pálpebras, empretecidas, como faria qualquer enfermeira. Ou teria sido para destruir ilusões? Os dois olhos se focalizaram e, se no fundo do meu havia sangue, no dela não havia nada. Se houvesse um restinho de amor, eu teria visto, teria sentido, teria recebido a mensagem. Pingou-me no olho um líquido ardido. O marido, com a bengala, apontou-lhe hematomas em meus ombros. A senhora abriu um frasco e fez-me massagens num ritmo profissional. Não me deixaram falar. No dia seguinte, a japonesa trouxe-me revistas.

Confesso que o Mon Gigolo estava preocupado com seus ossos. A coisa que mais amedronta o bicho homem é um osso quebrado, a sensação de que está partido, dividido em dois ou mais pedaços e sem possibilidades de soldar-se. Um fígado que dói, um olho que arde, uma garganta que inflama, não dá a medida nem a sensação correta da fragilidade física. Mas um osso quebrado traz a presença dos brinquedos e bonecos quebrados da infância. A gente se imagina um fantoche ou um soldadinho de chumbo.

A nipônica sacudiu a cabeça, dizendo que nada se quebrara. Fiquei aliviado.

– Onde estão os donos da casa? – perguntei.

À noite o paralítico e a senhora vieram ver-me: nem com ódio nem com cara de amigos. Ambos me examinaram o queixo, a clavícula e ela voltou a puxar minha pálpebra. Como envelhecera o olho de Lu, enfeado por estrias concêntricas! Era como ver sua alma cansada. Deram-me comida sólida e um refresco feito em casa. Mas ainda teria que esperar dois dias para uma conversa a três. Não tinham pressa.

O paralítico fez a primeira pergunta:

– Tem para onde ir?

Da cama, sem mover a cabeça, respondi:

– Não.

– Onde mora?

– Na rua.

– Tem dinheiro?

– Nenhum.

Os dois se entreolharam, consultando-se. Com certeza, já deviam ter conversado, como fazem os velhos antes de tomarem a menor resolução. Ele fez outra pergunta, voz de bronquite, também deteriorada.

– Quer ficar aqui?

– Aqui?

– Depois de curado?

Olhei para a senhora, sem saber o que responder. Poderia esperar por essa pergunta? Mas a mulher que eu via não demonstrava qualquer ansiedade.

— Eu e meu marido não nos incomodamos — disse.

Olhei as mãos, usavam alianças.

— O que posso fazer?

— Despediremos a japonesa — informou a dona da casa. — Por economia, entende? Em seu lugar, fará as compras, ajudará na limpeza da casa e levará meu marido passear. Nunca tenho tempo para isso, e ele precisa de sol. Não é, Esmeraldo?

Esmeraldo sacudiu a cabeça, afirmativamente. Havia mais de dois anos estava preso àquela cadeira, mas envelhecera vinte, sem dúvida. Na realidade, era um ancião. Depois eu observaria nele todos os hábitos dos velhos, até de girar os polegares, com as mãos emparelhadas.

— Aceita? — perguntou o marido, secretamente feliz com a perspectiva de tomar sol.

Não tinha para onde ir, mesmo assim vacilava.

— Deve aceitar — disse a senhora, com naturalidade, sem implorar. — Afinal, vivemos da renda de alguns brilhantes que o sr. Franco me deu. E lhe sou grata por isso. Ajudou-me a conquistá-los, não?

Concordei. Ficaria, sim. Não por causa de Lu, mas porque realmente não tinha onde ir. A cidade já me assustava, não era mais a que conhecera.

— Está certo — disse, com a voz de hóspede.

— Vivemos modestamente — ela continuou informando. — Não temos dinheiro para extravagâncias. Espero que se contente com o que nos resta.

Uma semana depois, pude levantar-me, embora com o corpo dolorido. O casal comprou um sofá-cama para que eu dormisse na saleta. Por medida de economia, a japonesa foi despedida. Agora havia uma boca a mais na casa. A senhora arrumava o apartamento, fazia comida e tratava das nossas roupas. Para ganhar algum dinheirinho extra, enfiava colares para uma joalheria e bordava peças infantis para pequenas lojas. A renda das joias (não era segredo) mal dava para o sustento de nós três, daí o sacrifício da patroa, assustada com um provável aumento de aluguel. Por outro lado, o Esmeraldo sofria (isto é, sofre) de dores terríveis nas pernas e consome os mais caros analgésicos. Uma ou duas vezes por mês vem o médico, que é simpático, mas cobra a consulta.

Faço o possível para não dar despesas e tornar-me útil. Pela manhã faço compras só ou com a patroa. Vou mancando. Uma daquelas bengaladas me deixou uma das pernas ligeiramente curva. Apenas a vaidade, a incrível vaidade, de gigolô, forçou-me a mentir a respeito da surra que levei do paralítico. A verdade é que meu braço esquerdo não se mexe; espero curá-lo com massagens. Seu Esmeraldo tem esperanças. Depois das compras, levo o senhor a passeio. Empurro sua cadeira de rodas, ganha num programa de TV, até uma praça habitada por crianças, amas e passarinhos. Compro o jornal e cada um lê o seu caderno. Com o canto dos olhos observo. Somente uma vez tive o desejo de estrangulá-lo. Mas um velho não pode ser responsável pelas loucuras cometidas na mocidade. Ele quer é tomar sol e ler os quadrinhos. Receio que perdeu quase totalmente a memória.

A senhora fica satisfeita ao ver o marido, paralítico e amnésico, sair a passeio. Desde que cheguei seu ânimo melhorou muito. À noite, já dorme mais tarde. Ficamos os três vendo os programas de televisão, mesmo os comerciais, com a mesma obstinada paciência. Certamente, querem saber o que penso, tão próximo de Lu, mas numa situação tão nova. Bem, ela não é mais a maruja trêfega da juventude e nem sombra da mulher fascinante que induziu o sr. Franco a entregar-me a vice-presidência de sua empresa. Quando cessou a agitação, aquele ritmo louco, engordou alguns quilos e envelheceu. Em casa, sem pintura, com vestidos baratos, mostra a verdadeira idade. Fica, porém, mais bonita, aos domingos de manhã, quando se arruma para ir à igreja. Beata, com joanetes e mania de limpeza.

Nunca conversamos sobre o passado, nem nós três juntos, eu e ela ou eu e o sr. Esmeraldo. Sabemos que é inútil remexer coisas já vividas e, para que eu não as esqueça para sempre, resolvi escrever as memórias. Nada no apartamento me lembra o passado, a não ser o cartaz da Bailarina Mascarada, tão desconcertante num apartamento habitado por três velhos cansados. É verdade que, nas primeiras semanas, procurei encontrar na senhora a mesma que endeusei durante anos. Mas raramente uma coincide com a outra. Apenas quando a descobri a semelhança me pareceu evidente. Depois, vivendo com ela e o marido, vendo que tinham mudado por fora, descobri que tinham mudado por dentro, e acabei mudando também.

Tratamo-nos com cortesia, mas sem nenhuma afetividade. O sr. Esmeraldo sai um pouco de sua casmurrice quando tomamos sol na praça, vendo as crianças. Aí espero que fale de nós, de quem fomos e de quem somos. Inútil espera. Sou uma espécie de parente distante, tolerado, mantido um pouco por piedade. Devem ter remorsos desse defeito no ombro e dessa perna que arrasto ainda. Ou talvez me suportam por ser eu um ponto de referência no passado, como o próprio cartaz da bailarina.

Além dessa rara situação, há outra coisa nova. Lu certamente não me chama de Tumache e ninguém sabe que fui Mon Gigolo. Com todo respeito pronuncia meu verdadeiro nome.

– Seu Mariano, pode levar meu marido para tomar sol? – Ou: – Seu Mariano, pode passar manteiga no pão. Comprei meio quilo. – Ou: – Seu Mariano, não deixe cair cinzas no chão. Já limpei a sala.

Será sempre assim, eu sei. Mesmo se o patrão morrer antes.

Temos um papagaio. Lu sempre adorou bichos. Não é nenhum gênio, mas fala algumas palavras. Principalmente nomes. Depois de muito ouvir, acaba repetindo tudo, com uma entonação sarcástica que sai bem do fundo de seu corpo vegetal. Às vezes irrita, exagera, provoca-me. Para isso, basta eu empurrar a cadeira de rodas do patrão para o passeio da manhã ou então quando me sento para escrever as memórias. Fica balançando em seu poleiro a chamar:

– Mariano... Mariano... Mariiiiiano!

Biografia

Marcos Rey, pseudônimo de Edmundo Donato, nasceu em São Paulo, 1925, cidade que sempre foi o cenário de seus contos e romances. Estreou em 1953 com a novela *Um gato no triângulo*. Apenas sete anos depois publicaria o romance *Café na cama*, um dos *best-sellers* dos anos 60. Seguiram-se *Entre sem bater, O enterro da cafetina, Memórias de um gigolô, Ópera de sabão, A arca dos marechais, O último mamífero do Martinelli* e outros. Teve inúmeros romances adaptados para o cinema e traduzidos. *Memórias de um gigolô* fez sucesso em inúmeros países, notadamente na Alemanha, e foi também filme e minissérie da TV Globo. Marcos venceu duas vezes o prêmio Jabuti; em 1995, recebeu o Troféu Juca Pato, como o Intelectual do Ano, e ocupava, desde 1986, a cadeira 17 da Academia Paulista de Letras.

Depois de trabalhar muitos anos na TV, onde escreveu novelas para a Excelsior, Globo, Tupi e Record e de redigir 32 roteiros cinematográficos, experiência relatada em seu livro *O roteirista profissional*, a partir de 1980 passou a se dedicar também à literatura juvenil. Desde então, como poucos escritores neste país, viveu exclusivamente das letras. Assinou crônicas na revista *Veja São Paulo*, durante oito anos, parte delas reunidas num livro, *O coração roubado*.

Marcos Rey escreveu a peça *A próxima vítima*, encenada em 1967, pela Companhia de Maria Della Costa; *Os parceiros* (*Faça uma cara inteligente, depois volte ao normal*), e *A noite mais quente do ano*. Suas últimas publicações foram *O caso do filho do encadernador*, autobiografia destinada à juventude, e *Fantoches!*, romance.

Marcos Rey faleceu em São Paulo em abril de 1999.

Livros de Marcos Rey pela Global Editora

INFANTOJUVENIL

12 horas de terror
A sensação de setembro – Opereta tropical
Bem-vindos ao Rio
Diário de Raquel
Dinheiro do céu
Enigma na televisão
*Marcos Rey – crônicas para jovens**
Na rota do perigo
O coração roubado
O diabo no porta-malas
O mistério do 5 estrelas
O rapto do garoto de ouro
Os crimes do Olho de Boi
Sozinha no mundo
Um gato no triângulo

ADULTOS

A última corrida
*Café na cama**
Entre sem bater
Esta noite ou nunca
*Malditos paulistas**
Mano Juan
Melhores Contos Marcos Rey
Melhores Crônicas Marcos Rey
Memórias de um gigolô
Soy loco por ti, América!
O cão da meia-noite
*O caso do filho do encadernador**
O enterro da cafetina
O pêndulo da noite
*Ópera de sabão**

* Prelo

GRÁFICA PAYM
Tel. (011) 4392-3344
paym@terra.com.br